A INVENÇÃO DA MITOLOGIA

MARCEL DETIENNE

A INVENÇÃO DA MITOLOGIA

Tradução de
ANDRÉ TELLES
GILZA MARTINS SALDANHA DA GAMA

Revisão técnica
JUNITO BRANDÃO
ROBERTO LACERDA

2ª edição

EDITORA UnB

JOSÉ OLYMPIO EDITORA

Título do original em francês
L'INVENTION DE LA MYTHOLOGIE

Direitos adquiridos para a língua portuguesa, no Brasil, pela
LIVRARIA JOSÉ OLYMPIO EDITORA S.A.
Rua da Glória, 344/4º andar
Rio de Janeiro, RJ – República Federativa do Brasil
Printed in Brazil / Impresso no Brasil

ISBN 85-03-00457-7
(Edição original: ISBN 2-07-025595-6, Éditions Gallimard, França, 1981)

Indicação editorial
EMANUEL ARAÚJO

Editoração
FÁTIMA PIRES DOS SANTOS

Auxiliar de Editoração
MARIA CRISTINA R. BRITTO

Diagramação e capa
RICARDO REDISCH
(Pintura a óleo de Gustave Moreau)

Revisão de originais
RENATO R. CARVALHO
FABIANO DE LACERDA
MARIA THEREZA GONÇALVES DUARTE

CIP-Brasil. Catalogação-na-fonte
Sindicato Nacional dos Editores de Livros, RJ

Detienne, Marcel
D492i A invenção da mitologia / Marcel Detienne; tradução de André Telles, Gilza Martins Saldanha da Gama; revisão técnica Junito Brandão, Roberto Lacerda. – 2. ed. – Rio de Janeiro: José Olympio; Brasília, D.F.: UnB, 1998.

Tradução de: L'invention de la mythologie
Índices
ISBN 85-03-00457-7

1. Mitologia. I. Universidade de Brasília. II. Título.

CDD – 292
98-1097 CDU – 292

SUMÁRIO

A INVENÇÃO DA MITOLOGIA

ERA UMA VEZ...

Desde a juventude fomos tão acostumados às narrativas e análises da mitologia que, quando chega a idade da razão, já não nos apercebemos de seu aspecto extraordinário. Mas, se abandonarmos os "olhos do hábito", como escrevia Fontenelle em 1724,[1] forçosamente nos surpreenderemos ao verificar em que estranha produção buscamos conhecer o funcionamento do espírito humano. Hoje em dia, como outrora, todos parecem saber que não há povo cuja história não tenha começado com fábulas ou com a mitologia. Fontenelle, tão prudente quanto bem-informado, acrescentava: "exceto o povo eleito, aquele em quem um cuidado particular da providência conservou a verdade".[2] E sabemos o quanto a questão da mitologia se confunde, na mente de alguns pensadores do século XIX, com a do politeísmo do qual Israel nos parece ter libertado sem, contudo, nos livrar da tarefa de 'desmitologizar', ainda ontem, o Novo Testamento.

Vinte anos depois da onda estruturalista, não é descabido nos questionarmos sobre a mitologia em geral. Em primeiro lugar, por termos acreditado, em boa e cordial companhia, que, nesse campo, uma nova reflexão teórica nos iria permitir escrever uma verdadeira gramática da linguagem mítica, depois de alguns anos de prática e de formas inéditas de análise. Em segundo, porque um leitor de grego pensa, com ingenuidade, que a mitologia —

---

[1] Fontenelle, *De l'origine des fables* (1724), Paris, J. R. Carré, 1932, p. 11.

[2] Op. cit., p. 33.

a palavra e a coisa — depende mais ou menos da sua curiosidade, ou talvez da sua competência.

O mito tem, para nós, a autoridade de um fato natural. E, em matéria de mitologia, todos se sentem mais ou menos à vontade, sem estarem obrigados a escolher entre histórias fascinantes ou maravilhosas e maneiras de pensar que não são, necessariamente, as nossas. O que importa ao leitor de mitos que o padre Lafitau, em 1724, tenha denunciado as 'idéias carnais' que eles contêm? Em que ponto lhe diz respeito o julgamento de um jesuíta relendo Plutarco entre os hurões,* senão pelo fato de que toda esta poética divina e fabulosa nos proporcionou tantos encantos, tanto prazer voluptuoso — como confessa Lévy-Bruhl, em 1935 — que acabamos nos abandonando, em plenas Luzes, a seu antigo império, nós, já carregados de quatro ou cinco séculos de memória, e habituados com vastíssimas bibliotecas imaginárias. De fato, o animal simbólico ou o homem ideal que se busca e se reconhece nas antologias mitológicas — indígenas ou exóticas — nunca é estranho às interpretações, intuitivas ou sofisticadas, a eles imputadas por pesquisadores sem pretensão ou mitólogos pseudo-eruditos.

A partir do século XVIII, tudo o que pertencia ao domínio da fábula, heróis e deuses de Ovídio, caminha lado a lado com um discurso de tipo hermenêutico, idéias sobre a origem das fábulas, maneiras de explicar os afrescos do Partenon ou por que os gregos de Plutarco e de Homero se contavam histórias assim. Que voz faz ouvir a mitologia? Que pensamento nela descobrir? Seria uma linguagem, a primeira linguagem, a da infância da humanidade? A ingenuidade da ignorância ou a palavra original? O canto da terra ou a tragédia da Natureza? O discurso das sociedades primitivas ou arcaicas sobre si mesmas? Seria um fenômeno religioso superior aquele que empresta eficácia e significação aos outros e cujos responsáveis, no país indo-europeu de Dumézil, são os sisudos administradores da memória e do pensamento coletivos? Ou, talvez, uma filosofia de ama-de-leite, para usar a terminologia de Tylor, Pai fundador da antropologia? Existe um pensar mítico ou todas as formas de cultura trazem, digamos, o invólucro do mito? Engendra esse tipo de pensamento, universal como o espírito humano, um número indefinido de novas narrativas, segundo regras de transformação, enumeráveis e infalíveis? Seria a terra natal onde o pensamento filosófico toma consciência de si mesmo, à medida que dela consegue se abstrair e tornar-se conceitual? Exige uma fé robusta? Será selvagem ou cultivado? Ou ambos? Descreve o sobrenatural? Trata de legitimá-lo? É algo inconsciente, obrigatório, fundamental, disfarçado sob a ilusória capa do prazer que proporciona? A ignorância fingindo-se profunda ou o essencial ignorado?

Num caso como este, talvez se devesse optar entre dois caminhos: ou pensar a mitologia aleatoriamente ou trabalhar como teórico do 'espírito humano', fora da história e das genealogias abandonadas aos amantes da heráldica. Fica ao critério de cada um julgar o caminho aqui traçado, entre outros possíveis e necessários. Para começar, surge um pequeno problema: Claude Lévi-Strauss fundamentou sua obra, *Mythologiques*, uma gênese do pensamento, sobre a evidência de que um mito é percebido como mito por todos os leitores, no mundo inteiro. Ao mesmo tempo, Georges Dumézil, publicando *Mythe et épopée*, no alvorecer da sua terceira idade, confessava que jamais compreendera a diferença entre um conto e um mito. Como incitar um leitor de 'mitos' gregos a repensar a mitologia[3] em vez de continuar a narrá-la desfrutando a cumplicidade, antiga e sempre renovada, existente entre os gregos e nós, os náufragos do Ocidente e de sua cultura? De onde vem este saber tão etéreo que a mesma palavra — mitologia — designa, concomitantemente, as práticas narrativas, as histórias conhecidas de todos, e os discursos interpretativos que falam sobre ela, com estilo e tom de uma ciência, a partir da metade do século XIX? Por que razão falar de mitologia é sempre, mais ou menos explicitamente, falar grego ou remontar à Grécia?

---

[3] As conversas com Dan Sperber me ajudaram neste projeto, ainda que ele tenha permanecido factual demais.

Não seria o caso de reescrever o *De l'origine des fables*, de Fontenelle, mas sim, de conduzir uma investigação, sob a forma de uma história genealógica, indo dos gregos a Lévi-Strauss e, reciprocamente, de Lévi-Strauss aos gregos. Inicialmente, procederíamos à desconstrução da forma conceitual de um saber aparentemente imediato e legítimo, destacando os estranhos procedimentos postos em prática de Xenófanes, o filósofo dos primórdios, a Friedrich Max Müller, inventor da mitologia comparada. O mesmo seria feito do historiador Tucídides ao antropólogo Tylor, também excessivamente confiantes em seu novo saber. Feito isso (sempre nos perguntando se a mitologia grega é mais confiável do que aquela professada pelos nossos eruditos), descobriríamos que a sua forma heterogênea se moldou lentamente, desenhada por gestos de exclusão ou por atitudes de escândalo, desde os primeiros pensadores da Grécia arcaica até os herdeiros dos mitólogos modernos, alternando-se entre os caminhos da memória e os traços da escrita. Uma arqueologia do 'mito' nos levaria a concluir que a mitologia, incontestavelmente, existe, pelo menos desde que Platão a inventou à sua maneira. Todavia, não dispõe de um território autônomo, nem designa uma forma de pensar universal cuja essência pura aguarda seu próprio filósofo. Outras descobertas ainda nos dizem que o 'mito' é um gênero inacessível, tanto na Grécia quanto fora dela, e que a Ciência dos mitos, de Cassirer e de Lévi-Strauss, não é capaz de definir seu 'objeto', e por boas razões. Ainda recentemente, não nos iludíamos supondo que a análise estrutural dos mitos começasse com os gregos pensando sua própria 'mitologia', sob a forma de uma interpretação conceitual, ou então que o 'pensamento mítico', em sua maturidade, chegasse, aqui e ali, a uma lógica das formas que ultrapassasse seus próprios limites?

Evidentemente, não se trata aqui de assumir um luto por tantas histórias inesquecíveis, menos ainda de privar quem quer que seja do direito de encontrar sua própria mitologia, onde quer que lhe aprouver. Questionamos apenas a legitimidade de uma 'ciência dos mitos', bem como nosso imaginário e sua inventividade entre os gregos e nós, numa história fadada a um destino derrisório. "Quanto mais solitário me torno", dizia Aristóteles "mais amo as histórias, os *mitos*."[4] Confissão de sarau que seria pedantismo criticar ao teórico da *Poética*, tão alheio àquilo que chamamos de mitologia, a ponto de reservar a palavra 'mito' para designar o enredo bem-feito, a história bem tramada por seu criador. Mas que belo tema para uma conversa entre Fontenelle, o perpétuo acadêmico em *robe de chambre*, e Aristóteles, já velho, afeito a uma boa conversa! Prefiro evocar um outro Aristóteles, o visionário convencido de que as civilizações foram incontáveis e de que, na noite do Tempo, diversas gêneses apagaram outras tantas, e de que todas as invenções foram realizadas infinitas vezes[5] e de que, de todos esses caminhos trilhados e esquecidos, só restam, como fósseis ou vestígios, alguns provérbios, lembranças de antigas sabedorias que chegaram até nós graças a sua brevidade e a sua clareza.[6] Pensamentos minerais onde o olho escuta um rumor sem idade; gemas de memória, mais preciosas em 'mitologia' do que as fantasias de Hermes, a gesta de Asdiwal ou a morte de Ryangombe.

Talvez com o objetivo de 'salvar' uma certa idéia da mitologia, evoquei inúmeras vezes, de maneira implícita, a igual inventividade da memória e do esquecimento. As brumas de uma viagem em terra desconhecida não justificam a falta de rigor. Teriam a memória e o esquecimento vivido em perfeita união, como Filêmon e Báucis? Será que o conflito entre a memória e o esqueci-

---

[4] Aristóteles, fragmento 668, ed. Rose. Não teria jamais prestado atenção a esta palavra sem Michel de Certeau, *L'invention du quotidien. I. Arts de faire*, Paris, 1980, p. 167.

[5] Aristóteles, *Metafísica*, XII, 8, 1074 *b* 10-2; *Do céu*, I, 3, 270 *b* 19-20; *Meteorológicas*, I, 3, 339 *b* 27; *Política*, VII, 9, 1329 *b* 29.

[6] Aristóteles, *Da filosofia*, fr. 13 Rose; 8 Walzer.

Sobre a coleta de provérbios na atividade enciclopédica de Aristóteles e de sua escola, ver K. Rupprecht, *sub voce* 'Paroimiographoi', *Realencyclopädie des classischen Altertumswissenschaft*, XVIII, 4 (1949) col. 1736-38; R.Weill, *Aristote et l'histoire. Essai sur la 'Politique'*, Paris, 1960, pp. 141-4.

mento[7] só ganhou força em nossos dias, depois que se multiplicaram as sociedades onde os historiadores se transformaram em burocratas oficiais e onde o combate contra o poder, a verdade absoluta e o totalitarismo fazem homens e mulheres repetirem sem esperança as palavras de seus mortos privados da escrita, e os versos fugidios, mas inesquecíveis, dos poetas proibidos e assassinados?

Não há paraíso nem para a memória nem para o esquecimento. Só o trabalho de ambos, e modos de trabalho que têm uma história. Uma história a se fazer.

---

[7] Do qual fala Milan Kundera, em *O livro do riso e do esquecimento*, 2ª ed., Rio de Janeiro, Nova Fronteira, 1987.

FRONTEIRAS EQUÍVOCAS

Não há nada mais familiar do que a mitologia e normalmente se concorda, sem dificuldade, que "um mito é percebido como mito por todos os *leitores* do mundo inteiro".[1] Além disso, a mesma figura aparece desde o Tratado de Panckoucke, intitulado *Les études convenables aux demoiselles* (em Lille, 1749) até *Mythologiques*, de Lévi-Strauss (1964-71). E o prolongamento em 'ique' (ico-ica), introduzido pela análise estrutural para marcar o surgimento da lógica na antiga mitologia, só vem nos alertar para o duplo registro semântico que de imediato percebemos ao falar de 'mitologia'. Por um lado, é um conjunto de enunciados discursivos, de práticas narrativas, ou ainda, como se costuma dizer, de relatos e histórias que convém às 'mocinhas' conhecer, mas que, na verdade, eram conhecidas por todos no século XVIII. Sob outra ótica, a mitologia apresenta-se como um discurso *sobre* os mitos, um saber que tenciona falar dos mitos em geral, de sua origem, de sua natureza, de sua essência; um saber com pretensões a se transformar em ciência, tanto hoje quanto outrora, pelos procedimentos usuais de estruturar alguns de seus objetos, sistematizar diferentes enunciados do saber que ela inaugura e formalizar conceitos e estratégias. Intuitivamente, a mitologia é para nós um lugar semântico onde se cruzam dois discursos, sendo que o segundo fala sobre o primeiro e depende da interpretação. Quem faz o que chamamos de mito está tomado ou

---

[1] Claude Lévi-Straus, *Antropologia estrutural*, 2ª ed., Rio de Janeiro, Tempo Brasileiro, 1985 (o grifo em 'leitores' é nosso).

possuído por uma necessidade de falar, por um desejo de saber, por uma vontade de buscar o sentido e a razão de seu próprio discurso? De onde surge essa imagem de ingênua introspecção? Como se instaura o saber que quer falar de mitos e que, a partir do século XIX, pretende fundar uma ciência dos mitos, "enfim considerados em si mesmos"? Estas questões podem ser formuladas de maneira diversa: quem empresta a voz à mitologia-ciência? E de onde ela fala? Como, através de quais práticas esse saber demarcou seu território? Depois de que rupturas ele tomou forma?

Como ponto de partida para este percurso, tomemos um estágio onde o saber mitológico se arvora em ciência dos mitos e se fixa em uma ordem institucional: quando o ensino público começou a falar em 'ciência dos mitos' e 'mitologia comparada'.[2] Em outras palavras, quando o saber se instala, quando começa, diz Molière, a pregar em cadeira, ou em cátedra da verdade — o mobiliário designando o saber como ciência. Entre 1850 e 1890, a Europa estava repleta destas 'cátedras': de história das religiões, de ciência dos mitos e de mitologia comparada. De Oxford a Berlim, e de Londres a Paris, tínhamos as mesmas propostas nas mesmas cátedras; de Friedrich Max Müller (1823-1900) a Andrew Lang (1844-1912) e de Edward Burnett Taylor (1832-1917) a Paul Decharme (1839-1905) e Adalbert Kuhn (1812-82). Todos são precisos quanto às razões que os mantiveram, durante quarenta anos, presos a um discurso científico sobre os mitos. Seu porta-voz, Andrew Lang, anuncia com voz firme o papel destinado à nova disciplina:

> A dificuldade encontrada pela mitologia (como 'ciência') está em explicar as questões que se seguem e que, ao lado de outros elementos de aparência irracional, estão contidas nos mitos: as histórias *selvagens* e *absurdas* sobre o início das coisas, a origem

[2] Três obras de referência: H. Pinard de la Boullaye, *L'Étude comparée des religions*, Paris, I e II, 1925; Jan de Vries, *Forschungsgeschichte der Mythologie*, Fribourg e Munique, 1961; B. Feldmann e Robert D. Richardson, *The rise of modern mithology*, 1680-1800, Indiana University Press, 1972.

> do homem, do sol, dos animais, das estrelas, da morte e do mundo em geral; as aventuras *infames* e *ridículas* dos deuses; explicar por que os seres divinos são vistos como incestuosos, adúlteros, assassinos, ladrões, cruéis e canibais e por que tomam a forma de animais; os mitos de metamorfose em plantas, animais e estrelas; esclarecer as histórias *repugnantes* sobre o reino dos mortos: as descidas dos deuses à morada dos mortos e seu retorno desses lugares.[3]

Eis o que caça a ciência dos mitos: histórias selvagens e absurdas; aventuras infames e ridículas; incestos, adultérios, assassinatos, roubos, atos de crueldade, práticas de canibalismo, histórias repugnantes.

De maneira mais lapidar, Friedrich Max Müller diz a mesma coisa: o trabalho reservado à mitologia comparada — disciplina que, para ele, nasceu da ciência da linguagem — é explicar o elemento *estúpido, selvagem* e *absurdo* na mitologia. Em 1834, Paul Decharme confirma que o objeto da ciência dos mitos são as fábulas monstruosas, repugnantes e imorais.[4] O que mobiliza os novos mitólogos não é mais, ao que parece, a mitologia, mas "as imaginações de uma extravagância singular ou de uma imoralidade revoltante". De que se trata? De onde vêm estas fábulas repugnantes? De que continentes, de que paragens longínquas surge tanto horror? Para despertar tanta emoção, para que todos declarem a uma só voz que estas narrativas são tão chocantes e embaraçosas, é preciso haver uma razão, um motivo, um pretexto. A razão é, aos nossos olhos, tão estranha que um desvio em direção à ciência do mito na segunda metade do século XIX nos parece ser fruto da curiosidade erudita ou testemunho de uma estranha atração pelo grotesco e pelo obsceno. Na realidade, o que a ciência dos mitos revela e que nos salta aos olhos,

---

[3] A. Lang, *La mythologie,* tradução de L. Parmentier, Paris, 1886, pp. 55-6:

[4] P. Decharme, *Mythologie de la Grèce antique,* Paris, 1884, VII-XXXVII. A mesma problemática aparece em M. J. Lagrange, *Études sur les religions sémitiques,* Paris, 1905, p. 34.

repentinamente, é que a mitologia dos gregos está repleta de histórias indecentes, sustenta palavras incongruentes, fala uma linguagem insensata. Escândalos que o professor Müller denuncia com vigor nas suas aulas, em Oxford:

> Os poetas da Grécia têm uma aversão instintiva por tudo o que é excessivo e monstruoso. Ora, os gregos atribuem a seus deuses coisas que assustariam até o mais selvagem dos 'peles-vermelhas'. Nem nas tribos mais atrasadas da África e da América encontramos coisas tão revoltantes e hediondas.[5]

O que assustaria o pele-vermelha de Friedrich Max Müller? São as aventuras infames de deuses adúlteros, incestuosos, assassinos, cruéis e canibais: Deméter, devorando vorazmente o seu prato guarnecido com Pélope, no dia em que Tântalo convidou os deuses para jantar; Cronos, um velhaco, engolindo seus recém-nascidos, um após o outro; Urano, o pai castrado por seu filho, num imenso jorrar de sangue e esperma. Existem também outras histórias não menos hediondas e revoltantes: Dioniso esquartejado e enfiado num espeto; Zeus tomando a forma de um touro etc. Há todo um repertório dedicado ao escandaloso. Um repertório vitoriano que começa pelo chocante, pelo embaraçador, deriva em direção ao extravagante e ao ridículo, chegando às raias do absurdo, do infame, do selvagem, do revoltante e do hediondo.

A nova mitologia se apresenta de imediato como uma ciência do escandaloso. Mas, para que haja um estado de escândalo ao qual se aplique a ciência de Müller e de Tylor — ambos decididos a falar sobre os mitos em si mesmos —, é preciso que algum tipo de sismo tenha devastado, em maior ou menor profundidade, a paisagem familiar da mitologia clássica. Narrativas de uma mitologia conhecida desde sempre poderiam provocar abruptamente um escândalo?

---

[5] Friedrich Max Müller, *Nouvelles leçons sur la science du langage*, tradução G. Harris e G. Perrot, II, Paris, 1868, p. 115, citado por A. Lang, *La mythologie*, tradução de L. Parmentier, Paris, 1886, pp. 20-1, a quem se deve, parece, a última frase, ao menos em sua carta.

A referência obsessiva ao selvagem, ao iroquês oculto sob a capa do grego, parece situar o ponto nevrálgico do confronto entre as Sociedades antigas e os Povos da Natureza. Por isso, a nova ciência se denomina 'mitologia comparada'. Essa ciência, quando assume uma história, escolhe como precursores de sua audácia e de seu próprio rumo os dois espíritos que, trilhando caminhos distintos, dedicaram-se ao mesmo tempo a mostrar "uma impressionante conformidade entre as fábulas dos americanos e as dos gregos".[6] O ensaio de Joseph-François Lafitau, *Mœurs des sauvages amériquains comparées aux mœurs des premiers temps,* foi publicado em 1724, no mesmo ano que a obra de Fontenelle, *De l'origine des fables.* Quando Lafitau embarcou para se reunir às missões dos jesuítas na Nova França, encontrou as Américas já povoadas por gregos homéricos e romanos vestindo togas: física e moralmente, os selvagens americanos eram contemporâneos de Plutarco.[7] São belos como deuses e os viajantes do século XVIII não se cansam de admirar-lhes "a estatura do corpo, as proporções dos membros e a fisionomia nobre e grandiosa" recorrendo como Yves d'Evreux, memorialista de Maragnon, a Crato, o filósofo que chama o corpo de 'reino solitário'.[8] A esses privilégios da natureza, os selvagens somam as virtudes de

---

[6] Estas palavras são de Fontenelle, *De l'origine des fables* (1724), edição crítica de J. R. Carré, Paris, 1932, 30-1. A. Lang, *Mith, ritual and religion,* Londres, 1887, II (*apêndice A*), 321, escreve: "Os discípulos de Tylor (E. B), Mannhardt, Gaidoz e outros parecem ter consciência de que simplesmente reeditam as opiniões do sobrinho de Corneille."

[7] Observações em De Rochemonteix, *Les jésuites et la Nouvelle-France au XVIIe siècle*, Paris, 3 vols., 1895; G. Chinard, *L'Amérique et le rêve exotique dans la littérature française au XVIIe et au XVIIIe siècles*, Paris, 1934; M. de Certeau, 'Ethno-graphie. L'oralité ou l'espace de l'autre: Léry' em *L'écriture de l'histoire,* Paris, 1975, pp. 215-48.

[8] Yves d'Évreux, *Suite de l'histoire des choses plus mémorables advenues en Maragnon ès anées 1613 et 1614,* Paris, François Huby, 1615, pp. 105-6. As pesquisas de Michel de Certeau ('Récits de voyage anciens, XVIe/XVIIIes. Archéologie du discours ethnographique' em *Semiotica,* VII, 1973, p. 4, 373) atualmente revelam o "selvagem, corpo de gozo" como um dos produtos desse tipo de discurso.

Esparta: coragem, moderação, liberalidade e justiça. A originalidade de Lafitau está em estender esta comparação ao plano 'intelectual', mostrando a estranha 'semelhança' entre os usos e costumes dos selvagens da América e os dos antigos:[9] as práticas de abstinência, os modos de iniciação, os gestos do sacrifício, a forma das cabanas e a instituição das vestais. Uma plêiade de figuras que designam um 'conjunto de deveres' e uma 'religião civil' onde as práticas cultuais são encaradas como um serviço público e ofício útil à sociedade.[10]

Sobre o grande corpo consuetudinário que vai do Antigo ao Novo Mundo, estão inscritos os estigmas da Religião Santa em sua origem adâmica: os hieróglifos, os símbolos e os emblemas, figuras misteriosas que têm a missão de transmitir um ensinamento no segredo das iniciações e dos mistérios.[11]

Nesse projeto de descobrir, para além do cristianismo e da Bíblia, uma religião dos primeiros gentios[12] que fundamente a 'conformidade' entre gregos e selvagens, as fábulas e a mitologia narram a decadência; elas revelam os estragos causados pela corrupção. A mitologia prolifera com a ignorância, excita-se com as paixões e surge quando o culto se desagrega e quando a religião se obscurece. É a figura da alteração. E Lafitau relaciona as fábulas grosseiras dos gregos com as idéias carnais, e não menos grosseiras, que gangrenam a religião dos selvagens[13] des-

---

[9] J.-F. Lafitau, *Mœurs des sauvages amériquains comparées aux mœurs des premiers temps.* Paris, 1724, 2 vols. Ver ainda as análises de G. Tissot, 'Joseph-François Lafitau: figures anthropologiques', *Sciences religieuses/Studies in religion,* IV, 2, 1974-75, pp. 93-107; e sua tese, *Image et origine: fondements du systéme de religion de Joseph-François Lafitau,* Ottawa, 1978 (no prelo).

[10] Michel de Certeau, *A escrita da história,* Rio de Janeiro, Forense Universitária, 1982.

[11] M.-V. David, *Le débat sur les écritures et l'hiéroglyphe aux XVIIe et XVIIIe siècles,* Paris, 1965.

[12] J.-F. Lafitau, op. cit., I, pp. 8-9.

[13] J.-F. Lafitau, op. cit., II, pp.154-7.

fazendo o "belo conjunto de deveres".[14] Mais ainda, o jesuíta acusa os gregos — que levaram a ciência e as artes ao mais alto grau de perfeição — de haverem estragado a religião com uma "infinidade de fábulas ridículas e insípidas",[15] apesar de todas as suas filosofias e luzes. Quer venham dos iroqueses ou dos antigos gregos, as fábulas nunca são nada além de excrescências, um corpo estranho, uma sujeira externa; elas fazem jus à mesma condenação moral. Contudo, sua 'conformidade' não provoca nenhum escândalo.[16] Lafitau faz os lacedemônios passearem pelos povoados iroqueses e os hurões pela Atenas de Cécrope ou de Plutarco, indiferentemente, sem qualquer intenção de tornar os gregos selvagens ou de helenizar os selvagens americanos.[17]

Nenhuma emoção em Fontenelle que, aliás, vive debruçado sobre as "tolices gregas e romanas".[18] Pois se a Razão simula espanto voltando-se para os primeiros homens — extremamente crédulos, já que toda a história antiga não é mais do que um aglomerado de quimeras, devaneios e absurdos — ela não duvida um só instante de que a barbárie, mesmo excessiva, é um estado de ignorância e de que o bárbaro é aquele que não fala a língua da Razão.[19] Nem

---

[14] J.-F. Lafitau, op. cit., I, pp. 138.

[15] J.-F. Lafitau, op. cit., II, pp. 157.

[16] No máximo a aflição pela degeneração de uma antiga 'sagrada tradição', de uma "Religião santa na origem, antes de ser corrompida" (J.-F. Lafitau, I, p. 8).

[17] O 'modernismo' de Lafitau, afirmado pelos folcloristas, antropólogos e historiadores da Antigüidade, durante cinqüenta anos (de Van Gennep a Brelich), fundamenta-se em inúmeros mal-entendidos, sendo que a *iniciação* é um dos mais fecundos porque é central nas figuras hieroglíficas e misteriosas onde o missionário decifra os traços da Religião antiga e unânime. A iniciação vem prefigurar a 'categoria' antropológica dos *ritos de passagem* e dos *estados limítrofes* explorada por nossos contemporâneos.

[18] Cf. o que diz sobre isso J. R. Carré na edição crítica de Fontenelle, *De l'origine des fables*, 1932, pp. 81-2.

[19] Cf. J. R. Carré, *La philosophie de Fontenelle ou le sourire de la raison*, Paris, 1932; F. E. Manuel, *The Eighteenth century confronts the Gods*, Cambridge-Mass, 1959.

demência, nem algo fantástico, nada de extraordinário... Para explicar o curso das coisas e assim se entregar a uma atividade filosófica — a única possível nestes 'séculos grosseiros' —, os homens recorrem às histórias, inventam fábulas. Mas, quanto mais ignorante se é, mais prodígios se vêem. Também a filosofia daqueles tempos contribuiu para o nascimento do fabuloso. Daqui ou de outro lugar qualquer — dos lapões, dos gregos, dos iroqueses ou dos cafres, das zonas glaciais ou das zonas tórridas[20] — a fábula nada mais é do que um efeito da ignorância, mas de uma ignorância curiosa por explicar os fenômenos e o mundo. Ignorância cuidadosamente repartida entre todos os povos, sem exceção, de onde Fontenelle tira suas conclusões:

> Visto que os gregos, com toda a sua sabedoria, nos seus primórdios, não pensavam mais racionalmente do que os bárbaros da América, provavelmente estes teriam evoluído tanto quanto os gregos se a história lhes tivesse dado a oportunidade e se sua civilização, que mal dava os primeiros passos ao ser descoberta pelos espanhóis, não tivesse a evolução interrompida.[21]

Assim como não existe 'milagre grego', não existe também a verdadeira luz em sua filosofia, da qual emerge, como diz Lafitau, "uma espécie de ateísmo praticado".[22]

Ao contrário de Lafitau, que coloca a Religião na origem, Fontenelle sustenta que a natureza do fabuloso consiste em "transformar-se em religião", ao menos na maioria dos povos. Acrescente-se a isso o fato de que, entre os gregos em particular, as fábulas "se transformaram, por assim dizer, em *recreação (agrément)*.[23] Para explicar a sedução exercida pelas figuras da

---

[20] Fontenelle, De *l'origine des fables,* J. R. Carré (ed.), pp. 12 e 30 (comentários, pp. 84-91).

[21] Fontenelle, op. cit, pp. 31-2 (comentários, pp. 93-4).

[22] J.-F. Lafitau, *Mœurs des sauvages amériquains comparées aux mœurs des premiers temps,* Paris, 1724, II, p. 157.

[23] Fontenelle, *De l'origine des fables,* J. R. Carré (ed.), p. 34.

fábula antiga sobre a civilidade e sobre as artes plásticas no seu século, Fontenelle apela para o prazer. Prazer dos olhos, dos ouvidos e, mais ainda, da imaginação[24] (pois é ela que nos incita ainda a ver e a ouvir histórias "onde a razão está completamente desiludida").[25] À medida que a narração segue sua trajetória natural, o engodo se reveste de maravilhoso: desde os primeiros homens narrando aos seus filhos — nos quais se projeta a primeira idade da espécie humana — histórias freqüentemente falsas em si mesmas, trabalhadas pelo exagero,[26] até outras embelezadas pelo falso maravilhoso por narradores treinados a só dizer o mais agradável.[27]

Produtos da imaginação, e da expressão mais comum entre os homens, aos quais a poesia e a pintura se acomodaram tão bem que, representando-os, proporcionavam à nossa própria imaginação o espetáculo de sua atividade, com o prazer extremo de enganar-se a si mesma ao contemplar sua imagem no espelho das belas-artes.[28] Por *recreação*, Fontenelle certamente designa um traço cultural de sua sociedade, habitada por uma certa idéia da felicidade,[29] que se intensifica quando aplicada a estas ficções antigas, cujo conhecimento é indispensável "para quem quiser entender o tema de muitos quadros e ler, sem obstáculos, as mais

---

[24] Fontenelle, op. cit., p. 34.

[25] Fontenelle, op. cit., p. 35.

[26] Fontenelle, op. cit., pp. 13-4.

[27] Fontenelle, op. cit., pp. 20-2: "os homens, de alguma forma, sentiram prazer em se enganar; misturando fatos imaginários com as histórias de fatos verídicos, com ótimos resultados (...) nunca mais um fato notável foi narrado sem que lhe revestissem de ornamentos próprios para proporcionar prazer".

[28] Fontenelle, op. cit., p. 34: "Quando a poesia ou a pintura as utilizaram (as fábulas) para dar asas à nossa imaginação, não fizeram mais do que lhe devolver suas próprias criações."

[29] Cf. R. Mauzi, *L'idée de bonheur dans la littérature et la pensée françaises au XVIIIe siècle,* Paris, 1960.

belas obras de literatura".[30] Disseminada nos cenários da vida civilizada, nos salões e sobre os tremós, a fábula é, no século XVIII, uma condição de legibilidade do mundo cultural na sua totalidade.[31] Ela não tem nem lugar próprio, nem perfil que a caracterize por si. Nenhuma mitologia comparada pode nascer do projeto de estudar o espírito humano "numa de suas produções mais estranhas".[32] Será frustrada a comparação que pretender revelar "a analogia surpreendente entre as fábulas dos americanos e as dos gregos". Sabendo-se que "a mesma ignorância produziu, mais ou menos, os mesmos efeitos, em todos os povos",[33] não há por que interpretar a fábula ou a mitologia. Só o que merece interpretação é a origem que revela a natureza errônea da fábula e sua futilidade, infantil, para Fontenelle,[34] ou perversa, para Lafitau.

Fontenelle e Lafitau, dois percursos que a antropologia nascente do século XIX não reteve por acaso, mas que selaram a exclusão da mitologia, reconhecida pela Razão culpada por seus

---

30 Panckoucke, *Les études convenables aux Demoiselles,* Lille, 1749, II, p. 268. No prefácio (VIII e XIII), Panckoucke exige o aprendizado da mitologia, ao lado da poesia, da retórica, da geografia, da cronologia e da história. Para o abade Banier, *La mythologie et les fables expliquées par l'histoire,* Paris, 1738-40, I-III tudo conspira para nos recordar as antigas ficções mas que encerram, sob os ornamentos que as acompanham, uma parte da história dos primeiros tempos. O método é simples (I, pp. 16-7): quando uma fábula parece histórica, basta retirar o sobrenatural que a acompanha. "Um Poeta que tem acontecimentos a descrever não se limita a contá-los como historiador, mas acrescenta coisas."

31 Cf. J. Starobinski, 'Le mythe au XVIIIe siècle', em *Critique,* nº 366, novembro de 1977, p. 977.

32 Fontenelle, *De l'origine des fables,* J. R. Carré, p. 11.

33 Fontenelle, op. cit. p. 32.

34 Fontenelle, op. cit. pp. 39-40. "Não buscamos outra coisa nas fábulas a não ser a história dos enganos do espírito humano (...). Não é uma ciência para encher a cabeça com todas as extravagâncias dos fenícios e dos gregos; ela pretende saber quem conduziu os fenícios e os gregos a essas extravagâncias."

erros e ignorância. E se é verdade que a fábula narra a selvageria em histórias grosseiras mas ridículas, absurdas mas insípidas, nada desse selvagem perturba a Razão, que simula o temor sem se deixar inquietar. Essa selvageria acarreta o silêncio da interpretação, não faz falar, na medida em que ela própria permanece muda. Não há lugar para nenhum tipo de escândalo, tampouco para qualquer espécie de saber mitológico no discurso *selvagem* e *absurdo* dos gregos e dos iroqueses, vistos a partir da antropologia de Tylor.

Para que a mitologia se torne palavra, para que esta voz se faça ouvir em si e em suas harmonias, e não mais através de uma ordem cultural ou prisioneira de uma ética, misturando civilidade com religião, foi mister abrir-se um espaço reservado à linguagem e descortinar um novo horizonte lingüístico. A 'mitologia comparada' de Friedrich Max Müller se desdobra no interior de uma *Ciência da linguagem*, e quando a antropologia de Tylor se propõe mostrar a existência de uma mitologia *natural* nas raças inferiores, é a partir das formas originais da linguagem falada pela humanidade nos seus primórdios. Uma série de descobertas e de invenções transformou o *status* da linguagem na primeira metade do século XIX:[35] a publicação dos *Vedas*, fundando a filologia do sânscrito, os primeiros trabalhos sobre os *Gâthâs* e o *Avesta*, e, em 1816, a gramática comparada de Franz Bopp foram inovações que fizeram da língua um objeto orgânico saído de uma ciência natural. Em fins do século XVIII, surge uma fonética não mais voltada para a pesquisa dos primeiros valores expressivos, mas para a análise dos sons em suas relações e possíveis transformações uns nos outros.[36] Em vez de ser um discurso constituído por uma série de palavras, cada uma tendo

---

[35] R. Schwab, *La renaissance orientale,* Paris, 1950, pp. 171-204.

[36] Michel Foucault, *As palavras e as coisas,* 4ª ed., São Paulo, Martins Fontes, 1987; cf. Robert Henry Robins, *Pequena história da lingüística,* Rio de Janeiro, Ao Livro Técnico/MEC/INL; M. de Certeau, D. Julia, J. Revel, *Une politique de la langue. La revolution française et les patois,* Paris, 1975.

em seu tecido uma significação cuja única definição possível é vertical, remetendo ao que Michel Foucault denomina a 'pré-Babel', a língua se transforma num sistema de sonoridades, um "conjunto de sons independentes das letras que podem transmiti-los".[37] A descoberta da flexão confere à língua uma arquitetura interna: sons, sílabas e radicais tornam-se elementos formais que se organizam segundo as leis de uma fonética. Uma ciência natural, graças à qual o naturalista, quando este se chama A. Schleicher, pode estudar, na esteira de Darwin, a luta pela existência das línguas dispersas pelo mundo.[38] Desta luta saiu, triunfante e sedento por mais vitórias, o indo-europeu que Klaproth, desde 1823, havia mobilizado a serviço do nacionalismo, rebatizando-o como indo-germânico.[39] Paralelamente às transformações trazidas pelas novas disciplinas — filologia e gramática comparada — surge uma idéia da linguagem como palavra vinda do povo, cuja mobilidade sonora denuncia uma atividade constante que parece inseparável do movimento incessante de uma história que está sempre por se fazer.[40] A palavra do Povo e da Nação cuja mitologia não é outra coisa senão a voz esquecida ou perdida. Palavra e canto a um só tempo, uma linguagem primitiva se põe a falar nas origens da humanidade ou da nação; ela não conhece nem a mentira nem a abstração e traz consigo apenas a fidelidade expressiva da qual extrai a energia e a grandeza que faltam às línguas já civilizadas.[41]

---

[37] Michel Foucault, *As palavras e as coisas*. Cf. também G. Genette, *Mimologiques. Voyage en Cratylie*, Paris, 1976, pp. 227-40.

[38] A. Schleicher, *Die darwinische Theorie und die Sprachwissenschaft*, Weimar, 1863.

[39] Cf. R. Schwab, 'Le langage, arme de guerre: de Klaproth à Gobineau', em *La renaissance orientale*, Paris, 1950, pp. 198-202.

[40] Michel Foucault, *As palavras e as coisas*: "Numa língua, aquele que fala, que não pára de falar num murmúrio incompreensível mas de onde surge o brilho, é o povo."

[41] Cf. J. Starobinski, 'Le mithe au XVIIIe siècle', em *Critique*, nº 366, nov. de 1977, p. 993.

É nesse novo espaço sonoro que a mitologia da Antigüidade torna-se, repentinamente, uma linguagem incongruente e insensata, onde seu povo, que se julgava ter atingido os últimos limites da civilização, parece sustentar um discurso mais carregado de selvageria do que os Povos da Natureza. O encontro entre o grego e o iroquês não tem mais lugar na mesma história depois que o romantismo alemão e a filosofia hegeliana conferiram à Grécia o privilégio de terra natal do homem culto da Europa, como diz Hegel.[42] Terra original de nossas raízes, onde nasce uma nova humanidade, marcada pelo que Husserl chamará, na mesma tradição, de conhecimento *teorético*, fundado na verdade ideal que se transforma em valor absoluto.[43] No início do século XIX, o grego não tem mais direito nem ao erro nem às tolices: nascido da terra onde surge a consciência de si, onde se forma o universo espiritual que ainda hoje é o nosso (e Husserl dirá isso um século depois de Hegel), o homem grego é portador da Razão. Quando se passa a suspeitar que o fiador da nova racionalidade fala, em sua mitologia, a linguagem típica de um "espírito temporariamente tomado pela demência", explode o escândalo. Estamos num estado de escândalo. À voz estranha e alucinada que brota da mitologia, novamente inscrita na linguagem, responde a interpretação que se escreve ao modo de uma ciência.

Entre a ciência que fala e o escândalo que a faz falar, a distância é pequena e a interpretação segue tão de perto o que ela denuncia e persegue que o escandaloso parece inseparável do enunciado produzido por uma ciência com esta motivação. Assim, quando Tylor e Lang afirmam que a dificuldade da mitologia-ciência está em explicar como tantas narrativas míticas contêm elementos *aparentemente* irracionais,[44] o trabalho da ciência já está engajado: a aparência vem em auxíllio à realidade e a

---

[42] Cf. D. Janicaud, *Hegel et le destin de la Grèce*, Paris, 1975.

[43] Cf. M. Detienne, 'Au commencement était le corps des dieux', em *Critique*, nº 378, nov. de 1978, pp. 1.054-55.

[44] A. Lang, *La mythologie,* tradução L. Parmentier, Paris, 1886, p. 55.

razão erudita já assumiu um discurso de salvação pública. Mas a ciência conhece mais de uma estratégia. Duas grandes correntes dominam as discussões teóricas abertas durante toda a segunda metade do século XIX: a 'Escola de Mitologia comparada', sob a liderança de Friedrich Max Müller, e a 'Escola Antropológica', fundada por Tylor a partir de seu livro *La civilisation primitive*.[45] Ambas concordam num ponto: a urgência de explicar uma linguagem tão louca. Sua única divergência, porém, refere-se à forma de justificar a presença de proposições dementes no discurso do mito.

Para Friedrich Max Müller, contemporâneo da descoberta da gramática comparada, a explicação só pode ser lingüística, ou seja, é preciso encontrá-la no sistema da língua e em sua história.[46] É isso que *La science du langage*[47] pretende mostrar estabelecendo uma estratigrafia da palavra humana, distinguindo-lhe três fases: temática, dialetal e mitopoéica. O primeiro período vê a formação de uma gramática primitiva, já contém o germe de todas as formas das línguas turânias bem como o das arianas e o das semíticas. É quando são forjados os termos que exprimem as idéias mais necessárias. Ao longo do segundo período, as duas famílias de línguas — semítica e ariana — se diferenciam e cada sistema gramatical recebe, definitivamente, traços específicos. A separação inevitável dos dialetos e das línguas abre espaço a uma terceira fase, onde não há nem leis, nem costumes, mas onde se esboçam os primeiros rudimentos da religião e da poesia. É a idade *mitopoéica*, denominação que poderia sugerir que o homem começa a fabular e a fabricar os mitos da mesma forma

---

[45] *La civilisation primitive* (1873), tradução francesa de P. Brunet, ed. Barbier, I-II, Paris, 1876.

[46] Friedrich Max Müller, *Collected works*, Londres, 1898, 20 vols. Cf. as análises de H. Pinard de La Boullaye, *L'étude comparée des religions*, Paris, I e II, 1925 (Index: *s.v.* Müller, Fr. Max).

[47] *La science du langage*, tradução G. Harris et G. Perrot, Paris, 1876. 'A teoria de Max Müller' é objeto de um capítulo de A. Lang, *La mythologie*, pp. 20-45.

como forjou anteriormente os termos fundamentais da linguagem. Não pode haver nada mais distante do pensamento de Friedrich Max Müller, para quem o discurso mítico é um produto inconsciente da linguagem, do qual o homem é sempre a vítima, e nunca o produtor. Com efeito, assim como as grandes estruturas gramaticais se formam silenciosamente nos abismos vegetais da língua, os primeiros mitos surgem como bolhas, arrebentando a superfície das palavras e das frases que jorram da boca da humanidade original. No alvorecer de sua história, o ser humano teve a faculdade de pronunciar palavras que exprimiam, de forma direta, uma parte da substância dos objetos percebidos pelos sentidos. As coisas despertavam nele sons que se materializavam em *raízes* e engendravam os *tipos fonéticos,* a partir dos quais se constituiu o corpo da linguagem. O Gênesis voltava a ter razão: "Toda a Terra tinha apenas uma linguagem e um único falar."[48] Mas o espírito humano não conservou por muito tempo o privilégio de "dar uma expressão articulada às concepções da razão". A partir do momento em que a humanidade cessa de 'ecoar' o mundo, a doença insinua-se na linguagem, vítima das ilusões produzidas pelas palavras.

Enquanto a humanidade se mostrar sensível à significação primeira das palavras, termos como 'noite, dia, manhã, tarde' são concebidos como seres poderosos, providos de uma vontade, marcados por um caráter sexual, sem que se perca de vista o caráter *físico* dos fenômenos da natureza designados por estas palavras. No entanto, uma vez alterado o sentido primitivo dos nomes dados aos seres poderosos pela linguagem, que os criava espontaneamente, começam a aparecer os personagens míticos. Os nomes das forças da natureza transformam-se em nomes próprios: 'Zeus faz cair a chuva' surge da expressão 'a chuva cai do céu'. A língua perdeu sua transparência e o sentido 'Zeus=céu luminoso' tornou-se obscuro. Esquecimento fatal. Os homens não sabem mais que a linguagem, com seus 'verbos substanti-

---

[48] *La science du langage,* p. 469.

vos', com sua abundância de imagens, fala mais do que efetivamente diz, e que está carregada de 'um excesso de significações'. Se o emissor não sabe mais que deve eliminar o excesso de sentidos, torna-se vítima das palavras que pronuncia. A humanidade transforma-se em presa das ilusões de uma linguagem, no seio da qual prolifera o discurso estranho e desconcertante dos mitos.

La science du langage, por sua vez, vem nos desiludir: "A mitologia, este flagelo da Antigüidade, é, na verdade, uma doença da linguagem."[49] Iludidos da mesma forma que a humanidade da terceira fase, perdendo o controle da linguagem, deixamos que ela fale por nós. É devido à ignorância que temos dos mecanismos lingüísticos que consideramos a mitologia dos povos mais racionais invadida por "imaginações de uma singular extravagância e de uma imoralidade revoltante".[50] Para a lingüística do Iluminismo, a mitologia nunca é gratuita; ela não pode ser a fabulação ingênua de uma infância da humanidade. Seria, ao contrário, uma necessidade inerente à linguagem, esta forma exterior do pensar. Mais precisamente, a mitologia é a "sombra obscura que a linguagem lança sobre o pensamento" no momento de sua gênese.[51] Cabe à ciência lingüística clarear este lugar de sombras onde nossas ilusões sobre o mito redobram os fantasmas e as ficções produzidos pelos primeiros emissores. Tentando descobrir o ilusório de onde procede a mitologia, objeto de seu saber, o mitólogo Müller declara claramente sua posição: a que vê o mundo da aparência como uma 'maneira de ficção' contrastando com a realidade das coisas.[52] Uma geração determinada

---

[49] *La science du langage,* p. 12.

[50] P. Decharme, *Mythologie de la Grèce antique*, Paris, 1884, p. VII.

[51] Friedrich Max Müller, *Über die Philosophie der Mythologie,* reimpresso em apêndice a *Einleitung in die vergleichende Religioswissenchaft*, Estrasburgo, 1874, p. 316, citado por E. Cassirer em *Langage et mythe. À propos des noms des dieux* (1924), tradução francesa de Ole Hansen-Love, Paris, 1973, pp. 13-4.

[52] Cf. E. Cassirer, op. cit. p. 4.

projeta descobrir por trás das telas dos nomes e das personificações míticas as formas do espetáculo da natureza que impressionaram a humanidade mais antiga.

A mitologia, dirá Stéphane Mallarmé por volta de 1880, conta a 'Tragédia da Natureza';[53] ela é a "compilação dos 'era-uma-vez' narrados pelos homens de antigamente sobre tudo o que viam e o que ouviam...";[54] é um conjunto de narrativas das quais muitas foram 'desnaturadas' e outras tornaram-se 'chocantes'.[55] Mallarmé explica na *Nouvelle mythologie* — um tratado escolar destinado aos estudantes —[56] que "do mesmo modo que os homens diziam que o Sol, na época da seca, matava os frutos da Terra, sua noiva, os gregos contavam que Tântalo, rei do Oriente, matou e cozinhou o próprio filho".[57] Como não havia dúvida de que as metáforas da linguagem remetiam aos fenômenos naturais, o bom mitólogo devia, antes de qualquer conhecimento lingüístico, experimentar um "sentimento profundo de natureza"[58] como recomenda Paul Decharme. E é justamente em função de seu temperamento que os exegetas da nova escola reagem. Reconhecemos duas correntes teóricas com duas formas de sensibilidade diferentes. Para o primeiro grupo, liderado por Friedrich Max Müller, o que deu origem à linguagem e aos mitos foi o espetáculo do sol e da luz.

> Os primeiros assuntos para entretenimento, os primeiros temas poéticos da humanidade devem ter sido o nascimento do astro-

---

[53] Stéphane Mallarmé, *Les Dieux antiques. Nouvelle mythologie d'après George W. Cox,* 1880, Paris, 1952, p. 15.

[54] Stéphane Mallarmé, op. cit., p. 4.

[55] Stéphane Mallarmé, op. cit., p. 9.

[56] Como explica "a introdução do editor de 1880" (XI-XVI). A obra é dedicada a Charles Seignobos, deputado da Ardèche: "Seu amigo de longa data, Stéphane Mallarmé."

[57] Stéphane Mallarmé, op. cit., p. 9.

[58] P. Decharme, *Mythologie de la Grèce antique*, Paris, 1884, XIX.

> rei, sempre saudado por gritos de alegria, seu combate contra a escuridão, sua união com as nuvens, seu poder, às vezes salutar, mas também fatigante e mortal, seu desaparecimento no horizonte que se assemelhava a um fim precoce.[59]

Para os outros, arrastados por A. Kuhn, não foram os fenômenos regulares da natureza que imprimiram sua marca na linguagem dos primeiros homens, mas, ao contrário, suas fúrias, convulsões e perturbações. Depois de algum tempo, já indiferentes aos movimentos rotineiros dos corpos celestes, os primeiros espectadores da natureza devem ter sentido sobretudo "a presença divina na aparição inesperada e sempre maravilhosa das tormentas, dos raios e das tempestades".[60]

A escola antropológica se oporia a esta interpretação lingüística (aceita tanto pelos partidários do Sol quanto pelos amigos das Tormentas), afirmando, com pertinência, que um sistema explicativo, concebido para compreender o discurso mítico em sua totalidade, não é capaz de justificar os detalhes *estúpidos*, *absurdos* e *selvagens* cuja presença escandalosa foi denunciada de comum acordo.[61] O modelo lingüístico de Müller peca pelo excesso de força. Certamente o remédio era muito forte e a operação pedia uma terapia brutal já que toda a mitologia estava desaparecendo, ao mesmo tempo em que se dissipavam a bruma da palavra e as nuvens das frases. Eis por que o projeto rival, lançado por Lang na trilha de Tylor, visa inicialmente a explicar apenas a parte irracional da mitologia. Decidindo que os mitos nada mais eram do que uma 'doença' da linguagem, a Escola de

---

[59] M. Bréal, *Mélanges de mythologie et de linguistique*, Paris, 1877, pp. 163-4.

[60] P. Decharme, *Mythologie de la Grèce antique*, Paris, 1884, XXI. O contraste entre os dois temperamentos e as duas escolas rivais é analisado por Friedrich Max Müller, *Nouvelles leçons sur la science du langage*, tomo II, Paris, 1868, pp. 248-9; 271-8.

[61] A. Lang, *La mythologie*, tradução de L. Parmentier, Paris, 1885, pp. 36-8.

Mitologia comparada parecia ter esquecido que os "australianos, os boximanes, os peles-vermelhas e as raças inferiores da América do Sul", segundo as palavras de Lang,[62] continuavam a contar, nas savanas e nas florestas, as mesmas histórias selvagens que ninguém sonhava em explicar como o resultado singular de algumas frases mal compreendidas. O presente deveria explicar o passado, e não o contrário. E Lafitau tinha razão contra o século que não soube entendê-lo.

A estratégia de Tylor mobiliza a comparação, mas ao nível das civilizações: das primitivas às mais evoluídas, e sem conferir à linguagem outro privilégio que não o de ser um produto primordial da humanidade. A palavra nasceu na espécie humana no estágio selvagem: ações sendo nomeadas de acordo com os sons: os nomes dos animais ligados à sua voz; mais tarde, as palavras são modificadas para adaptar o som ao sentido. Todos esses procedimentos estão ligados a expedientes práticos, ao alcance de uma criança de cinco anos. Todas as línguas, no início, são submetidas ao mesmo tipo de arte intelectual: uma 'filosofia de ama-de-leite'.[63] E a mitologia? Encontra-se em seu florescer. "Uma língua desta natureza nada mais é, na realidade, do que o reflexo de um mundo mítico."[64]

A mitologia está em todos os lugares: ela impregna a gramática, invade a língua com a metáfora, espalha-se na sintaxe. Todavia, seu crescimento é limitado; ela só tem um tempo, pertence a uma única idade: a infância. Tylor denuncia a falsa idéia do poder criador quase sem limites da faculdade imaginativa do homem...[65] O mito em suas manifestações e em seus

---

[62] A. Lang, op. cit. p. 58.

[63] E. B. Tylor, *La civilisation primitive* (1873), traduzido para o francês por P. Brumet e org. por Barbier, Paris, 1876, I (capítulo V, 'Langage émotionnel et imitatif', pp. 189-276), p. 274. Cf. R. R. Marett, *Tylor*, Nova York, 1936.

[64] E. B. Tylor, op. cit., I, p. 347.

[65] E. B. Tylor, op. cit., I, p. 334.

primeiros desenvolvimentos, pertence ao estado primordial do espírito humano, que se assemelha ao espírito infantil.[66] Neste desenvolvimento, limitado aos primeiros tempos da humanidade, dois fenômenos têm um papel determinante: a atribuição de uma vida real à natureza em sua totalidade, e a influência tirânica que a linguagem exerceu, no início, sobre o espírito humano. Para examinar os procedimentos empregados pelo homem na criação dos mitos, Tylor não precisou recorrer nem à gramática comparada, nem aos indo-europeus. A infância da humanidade, a nossa infância, está bem diante de nossos olhos: nas Américas, no continente africano ou em qualquer lugar onde surgiram povos selvagens, pois os selvagens de hoje estão ainda "num período de criação mítica".[67]

Descoberta que deve transformar radicalmente a mitologia e fazer dela, enfim, uma ciência. Hoje em dia as ficções que pareciam ter uma origem totalmente espontânea encontram sua *causa*. A interpretação deixa de ser uma nova fantasia que vem se juntar a esta coisa maleável e inconstante chamada fábula ou mito. A partir daí, a Ciência pode designar os mitos *verdadeiros*, fazer uma triagem e reconhecê-los no tecido das narrativas e do saber histórico. Considerando-se que o mito é um produto natural e regular do espírito humano reagindo a certos fatos, na medida compatível com o estado intelectual do povo que imaginou os verdadeiros historiadores, declara Tylor, devem tratar o mito "como uma excrescência" que precisa ser extirpada da história verdadeira. Com precauções, no entanto: "desde que reconheçam que esta excrescência não resiste à prova dos fatos, e que consigam explicá-lo claramente como mito".[68]

Descobrindo que o espírito humano 'mitologiza' em certas condições, que uma certa educação leva a um certo gênero de

---

[66] E. B. Tylor, op. cit., I, pp. 324-5.

[67] E. B. Tylor, op. cit., I, p. 324.

[68] E. B. Tylor, op. cit., II, p. 574.

idéias e que as hordas selvagens ainda falam a língua primeira do mito, Tylor acredita haver encontrado o meio de explicar as narrativas chocantes e embaraçosas da Grécia. De fato, uma vez confrontados com a verdadeira mitologia dos selvagens, os dados absurdos da fábula grega despem-se de sua estranheza. O incesto, o canibalismo e o parricídio recheiam as narrativas dos peles-vermelhas; o roubo, o adultério e as crueldades e abomináveis florescem nas mitologias da África e da Oceania. São produtos toscos do espírito humano primitivo que podem, atualmente, ser explicados como parte de um estágio da sociedade e da inteligência humanas, no qual fatos que nos parecem irracionais e extraordinários são então aceitos como acontecimentos normais e evidências imediatas. Nas civilizações mais adiantadas, os mitos acabaram se fossilizando sob a forma da superstição — *resquícios* que tanto podem ser rejeitados como absurdas mentiras, quanto aceitos pela história.

Não há mais dúvida: aqui e ali, a mitologia fala uma mesma linguagem. A selvageria que explode com violência nos trópicos, entre os povos primitivos, está presente entre os gregos contida e discreta, polida pela conquista de uma grande civilização. Conseqüentemente, tudo o que na mitologia dos povos civilizados pode nos chocar, na realidade não passa de vestígios de um estado de pensar que, há pouco tempo, dominava toda a humanidade e cujo prestígio e coerência[69] nos são demonstrados, ainda hoje, pelos povos que se encontram em estado primitivo.

Nas duas linhas rivais — a de Tylor e a da Escola de Mitologia solar — as motivações, freqüentemente loquazes, não estão separadas dos procedimentos que dão forma ao que Lang chama de "objeto da mitologia científica",[70] ou seja, as idéias insanas, o falar selvagem, os discursos absurdos. Afirmando-se como uma ciência do escandaloso, a nova mitologia entrega-se a um

---

[69] A. Lang, *La mythologie*, tradução de L. Parmentier, Paris, 1886, pp. 56-226.

[70] A. Lang, 'Objet de la mythologie scientifique', em *La mythologie*, p. 3.

certo número de atitudes cuja dinâmica é determinada pela idéia do escândalo, termo da Sagrada Escritura — relembra Voltaire no *Dicionário filosófico* — que designa uma grave indecência e é aplicada, principalmente, ao povo da Igreja. A palavra está impregnada de um forte cheiro eclesiástico e evoca inúmeras imagens. Em primeiro lugar, a pedra de escândalo que poderia destruir o gênero humano. E Pascal não esqueceu a 'máquina' oculta no termo grego *skándalon*: laço de uma armadilha onde fica presa a isca. É o escândalo-objeto que tentaremos distinguir do escândalo-sujeito, no sentido do choque desagradável provocado por algum mau exemplo. Fazer um escândalo e fazer escândalo. Mas as Escrituras anulam a distinção sujeito-objeto pelo anátema: o olho, o pé ou a mão que nos escandalizam devem ser arrancados e recortados. Um corpo é mutilado: o sujeito carnal suprime o objeto do escândalo para os outros e, necessariamente, para si próprio. Pois existem três termos distintos, mas não separados: aquele que denuncia ou enuncia com estardalhaço; os outros, vítimas do mau exemplo; e a situação, as palavras, o gesto ou o membro, tudo o que focaliza o escandaloso. Pascal nos dá alguns exemplos: um religioso surpreendido num local suspeito com sua batina, ou um grego flagrado dizendo coisas horríveis e absurdas. Mas o 'lugar do escândalo', seu espaço próprio, é constituído por um movimento duplo: repulsa e atração. Para afastá-lo, para distanciá-lo de si e dos outros — de si sob o olhar dos outros — fica-se indignado, escandalizado e aponta-se com o dedo aquilo mesmo por que se corre o risco de ser atraído, seduzido ou ludibriado. Como um 'elo duplo', cujo hieróglifo seria representado como uma mão decepando a outra.

Ao se propor como objeto o infame, o monstruoso, repugnante e aquilo que causa arrepios de horror, a nova mitologia nos oferece o espetáculo desse duplo movimento onde aquilo que a repugna é também o que a seduz. Indício de que seu discurso fabrica o escandaloso laudo sobre ele, organizando-o, impondo-lhe limites. Pois há na nova ciência, uma série de gestos de partilha, de onde se extrai o essencial para ver que a mitologia é circunscrita e até onde se estende seu império.

A escola de Friedrich Max Müller recorreu a um procedimento diligente. Denunciando a mitologia como o flagelo da Antigüidade, toma medidas draconianas. Tudo aquilo que parece contaminado pela doença de uma linguagem usurpadora é condenado, banido do pensamento, reconhecido como ilusório e devolvido ao vazio. Os povos mais racionais livram-se, assim, da suspeita de haver imaginado tantas histórias indecentes e imorais. Por outro lado, os gregos ou os arianos, despojados de sua mitologia, estão arriscados a perder suas divindades e até mesmo os rudimentos da religião. É preciso fazer urgentemente nova distinção: entre a mitologia e a religião. Os deuses dos gregos e dos arianos são um produto imediato da inteligência: o homem racional os descobre racionalmente, ao contrário dos mitos que lhes são impostos pela linguagem, contra a sua vontade. Não se pode confundir a apreensão de Zeus como deus absoluto e as histórias imorais que circulam a seu respeito. Tanto mais que a religião, cujo indício mínimo é o conhecimento do deus, é um bem que certifica a racionalidade da espécie humana. Na introdução de *Mythologie de la Grèce antique*, Decharme faz uma criteriosa distinção entre o sentimento religioso que "nunca faltou na Grécia" e a mitologia que "freqüentemente rebaixa e desonra a divindade".[71] É necessário atentar para o seguinte: "Quando os gregos param de falar a língua mitológica sua concepção da divindade não difere essencialmente da nossa."[72] E as acusações

---

[71] P. Decharme, *Mythologie de la Grèce antique,* Paris, 1884, VII.

[72] P. Decharme, op. cit., VIII. De pleno acordo com M. J. Lagrange, *Études sur les religions sémitiques,* Paris, 1905, p. 22, que considera indispensável uma separação clara entre a religião e a mitologia. Mallarmé, *Les dieux antiques. Nouvelle mythologie d'après George W. Cox* (1880), Paris, 1952, p. 13, diz: "Uma questão grave: a mitologia é a *religião* dos antigos? Sim, se nos lembrarmos que uma religião não é obrigada a fornecer determinadas impressões religiosas cujas fontes serão as máximas dos poetas e dos filósofos que terão uma influência moral e sagrada sobre a vida, que a teogonia grega, em princípio, não tinha. Dessa maneira, formar-se-ão, com o auxílio da consciência humana, duas correntes distintas: uma situada entre a religião e a fábula, é a mitológica propriamente dita; e a outra seria aquilo que hoje em dia chamamos simplesmente o religioso."

de imoralidade que pesam, às vezes, sobre a religião dos gregos só podem ser explicadas por um mal-entendido ou por uma falha na informação. Não é evidente que a mitologia não é a religião e que, além disso, "os produtos irrefletidos e involuntários da imaginação humana não têm, por si mesmos e em razão de sua origem, nenhum caráter moral"?[73] Nenhum exegeta — protestante ou católico — pode furtar-se a esta divisão imposta pelo sistema globalizante do cristianismo, de onde vem, diretamente, a própria questão da 'religião'.[74]

Estes pressupostos são trazidos à tona, à luz, por um sábio religioso instado a se pronunciar no início do século seguinte sobre algumas teorias e que não podia ignorar nem o exegeta da Bíblia nem o historiador das sociedades semíticas. Para M. J. Lagrange, fundador da escola bíblica de Jerusalém, é a exigência moral que define a ordem da religião.[75] O selvagem, ainda que considerado como o termo de uma evolução frustrada, não pode adorar os objetos naturais por si mesmos. A inteligência mais primitiva é capaz de se dar uma 'noção razoável da divindade'. A idéia de 'fazer as coisas' não é suficiente para que se suponha a existência de um 'grande fazedor de coisas'? E, de um momento para o outro, se instaura um 'dever fazer': o poder superior, de quem o ser humano comprova sua dependência, exige dele certos atos, abrindo-lhe a possibilidade de ter uma relação com os poderes sobre-humanos. Deus não é nada além de "um tipo de abstração espontânea surgida da natureza do

---

73 P. Decharme, *Mythologie de la Grèce antique*, Paris, 1884, XXXVII.

74 Em *L'Étude comparée des religions*, tomo I, Paris, p. 275, H. Pinard de La Boullaye felicita o helenista K. Otfried Müller, por ter visto "o quanto mitologia e religião são coisas distintas".

75 M. J. Lagrange, *Étude sur les religions sémitiques*, Paris, 1905, pp. 2-40. Sobre sua leitura do 'sacrifício' e sua maneira de inocentar os gregos de ritos 'carnais e repugnantes', cf. M. Detienne, 'Pratiques culinaires et esprit de sacrifice' em M. Detienne, J.-P. Vernant *et alli*, *La cuisine du sacrifice en pays grec*, Paris, 1979, p. 31.

homem".[76] Este monoteísmo latente despontou mais ou menos espontaneamente e sem dúvida por toda parte. Se alguns o desconheceram deixando-se seduzir pela teoria animista que postula o desenvolvimento da noção de espírito, foi por falta de 'crenças melhores' nos mistérios aos quais os estrangeiros raramente eram admitidos.[77] Mas tentando encontrar as provas de uma religião da primeira gentilidade do lado dos mistérios — segundo o padre Lafitau, dois séculos antes, ele mesmo um estudioso atento dos ensinamentos secretos — o autor de *Études sur les religions sémitiques* corria um risco duplo: em primeiro lugar, o de professar uma tese indemonstrável e, em segundo, o de iniciar uma polêmica que se desenvolveria no sentido de confrontar os mistérios cristãos com os pagãos. Isso foi tão vivo que, durante um quarto de século, vários grupos de historiadores se mantiveram ocupados em função de uma figura, hoje completamente apagada: a das religiões ditas dos mistérios. No entanto, do ponto de vista moral, o benefício foi garantido: o selvagem, dotado de faculdades racionais, "tem uma noção mais próxima do monoteísmo, mais salutar no que concerne à moralidade e à ordem social do que a brilhante mitologia grega".[78] Para separar a religião e os mitos basta um único critério: o sentido moral. "Quando se fala na existência de um grande ser, justo e bom, que tudo faz e que não morre",[79] não há dúvida de que estamos no domínio da religião. Se, ao contrário, a razão é aviltada e o senso de moral se escandaliza, trata-se de mitologia. Enquanto as religiões, mesmo falsas, foram o asilo "das aspirações mais elevadas", a mitologia vem de um domínio habitado pelo espírito

---

[76] M. J. Lagrange, op. cit., 23 ("a religião deve extrair sua origem de idéias simples e acessíveis às inteligências mais primitivas").

[77] M. J. Lagrange, op. cit., p. 22.

[78] M. J. Lagrange, op. cit., p. 23.

[79] M. J. Lagrange, op. cit., p. 22.

de curiosidade, culpado pelas primeiras necessidades de explicação. A religião desabrochou em homenagem aos seres sobrenaturais, ao passo que a mitologia começa com a intenção de decifrar os mistérios: "ela quer levantar o véu", extrair as forças sobre-humanas do campo do desconhecido e explicar o mundo.[80] Mistérios diferentes daqueles para onde escapam 'as melhores crenças', reservadas à paciência dos historiadores que sabem se mostrar curiosos, como convém. Dessa vez, como um longínquo eco do Gênesis, é ao pecado da curiosidade que devemos imputar a perda do "verdadeiro sentimento religioso"[81] e a invenção das histórias absurdas e obscenas da qual a produção mitológica é testemunha.

E mais: parte de um projeto mais ambicioso e sistemático, o mesmo modelo cristão faz uma investigação sobre "a origem da idéia de Deus", levantada por um missionário austríaco, Wilhelm Schmidt, da Sociedade do Verbo Divino e fundador da revista *Anthrôpos*.[82] No matagal formado pelos Povos da Natureza, esquadrinhado pelo método de história cultural de Graebner, a análise, com seus critérios tecnológicos e institucionais, busca identificar as civilizações 'mais primitivas': os tasmanianos da Austrália, os pigmeus da Ásia, os negros das florestas do centro da África subequatorial e os esquimós da rena a oeste da baía de Hudson. Refúgios da história, onde sobrevivem intactas sociedades no estágio da colheita simples, utilizando as ferramentas mais rudimentares, mas que se revelam, no despojamento material,

---

80 M. J. Lagrange, op. cit., pp. 28-30.

81 M. J. Lagrange, op. cit., p. 36. Ainda por explicar, no campo semítico, o mundo babilônio e seu irracional: caso venha a se tornar obsceno (como os outros) será porque, nesta cultura, 'ritos obscenos' passavam por proporcionar a fecundidade (p. 40).

82 W. Schmidt, *Der Ursprung der Gottesidee,* I-VI, Münster-en-W., 1912-35. O autor deu uma explicação sucinta sobre esta investigação e seu papel nas pesquisas dos seus contemporâneos em *Origine et évolution de la religion: les théories et les faits,* Paris, 1931. Sua teoria triunfava em Roma, nas universidades católicas, até a década de 1960.

testemunhas privilegiadas dos sentimentos religiosos dos primórdios da humanidade. Elas adoram ou veneram, mais ou menos distintamente, um Ser Supremo, o Grande Deus: eterno, onisciente, criador do céu e da terra e de moralidade irrepreensível.[83] Levado pela euforia que o invadia, a cada volume em busca da demonstração do monoteísmo original, Schmidt não se pôde furtar a fazer repetidas vezes o elogio do Ser Supremo que desempenhou um papel essencial na história da humanidade e no futuro da civilização. Não foi Ele quem assegurou à humanidade primitiva a "capacidade de trabalhar, a inabalável esperança de dominar o mundo (...) e a generosa ambição de atingir os alvos acima e abaixo de seu mundo"?[84] Qualidades raras, na medida em que a crença original num Grande Deus único é tão precária quanto a linguagem da primeira humanidade, na teoria de Friedrich Max Müller. O monoteísmo já nasce ameaçado e grandes estragos o aguardam com as invenções tecnológicas e as inovações culturais. Progressos do mal, como descrito clinicamente na obra de Schmidt. Os primeiros sintomas da degradação aparecem com a civilização chamada "de a pequena cultura do direito materno", quando a mulher começa a cuidar do plantio e surge a idéia da Mãe-Terra. Uma certa feminização altera a inatingível figura paterna do Ser Supremo, ao mesmo tempo em que os ritos repugnantes, como o sacrifício de sangue, tomam o lugar das orações. Num segundo momento, os caçadores totemistas do direito paterno introduzem a magia e o culto do Sol, provocando a decadência do Grande Deus único, em breve senil e reduzido à impotência. No vazio deixado por seu desaparecimento, proliferam os demônios e as forças dos sistemas politeístas. E começa o discurso mitológico.[85]

Para Schmidt, a mais antiga religião da *Urkultur* está isenta de toda e qualquer narrativa mítica. A idéia de Deus implica

---

[83] W. Schmidt, *Origine et évolution de la religion: les théories et les faits*, Paris, 1931, pp. 323-46.

[84] W. Schmidt, op. cit., p. 348.

[85] W. Schmidt, op. cit., pp. 352-5.

apenas um pensamento lógico, e a descoberta do Ser Supremo não requer nada além da atividade intelectual. A partir do momento em que o monoteísmo apresenta sinais de mitologia, torna-se indiscutível que culturas mais recentes já o contaminaram e o degradaram. A concepção de um grande Deus único, no qual reside a essência da Religião, é fundamentalmente 'amítica': puro criador do céu e da terra, mas indiferente ao devir da humanidade, o Ser Supremo não se envolve com os acontecimentos nem com as motivações. Imune aos relatos, mantém-se a distância das ações e é alheio às turbulências do fazer. Esta distância é tão severa que um discípulo zeloso de Schmidt, o etnólogo Adolf E. Jensen, denuncia a desventura do filho de Deus, condenado e crucificado como uma aberração mitológica no seio do monoteísmo cristão.[86] Posição paradoxal para uma teoria tão devota em sua inspiração, mas que assume ao extremo a lógica da separação entre a racionalidade natural da Religião e a mitologia, portadora do irracional, que traz consigo o declínio do sentimento religioso autêntico, divinizando "o imoral e o anti-social".[87]

A ciência dos mitos acarreta uma arte de talhe, por vezes do recorte. Cada um mostra nisso mais ou menos habilidade. Lang começa dividindo tudo em duas partes: de um lado, os mitos dos povos civilizados e, de outro, todo o resto. A primeira porção, por seu turno, é cortada em duas fatias: uma, racional, e a outra, irracional. O corte é preciso: "Os mitos racionais são aqueles que representam os deuses dotados de beleza e de sabedoria." Por exemplo, a Ártemis da *Odisséia*, que tem prazer na caça aos javalis ao mesmo tempo em que com ela se divertem as selvagens dríades, é uma "representação mítica perfeitamente racional de um ser divino". É uma idéia plena de beleza e de naturalidade. Ela não necessida de nenhuma explicação. No entanto, a Ártemis

[86] A. E. Jensen, *Mythes et cultes chez les peuples primitifs* (1951), tradução francesa de M. Metzger e J. Goffinet, Paris, 1954, pp. 118-20.

[87] W. Schmidt, op. cit., p. 355.

da Arcádia, metamorfoseada em urso, ou aquela de Bráuron, por quem as jovens dançavam uma *dança do urso*, é um "ser no qual percebemos que o mito não é natural e que pede uma explicação".[88] A mitologia-ciência vai cuidar da segunda Ártemis que nós podemos sentir não ser natural, aliás, ela é indecente e, com certeza, absurda e selvagem. Quanto à Ártemis da *Odisséia*, prescinde de qualquer explicação e basta-lhe pertencer a uma religião natural.

O irracional — que é portanto todo o mitológico —, a antropologia de Tylor não quer, de início, excluir nem tampouco mostrar seu caráter ilusório. Pretende apenas estabelecer que o não-racional inscrito na mitologia das mais civilizadas sociedades antigas é a representação fugidia e provisória, de uma razão outra, ainda tosca e bem selvagem, já que o canibalismo, a magia e as atrocidades mais abomináveis parecem ali coisas naturais.[89] Um estágio selvagem de pensamento, mas tão bem ajustado à rudeza dos primórdios que, mesmo estando convencida de seu caráter *imundo*, a escola antropológica será levada a reconhecer na mitologia, partilhada pelos Povos da Natureza, uma forma rudimentar de curiosidade científica. A tal ponto que Lang será progressivamente arrastado, para justificar e salvar esta outra racionalidade do começo, a dar-lhe o único fundamento pensável: a idéia de deus, que viria apagar o espiritualismo de Tylor e substituir a hipótese animista pela teoria de *um grande deus*, criador e detentor de uma alta moralidade que faria uma brilhante carreira na obra do padre Schmidt, da Sociedade do Verbo Divino.[90]

---

[88] A. Lang, 'Objet de la mythologie scientifique', em *La mythologie*, tradução de L. Parmentier, Paris, 1886, pp. 3-5.

[89] A. Lang, *La mythologie*, pp. 55-226.

[90] W. Schmidt, *Origine et évolution de la religion: les théories et les faits*, Paris, 1931, pp. 219-34. Neste livro, Schmidt retraçou a evolução de A. Lang em suas obras publicadas entre 1901 e 1906, a saber: *Magic and religion*, Londres, 1901; *Myth, ritual and religion*, Londres, 1901; *Custom and myth*, Londres, 1904.

Mas com certeza foi Tylor quem descreveu mais cuidadosamente o percurso da ciência dos mitos através dos gestos que a fundamentam.

> Existe um tipo de fronteira intelectual: de um lado ficam os que simpatizam com o mito e, do outro, os que o estudam. Nós temos a felicidade de viver junto desta fronteira e poder passar de um lado para o outro à vontade.[91]

O antropólogo é um homem das fronteiras: vive entre os selvagens e os civilizados, entre a infância da humanidade e sua idade adulta, entre nós e nossos ancestrais. Mas este cidadão familiar às fronteiras não é nem um turista[92] nem um mero passante. O limite é o seu domínio e é lá que ele desenha a paisagem de um dia quando, ao ouvir o mundo, o escândalo das histórias obscenas despertou nele o eco das criações grosseiras e repugnantes concebidas pelo homem primitivo. Antes de Tylor, já havia uma vasta zona fronteiriça entre as nações mais avançadas e as raças inferiores. Tão grande quanto a distância que os povos civilizados gostariam de manter entre si e os selvagens. E Tylor vem reduzi-la, determinando como origem da mitologia viva nas civilizações superiores a reserva onde "milhões de selvagens e bárbaros (...) continuam a produzir, sob suas toscas formas arcaicas, as representações míticas que o homem primitivo fazia da natureza".[93] Essa fronteira pode, portanto, ser atravessada mais rapidamente: se não podemos mais *sentir* o mito à maneira de nossos ancestrais, podemos, ao menos, analisá-lo.[94]

Isso implica vaivéns contínuos. Há, inclusive — Tylor o indica furtivamente —, um caminho mais curto, um atalho: a infância.

---

[91] E. B. Tylor, *La civilisation primitive* (1873) tradução francesa de P. Brunet e org. por Barbier, I, p. 363.

[92] Como o historiador de hoje, do qual fala M. de Certeau, *L'écriture de l'histoire,* Paris, 1975, p. 91.

[93] E. B. Tylor, *La civilisation primitive,* 1873, I, pp. 363-4.

[94] E. B. Tylor, op. cit., I, p. 363.

"Na infância estamos no limiar do país dos mitos."[95] Mas, quanto mais próximos estamos do país dos mitos, mais facilmente podemos vigiá-los e guardar a fronteira. Pois Tylor, filho de quacres, está investido de uma missão, sob o signo do evolucionismo:

> A etnografia (...) tem deveres graves, às vezes até mesmo penosos. Ela deve trazer à luz o que a rude civilização da Antigüidade *passou* às nossas sociedades sob a forma de superstições deploráveis e condenar estas superstições a uma destruição certa. Esta obra, se é pouco agradável, é indispensável ao bem-estar da humanidade.[96]

A etnografia tem a função de vigiar e, para isso, a fronteira é o melhor observatório. Permite controlar as infiltrações, reconhecer o que atravessa de um campo para outro, denunciar e destruir o que julgar conveniente. Dever grave, no qual o antropólogo assume o policiamento dos costumes com um espírito de reforma. "A ciência da civilização (...) é essencialmente a ciência dos reformadores."[97] Esta frase fecha o livro de Tylor e também serve como palavra de ordem, uma filosofia a favor do bem público, fundamentada na descoberta de que "parece não existir (...) pensamento humano tão primitivo para que tenha deixado de influenciar nossos próprios pensamentos, nem tão antigo a ponto de romper toda e qualquer ligação com a vida moderna".[98] Devemos reconhecer o selvagem em nós, mas apenas para extirpar o estranho, eliminar a excrescência, pois o que está em jogo é o bem-estar da humanidade e do corpo social. A mitologia, que se atribui como objeto o escandaloso, fundamenta-se, necessariamente, em um processo de exclusão. Devemos arrancar os olhos que nos escandalizam. Não é o que está escrito?

---

95 E. B. Tylor, op. cit., I, p. 325.

96 E. B. Tylor, op. cit., p. 581. O grifo do verbo 'passar' é nosso.

97 E. B. Tylor, op. cit., II, p. 581.

98 E. B. Tylor, op. cit., II, p. 580.

Excluir: gesto fundamental e ambíguo, cuja importância não escapou a Tylor, que lhe deplora os efeitos. Freqüentemente, observa-se, lemos o seguinte nos livros sobre as tribos selvagens: "*religião*, ver *mitologia*". Disso resulta que

> na maior parte do mundo civilizado e na maioria das grandes religiões históricas, consideramos história sagrada tudo aquilo que faz parte de nossa religião ou seita, enquanto aqueles que pertencem a outra religião ou a outra seita consideram essas narrativas puras lendas.[99]

Essa lucidez demonstrada por Tylor está ligada a dois tipos de razão, complementares. De seus contemporâneos, ele é o mais convicto de que a mitologia é constituída pelas criações regulares cuja produção, submetida às leis e limitada no tempo, é função de um estado intelectual definitivamente superado pelos povos civilizados. Ao mesmo tempo, seu Deus interior, libertado de toda teologia sistemática, graças à doutrina dos quacres, é um sujeito puramente moral cujo advento lhe parece acompanhar um estado de civilização, superior à crença numa multidão de seres espirituais, familiares das raças inferiores.[100] Tal posição permite a Tylor, dentro do espírito de reforma, compreender a mitologia por dentro, e recusar o sectarismo ao qual acorrem obstinadamente os devotos de um Deus católico e romano, quando não os teólogos da Igreja presbiteriana.

Indecente, grosseiro, abominável, infame e absurdo: o vocabulário do escândalo não é gratuito, convoca todos os fantasmas da alteridade. Os primitivos, as raças inferiores, os Povos da Natureza, a linguagem das origens, a selvageria, a infância, a demência: inúmeras terras de exílio, mundos entrincheirados, figurações da exclusão. Ao mesmo tempo, a cada divisão, a mitologia se desloca, muda de forma e de conteúdo; ela é o

---

99 E. B. Tylor, op cit., II, p. 574.

100 Cf. as observações de G. W. Stocking Jr., *sub voce* 'Tylor (E. B.)', na *International Encyclopedia of Social Sciences*, 16, 1968, pp. 170-7.

incrível que a religião tem diante de si; o irracional com que a razão se defronta; o selvagem como o avesso do civilizado; ela é o ausente, o consumado ou a demência esquecida.

Expressão ao longo do discurso que sustenta a nova ciência, a mitologia é tratada de duas maneiras: como um resto, para uns, ou como a totalidade para outros. Enquanto, em nossas sociedades, a mitologia nada mais é do que o discurso da raridade, em seu país de origem ela expressa tudo aquilo que nasceu da linguagem primordial da qual nunca se separa. No entanto, paralelamente a isso, sua natureza privativa, relegando-a à província do não-ser, parece condená-la a só ter aparências na medida em que lhe empresta um discurso alterado e movido pelo escandaloso. E, na perspectiva dupla presente nessa ciência ambígua, surgem as nossas questões, sendo que a mais urgente e motivada pelos estranhos primórdios a ser tratada com mais acuidade é a seguinte: a mitologia como objeto, com seu duplo registro semântico, não está totalmente constituída por um efeito de escândalo? Em suma, a questão de confiança: será que a mitologia dos gregos, figura de referência obrigatória, é mais confiável do que a mitologia (como saber sobre os mitos) brutalmente exibida pelos homens do século XIX?

Abre-se então um outro campo de pesquisa: as narrativas, as fábulas, o grande rio da tradição cujas águas alguns tentam separar filtrando as mais puras ou recuando em direção às suas fontes perdidas. Evidentemente, todas essas histórias, escandalosas ou não, constituem uma grande paisagem cultural, amplamente autônoma, impregnada dos ditos antigos, habitada por vozes que se respondem, por narrativas que encontram seu eco através dos continentes e dos milênios. Uma cultura da palavra, certamente consagrada à interpretação dos eruditos mas, sem dúvida, mais afeita ao ouvido e à memória do que à letra e à escrita. E se os mitólogos do século XIX se dirigem, inicialmente, a leitores, suas análises e teorias reconhecem, sem hesitar, que o país dos mitos, se existe, está situado em algum lugar nos confins do mundo da memória e do esquecimento.

PELA BOCA E PELO OUVIDO

De uns 15 anos para cá, o dogma da natureza escrita da cultura grega vê-se seriamente ameaçado. Os trabalhos de E. A. Havelock[1], dando continuidade às investigações de M. Parry sobre a produção épica e sobre as marcas da oralidade[2], mostraram de maneira decisiva que a epopéia homérica já não podia ser considerada como a última ilhota de uma antiga cultura oral, submersa, a partir do fim do século IX, por uma civilização da escrita. Quando Platão, no começo do século IV, em *A República*, incri-

---

[1] *Introduction à Platon*, Oxford, 1963; 'Prologue to Greek Literacy', em *University of Cincinatti classical studies. Semple lectures*, vol. II, Oklahoma, 1973, pp. 1-59; 'The preliteracy of the Greeks', em *New Literary history*, University of Virginia, VII, nº 3, 1977, pp. 369-91; 'The alphabetization of Homer' em *Communication arts in the ancient world*, Nova York, E. A. Havelock e J. P. Hershbell (eds.), 1978, pp. 3-21; *The Greek concept of justice: from its shadow in Homer to its substance in Plato,* Harvard, 1978; *Aux origines de la civilisation écrite en Occident* (1974), tradução para o francês de E. Escobar Moreno, Paris, 1981.

[2] M. Parry, *The making of homeric verse*, Oxford, A. Parry (ed.), 1971; G. S. Kirk, *Homer and the oral tradition*, Cambridge, 1976; J. Svenbro, *La parole et le marble. Aux origines de la poétique grecque*, Lund, 1976, pp. 11-45; *Oral literature and the formula*, org. Ann Arbor, B. A. Stolz e R. S. Shannon III, 1976, com as contribuições de Joseph A. Russo, 'Is 'oral' or 'aural' composition the cause of Homer's formulaïc style?', pp. 31-54; de Gregory Nagy, 'Formula and meter' (pp. 239-60); de Ruth Finnegan, 'What is oral literature anyway? Comments in the light of some african and other comparative material' (pp. 127-66). Cf. também L. E. Rossi, 'I poemi omerici come testimonianza di poesia orale', em *Storia e civiltà dei greci*, I, 1, Milão, 1978, pp. 73-147.

mina a poesia em geral e Homero, investe não contra uma obra fixada num livro ou um texto escrito para filólogos, mas contra o fundador de uma *paideía*, de um sistema cultural mais ou menos concebido como uma enciclopédia do saber coletivo, transmitido pela boca e pelo ouvido, executado musicalmente e memorizado com a ajuda de fórmulas ritmadas. Essa cultura *poiética* provoca na alma ou no espírito daqueles que a ouvem e partilham emoções e sentimentos fortemente reprovados pela filosofia das Idéias.[3] Criticando a *paideía* homérica por favorecer uma assimilação condenável entre o poeta ou o narrador e os personagens ou as ações representadas por imitação, Platão denuncia explicitamente o modo 'aural'[4] de uma educação da qual ele quer ser o reformador exigente na sua nova cidade.[5] A 'mitologia' de Homero evocada nas *Leis*[6] exerce um efeito encantatório com suas palavras e seus ritmos; suas ficções recitadas, cheias de encanto e sedução, produzem uma vertigem auditiva; elas se insinuam, escorrem pelos ouvidos, 'cântaros' que vertem na alma "harmonias suaves e delicadas".[7]

É em torno da epopéia homérica e na maneira como os Antigos e os Modernos a acolheram que se condensam as ambigüidades maiores de uma cultura a meio caminho entre o oral e o escrito. Pois os debates dos Modernos sobre a tradição épica e sobre sua identidade cultural não teriam tomado o mesmo curso se o lugar privilegiado, obstinadamente reservado a Homero pela filologia

---

3 Cf. J.-P. Vernant, 'Image et apparence dans la théorie platonicienne de la 'mimésis'', em *Journal de psychologie*, 1975, 2, pp. 133-60 (particularmente, 146-52) publicado também em *Religions, histoires, raisons*, Paris, 1979, pp. 105-37.

4 Segundo a expressão de Joseph A. Russo em *Oral literature and the formula*, org. B. A. Stolz e R.S. Shannon, III, Ann Arbor, 1976, pp. 41-2 (From oral to aural).

5 Cf. *infra*, pp. 151-84.

6 *Leis*, 680, *d* 3.

7 *A República*, III, 411, *a* 6-8.

do século XIX, não tivesse encontrado um precedente na tradição aristocrática dos gregos antigos. Tradição de letrados cuja origem é facilitada pela Grécia, quando os poemas homéricos se encontram associados à primeira alfabetização e às origens do trabalho de interpretação.[8] A epopéia, evidentemente, é uma província da memória grega, cujo império se estende desde as genealogias lineares até os apólogos verborrágicos através dos provérbios, dos elogios aos vivos, das lendas, das homenagens aos mortos e das teogonias ou dos contos maravilhosos. Mesmo em sua autonomia, confiada a narradores especializados, treinados de acordo com processos mnemotécnicos num meio profissional,[9] a narração épica não deixa de fazer referência a um fundo comum de narrativas e de histórias;[10] e por mais erudito que se faça o discurso da epopéia[11] ele permanece tributário dela, aproveitando, sabiamente, os elementos destinados a reforçar sua eficácia particular. No canto que abre a *Ilíada*, por exemplo, afloram à superfície, aqui e ali, a luta contra os Centauros, a gesta de Briareu, o prazer dos deuses entre os irrepreensíveis etíopes e os infortúnios de Hefesto, expulso das alturas do Olimpo.[12] Contingência da transmissão ou astúcia da recepção, o fato é que,

---

[8] Cf. *infra*, pp. 120-8.

[9] M. Detienne, *Les maîtres de verité dans la Grèce archaïque* (1967), Paris, 1979, pp. 9-27; Z. Ritoók, 'Die Homeriden' em *Acta antiqua Academiae Scientiarum hungaricae*, 18, 1-2, 1970, pp. 1-29; W. Burkert, 'Die Leistung eines Kreophylos. Kreophyleer Homeriden und die archaische Heraklesepik', em *Museum Helveticum*, 1972, pp. 74-85.

[10] O que alguns chamam, sem razão, de 'pensamento mítico'. Por exemplo, J. Bollack, P. Judet de la Combe, H. Wismann em 'La réplique de Jocaste'' em *Cahiers de philologie*, 2, Lille, 1977, p. 92. Cf. *infra* pp. 190-224.

[11] Sobre a 'tradição homérica', seus jogos de alusão e de referências internas, seus sistemas de remissivas de um canto ao outro, cf. G. Nagy, *The best of the Achaeans: studies of the hero as reflected in the archaïc forms of Greek poetry*, Baltimore, 1979; e sobre um ponto preciso de 'intertextualidade' entre *Odisséia* e *Ilíada*, P. Pucci, 'The song of the sirens', em *Arethusa*, 12, 2, 1979, pp. 121-32.

[12] *Ilíada*, I, pp. 268; 403; 423; 590-4.

de um gênero tão ativamente cultivado na tradição oral, e durante muitos séculos, só chegaram até nós duas produções, hoje em dia prazerosamente batizadas de 'obras'.[13] Não obstante, tanto uma quanto a outra narram apenas uma versão de uma história conhecida por todos. Pois a *Ilíada* é antes de tudo uma maneira de dizer a cólera de Aquiles, do mesmo modo que a *Odisséia* é uma forma, entre outras, de contar as idas e vindas de Ulisses. Mas, por ter sido um dia fixada pela escrita e desde então ter se mantido imune ao devir da variação, a epopéia atribuída a Homero, transformada por uma elite em monumento literário,[14] tornou-se um obstáculo a todo e qualquer reconhecimento prolongado do país da memória oral. E, mesmo quando percebemos, em suas formas e perspectivas, os ritmos e as paisagens antigas, estas se apresentam presas à órbita de seus cantos.

As ilusões engendradas pela tradição letrada estão tão vivas que se impõem aos mesmos Modernos, que tanto trabalharam para vincular a epopéia a uma tradição não escrita. Dois exemplos comprovam isso, e cada um a sua maneira contribui para descobrir os obstáculos que impedem o acesso pleno à memória dos gregos. Em *The world of Odysseus*, publicado em 1954,[15] M. I. Finley, interrogando-se sobre o valor do testemunho da *Ilíada* e da *Odisséia* com relação ao 'passado', reflete sobre o papel desempenhado pelos aedos e pelos especialistas da memória na cultura de uma sociedade que, depois da queda do mundo micênico, não conhece nenhum sistema de escrita antes da descoberta do alfabeto siro-fenício, em meados do século VIII. Para tornar aceitável sua tese de que a epopéia homérica nos fala de

---

[13] Cf. para o período entre o século VIII e o século V, G. L. Huxley, *Greek epic poetry from Eumelos to Panyassis*, Londres, 1969.

[14] Nas condições sociais cuja análise foi atualizada por G. Nagy, *The best of the Achaeans: studies of the hero as reflected in the archaic forms of Greek poetry*, Baltimore, 1979.

[15] M. I. Finley, *The world of Odysseus*, Nova York, 1954, citado na versão francesa (revista e aumentada) de Claude Vernant-Blanc e Monique Alexandre, *Le monde d'Ulysse*, Paris, 1978.

uma sociedade real e fervilhando de ações, entre os séculos X e IX, mas ainda imersa num mundo cuja mitologia seria a única forma de pensamento comum, Finley é obrigado a definir as leis homéricas em termos de controle e coerência ao mesmo tempo. Contador de mitos e de lendas, o poeta da *Odisséia* e da *Ilíada* se mantém no limite entre a plena maturidade da mitologia — "atividade social de alto nível", produtora de narrativas que não param de se transformar —[16] e a idade rigorosa da crítica, inaugurada por Heródoto, herói fundador da História. Homero e sua epopéia representam "o primeiro estágio na história do controle que a Grécia impôs a seus mitos".[17] Assim, quando os poemas homéricos falam da riqueza, do trabalho, das estruturas sociais ou do sistema de valores, não inventam nem criam fábulas. O poeta transmite "os materiais de base que recebeu da tradição, com uma precisão cristalina".[18] Isso beneficia o historiador que se inquieta, profissionalmente,[19] tentando saber se devemos retirar a guerra de Tróia da história objetiva sobre a Idade do Bronze,[20] e, por outro lado, considerando as relações sociais entre Menelau e Telêmaco como parte do nosso saber histórico sobre o período chamado 'idade obscura', da qual, como o próprio nome indica, temos poucos 'documentos'. A resposta de Finley a estas questões tem a virtude de não ser ambígua: a *Odisséia* fornece "documentos brutos para o estudo

---

[16] *Le monde d'Ulysse*, pp. 23-4.

[17] Ibid., pp. 27-8.

[18] Ibid., p. 58.

[19] *Le monde d'Ulysse*, apêndice I, 'Retour au monde d'Ulysse', p. 178: "Sou historiador, o interesse profissional que devoto à *Ilíada* e à *Odisséia* concerne a sua utilidade como ferramentas, como documentos, para o estudo da Idade do Bronze, dos séculos obscuros e da história da Grécia arcaica." Um soldado da história, cumprindo o seu dever.

[20] *Le monde d'Ulysse*, p. 221: "A guerra de Tróia de Homero, sugerimos, deve ser suprimida da *história* da Grécia na Idade do Bronze." É Finley quem grifa a palavra 'história' na frase que conclui 'Retour au monde d'Ulysse'.

de um mundo real feito de homens reais".[21] O resto é uma questão de cronologia a ser debatida com os defensores da verdade micênica e com os modernistas impacientes para descobrir, na narrativa épica, sinais de um mundo contemporâneo do poeta.[22] A crença do historiador não parece perturbada pelas divergências de interpretação que levam uns a descobrir no 'catálogo das naus' uma descrição meticulosa da Grécia micênica enquanto outros, não menos historiadores, reconhecem, na mesma enumeração de embarcações e de contingentes gregos, um decalque muito preciso das cidades atravessadas no século VII pelos teoros de Delfos, encarregados de anunciar as festas de Apolo, indo de um lado ao outro do mundo grego.[23] O essencial, no caso, é que não haja confusão possível entre a ficção e a história.[24] Se uma narrativa de aventura parece interferir com os dados míticos, basta despojá-la dessas passagens como de uma casca para revelar o real da história.[25]

É verdade que a análise de Finley não esconde seus pressupostos. Ao contrário, ela os enuncia com prazer. Um deles, por exemplo, é que o progresso do homem se mede pela maneira como ele controla seus mitos e sua capacidade de estender o campo de sua atividade racional.[26] Mas ainda falta provar que Homero exerce efetivamente tal poder. E, aqui, intervém o argumento da coerência: "O painel do mundo social delineado pelos

---

21 *Le monde d'Ulysse*, p. 58.

22 Os últimos são mais coriáceos: *Le monde d'Ulysse*, pp. 192-8.

23 Sobre a tese 'micênica', cf. R. Hope Simpson e J. F. Lazenby, *The catalogue of the ships in Homer's Iliad*, Oxford, 1970, pp. 154-55. A outra tese é defendida por A. Giovannini, *Étude historique sur les origines du catalogue des vaisseaux*, Berna, 1969, p. 58, e, com algumas reservas, por G. Nachtergael, 'Le catalogue des vaisseaux et la liste des théorodoques', em *Mélanges Cl. Préaux*, Bruxelas, 1975, pp. 45-55.

24 *Le monde d'Ulysse*, p. 58: "um mundo histórico e não um universo de ficção".

25 Cf. *Le monde d'Ulysse*, p. 105.

26 Ibid., p. 27.

poemas é, essencialmente, coerente."[27] Homero, dessa forma, contrasta com o pensamento mitológico, abandonado à discordância: os mitos são "desesperadamente contraditórios".[28] E outros,[29] com ou sem Finley,[30] insistem na coerência dos personagens da epopéia de um pólo a outro da obra, fazendo valer o apelo às longas distâncias e à total ausência de qualquer contradição séria. Elogios que, depois das críticas de conveniência e de inconveniência lançadas pelos sábios alexandrinos do século III a.C., passaram a se alternar com as críticas em cima das ambigüidades, contradições, diferenças de pensamento e de estilo que, nos cantos chamados de junção ou de ligação, estabelecem as bases para o enxame de filólogos em ação entre os séculos XIX e XX.[31]

No silêncio de qualquer confrontação prolongada com outros 'documentos',[32] que permitiriam estabelecer as 'realidades' da história desejada, a coerência serve para garantir a autenticidade, ela é a única pedra de toque do real sócio-histórico. Por isso o

---

[27] *Le monde d'Ulysse*, pp. 57 e 192 ("o ponto decisivo é mais que o modelo seja coerente nesse ponto, e isso elimina a afirmativa comum, segundo a qual o que encontramos nos poemas seria ou uma ficção... ou uma mistura de elementos de eras diferentes").

[28] *Le monde d'Ulysse*, p. 34.

[29] Por exemplo, P. Vidal-Naquet, em 'L'*Iliade* sans travesti', prefácio à *Ilíada* com tradução de P. Mazon, Paris, 1975, p. 21 (*Coleção Folio*). Este prefácio estabelece seus limites de acordo com a interpretação histórica de Finley (pp. 14-7).

[30] Cf. *Le monde d'Ulysse*, p. 120.

[31] Cf. a análise da *Ilíada*, canto por canto, feita por Paul Mazon, em *Introduction à l'Iliade* (com a colaboração de P. Chantraine, P. Collart e R. Langumier), Paris, 1948, pp. 137-230.

[32] A confrontação com o documento escrito não é possível nem para a *Ilíada* nem para a *Odisséia*, mas pode ser feita com *A canção de Rolando* (cf. *Le monde d'Ulysse*, p. 56) sobre o qual vale ler a visão de M. Rouche, 'Roland à Ronceveaux', *L'histoire*, 3, julho-agosto de 1978, pp. 73-5. Faltam os meios de controle e Finley reconhece isso, mas o desejo de fazer história é, parece, ainda mais incontrolável.

argumento de coerência precisa ser respaldado pelo de controle. Mas, agora, é a vez do censor se ver censurado. Homero, além de exercer um controle atento sobre os mitos em circulação, submete-se ele próprio ao controle de um auditório que lhe cobra verossimilhança.[33] Esta já era a convicção de historiadores do gênero épico, como Chadwick, que forjou o modelo: poetas a serviço de uma aristocracia guerreira não podem devolver a essa sociedade senão sua própria imagem reproduzida com acurada fidelidade.[34] Se o curso da tradição tem suas fontes no mundo micênico,[35] à medida que as histórias mudavam, os palácios desapareceram, destruídos, a burocracia foi devorada e nada restou das narrativas a não ser destroços da antiga 'cultura material' dos senhores de Micenas como, por exemplo, a famosa taça do velho Nestor.[36] Para responder à expectativa de seu auditório, no final do século VIII, o aedo homérico, preocupado com seu desempenho, é constrangido, segundo Finley, a descrever com precisão formal a instituição do dom e do contradom que seria o centro do sistema social daquele mundo exemplar dos séculos X e IX. Diante de ouvintes bem-informados e sempre vigilantes, Homero é compelido a controlar sua narrativa de

---

[33] O 'controle' é um argumento cuja debilidade é admitida por Finley (*Le monde d'Ulysse*, pp. 186-7). Mesmo assim, ele o utiliza a fim de conciliar, em sua leitura, a fidelidade a um modelo social e a presença tanto de arcaísmos quanto de anacronismos. Mas o que significa dizer que um auditório exige a verossimilhança? O que é esta verossimilhança? Certamente algo diferente daquilo que Aristóteles pensava.

[34] H. M. Chadwick, *The heroic age*, Cambridge, 1912, pp. 432 e 458.

[35] *Le monde d'Ulysse*, p. 54.

[36] Cf. J. Svenbro, *Le parole et le marbre. Aux origines de la poétique grecque*, Lund, 1976, p. 27. Se Svenbro insiste, e com razão, no resultado da história, sociologiza radicalmente o 'controle social' de maneira a ver na Musa uma representação coletiva, religiosa decerto, mas que permite ao poeta compreender "sua função no grupo, sua faculdade de antecipar, sua sensibilidade às nuances mais sutis — competência da qual ele não se gaba", p. 34. A Musa, filha de Memória, seria o controle social interiorizado pelo aedo em sua atividade poética.

maneira a nunca trair, pelo menos seriamente, seu modelo sociológico. E se, porventura, um anacronismo o tenta, como por exemplo a idéia de um mundo ordenado pela justiça divina, uma visão familiar aos espíritos do século VIII, Homero domina sua arte o suficiente para introduzir esta alusão em torno de uma comparação, evitando, assim, qualquer contradição na sua essência.[37]

Coerência e controle se respondem segundo um traçado circular. Mas o modelo concebido por Finley não seria eficaz, ou seja, não faria vir à tona a realidade social desejada, se o poeta homérico não pudesse ser identificado, na tradição grega, como o autor da primeira manifestação da atividade racional. Arauto inicial e decisivo de uma razão que, para ser ela mesma, deve conhecer perfeitamente a arte da escrita, a arte de compor com os sinais de escrita.[38] Os debates em torno de Homero e da escrita nos revelam como o domínio dos sinais gráficos aparece sob a forma de um complemento natural do impulso de racionalidade, testemunhado, com mais ou menos evidência pela composição da *Ilíada* e da *Odisséia*. A interpretação histórica da memória épica cai na armadilha de seu fascínio pela coerência, esse falso conceito que se limita a constatar a ausência de disparate entre as partes de uma doutrina ou de uma obra, que tem como única resposta o seu avesso, raquítico, a incoerência, quase um "sinônimo de loucura".[39] Pois toda essa argumentação, lançada nos trilhos da memória, não cessa de reivindicar suas origens letradas. Depois dos românticos,[40] a necessária coerência interna passa a ser o primeiro postulado da interpretação, que deve

---

[37] *Le monde d'Ulysse*, p. 120.

[38] "É mais provável que a *Ilíada* e a *Odisséia*, em sua forma atual, tenham sido compostas por escrito, e não oralmente" (*Le monde d'Ulysse*, p. 35). A primeira versão francesa do livro, de 1969, afirma: "É possível", p. 28.

[39] Cf. A. Lalande, *Vocabulaire technique et critique de la philosophie*, Paris, 1960, *sub voce* 'coerência'.

[40] Cf. Tzvetan Todorov, *Théories du symbole*, Paris, 1977, pp. 211-9.

encontrá-la sob pena de tornar-se uma interpretação cega. Como sentido único e intencional, repetido pela crítica de Lanson, a ausência de incoerência é o atributo natural de uma obra considerada 'literária' e, por isso mesmo, sujeita às amarras do texto escrito, mesmo se, no movimento de sua produção, foi reconhecida e afirmada uma dinâmica da memória.

Ao contrário de Finley, que, para encontrar a realidade histórica, encerra a memória homérica em uma racionalidade consciente,[41] Havelock, em *Introduction à Platon*, nunca quis fazer história com a epopéia nem tentou convencer-se de que a *Odisséia* faz um relato suficientemente controlado para que uma sociedade transparente surja no rastro de espuma das errâncias de Ulisses. Seu Homero é o herói epônimo de um vasto sistema cultural, esquecido e alijado do passado, mas inundado do presente, como um grande rio que banhasse as muralhas de Micenas e os primeiros vestígios da cidade e que tivesse surgido em resposta à diáspora aberta pelo desmoronamento de uma civilização palaciana. Esse rio nasceu da vontade dos povos de língua grega de proporcionarem a si mesmos uma identidade, contando de maneira inesquecível seus costumes e suas tradições confluentes.[42] Sob a máscara do viajante das mil voltas ou a pretexto da cólera de Aquiles, a narrativa épica não faz mais do que falar e tornar a falar sobre os valores e as práticas essenciais[43] de uma sociedade que abandona à sua memória única a tarefa de cantá-los para todos, com a ajuda dos ritmos e das técnicas formulares confiados apenas àqueles que sabem cultivar suas riquezas.

Para Havelock, Homero não é apenas mais um gênero literário, entre outros, de uma herança cultural. Toda a cultura está reunida na epopéia e é transmitida por um sistema de linguagem

---

[41] Homero percebeu, antes de Sócrates, que o homem é "este ser que, a uma pergunta racional, pode dar uma resposta racional". Cassirer, citado por Finley, *Le monde d'Ulysse*, p. 27.

[42] E. A. Havelock, *Introduction à Platon*, Oxford, 1963, p. 118.

[43] E. A. Havelock, op. cit., p. 62.

que põe à disposição de todos, sob uma forma musical e ritmada, os saberes e os conhecimentos, sem os quais a coletividade estaria ao mesmo tempo desfalcada de suas crenças comuns e privada de toda uma parte de sua competência social e técnica. O grande mérito de Havelock é, na verdade, o de redescobrir a força da tradição em uma sociedade cuja memória não conhece nenhum meio de comunicação escrita.[44] No cerne do saber tradicional, a epopéia homérica constitui a enciclopédia dos conhecimentos coletivos. Homero não apenas se pronunciou sobre os assuntos mais importantes como a guerra, o comando dos exércitos, a administração dos Estados, a educação do homem, mas revelou-se mestre em todas as artes: rituais detalhados, procedimentos jurídicos, gestos e práticas de sacrifício, modelos de vida familiar, relações com os deuses e até instruções completas sobre a maneira de se construir um barco fazem parte das informações fornecidas pelos milhares de versos da *Ilíada* e da *Odisséia*.[45] Homero assume uma função didática sem igual. E Havelock o comprova em Platão, nos primeiros anos do século IV, com *A República*, que mostra exaustivamente, com citações, que os poetas, e sobretudo o Poeta, têm a merecida reputação de "conhecer todas as artes".[46]

Mas a interpretação de Havelock tem seu avesso, e, precisamente, no lugar onde encontra seus melhores argumentos: em Platão, em *A República*, de onde ele extrai os exemplos mais convincentes que lhe inspiram, ou lhe ditam por inteiro, o modelo de uma 'enciclopédia tribal', chamada Homero.[47] Tanto — e aí está o paradoxo desta segunda análise — que o autor de *Introduction à Platon*, aceitando a leitura 'platônica' da epopéia

---

[44] E. A. Havelock, 'Prologue to Greek literacy', *University of Cincinnati classical studies. Semple lectures*, vol. II, Oklahoma, 1973, pp. 1-59.

[45] E. A. Havelock, 'The homeric encyclopedia', em *Introduction à Platon*, Oxford, 1963.

[46] Platão, *A República*, X, 598 *e* 1; 599 *c* 6-*d* 1.

[47] E. A. Havelock, *Introduction à Platon*, Oxford, 1963, p. 119.

(segundo a qual uma cultura arcaica de tipo oral ou aural ainda consegue seduzir os gregos do fim do século V), se inclina a definir, por assim dizer, toda a tradição mnemônica através do gênero épico, e sob sua forma mais erudita.[48] A 'auralidade' é reconhecida, mas prisioneira, só se admitindo aquela que deixa entrever uma tradição duplamente erudita: pelos dois séculos de interpretação moderna e pelo papel pedagógico conferido a Homero pelos contemporâneos de *A República*. Às vezes, porém, se percebe que o Homero onisciente de Havelock se assemelha como um irmão ao da filologia alemã: primeiro e eterno monumento onde se edificou o espírito autenticamente grego.[49] Confinado no épico, que se tornou sua linguagem primordial, a tradição está como que petrificada em paradigmas; estratificada, ela oferece como espetáculo os modelos de comportamentos socialmente aceitos. Memória redescoberta, mas definitivamente encerrada, como se a enciclopédia homérica, uma vez concluída, se transformasse em ponto de referência obrigatório para todos aqueles que, entre o século VII e a era de Platão, buscassem o essencial, fosse construir uma jangada ou comportar-se piedosamente, para com seus velhos pais.

A sombra do livro lança como que uma dúvida sobre a 'enciclopédia tribal' exumada por Havelock, já que nenhuma outra investigação soube melhor que a sua mostrar a impostura de um 'milagre' da escrita no país de Platão e de Homero. Sabe-se que o alfabeto siro-fenício apareceu por volta do século VIII a.C., na Frígia e na foz do Oronte,[50] mas o fato novo e essencial para a

---

48 E. A. Havelock, op. cit., pp. 141-2.

49 W. F. Otto, *Die Götter Griechenlands. Das Bild des göttlichen im Spiegel des griechischen Geistes* (1941), Frankfurt, 1970, p. 279. O mesmo elogio a Homero só que, desta vez, em termos da humanidade universal é encontrado em W. Jaeger, *Paideia. La formation de l'homme grec* (Cambridge, 1945), tradução francesa de A. e S. Devyver, I, Paris, 1964, 64-8.

50 M. Lejeune, 'La diffusion de l'alphabet', em *Comptes rendus de l'Académie des Inscriptions et Belles-Lettres*, 1966, pp. 505-11 (cf., em particular, a p. 506).

análise da cultura grega é que a descoberta de uma técnica da escrita alfabética não trouxe mudanças imediatas. Não existem fendas ou rupturas que se tivessem originado de uma falha na memória do narrador, no meio das genealogias santas, cuja história ele tinha a seu encargo e que, no espaço de uma geração, devoraria para sempre os homens de grande retórica, os 'Imemoriais'.[51] No poema etnográfico de Victor Segalen, dedicado "aos maoris dos tempos esquecidos", é o próprio Térii, "aquele que esquecera as palavras", por culpa de pálidos estrangeiros que chegaram em grandes barcos, quem se torna diácono e recita o Livro, cujos sinais aprendeu na escola das missões protestantes. Uma civilização da memória torna-se totalmente amnésica sob o efeito do mais poderoso dos venenos: as Escrituras de uma religião certa da verdade encerrada em um Livro, o seu.

A penetração da escrita no Taiti e nas ilhas da Sociedade, no começo do século XIX, se faz nos antípodas da trilha da escrita alfabética na Grécia arcaica. As invasões do Taiti se deram através do mar e, em trinta anos, a conquista se consumou.[52] Os primeiros enviados da London Missionary Society desembarcaram em 1797 e, em 1830, Moerenhout conta, em suas *Voyages aux îles du grand Océan*, que um cantor sagrado da Raiatea lhe revelou a cosmogonia polinésia, mas "só podia recitá-la declamando de um só fôlego. Se o interrompessem para fazer anotações, ele esquecia tudo, não podia prosseguir, teria que recomeçar".[53] Para aniquilar de forma rápida uma civilização tão intimamente habitada pela memória, na qual escrever uma língua parecia ridículo e cujas crianças não podiam aprender a ler já que

---

[51] V. Segalen, *Les immémoriaux* (1907), Paris, 1956.

[52] A história foi escrita pelo primeiro missionário-impressor das ilhas da Sociedade, W. Ellis, *Polynesian researches, during a residence of nearly eight years in the Society of Sandwich Islands*, Londres, 1829, I e II. Cf. também G. Duverdier, "La pénétration du livre dans une société de culture orale: le cas de Tahiti', em *Revue française d'histoire du livre*, 1971, pp. 27-49.

[53] Moerenhout, *Voyages aux îles du grad Océan*, Paris, 1837, I, p. 393.

lhes bastava escutar o Evangelho para logo memorizá-lo, era preciso ter a força inaudita de uma empresa colonial moderna que condensasse nos sinais escritos a pressão de uma civilização comercial e o imperialismo de uma religião do Livro: dois fatores aliados e associados. A isso veio se juntar a autoridade do poder político[54] presente desde o dia em que os ingleses ajudaram o rei Pomaré I a suplantar seus rivais. Os missionários de pele pálida se apresentam impudentemente como civilizadores. Ora, "para civilizar um povo, é preciso primeiro cristianizá-lo".[55] A agricultura, as artes mecânicas e o comércio serão em seguida revelados aos súditos do rei Pomaré. Dois fatores, no caso, explicam o dinamismo da escrita: inicialmente uma escrita solidária do livro, do Novo Testamento, cujo conhecimento é obrigatório para se ter acesso à Verdade; por outro lado, é a escrita do impresso, veiculado pelo livro-objeto, saído dos prelos da Missão e colocado no centro de um sistema fundamentado sobre a escola e sobre a aprendizagem escolar. Uma escrita que depois é convertida sem delongas a uma economia de mercado. Rei cristão a partir de 1812, Pomaré II mandara construir uma mansão onde se recolhia para escrever.[56] No dia 13 de maio de 1819, promulgava um primeiro código de leis escritas,[57] o que o transformou em opo-

---

[54] Cf. a respeito dos problemas de alfabetização e de penetração do escrito, *Literacy in traditional societies*, J. Goody (ed.), Cambridge, 1968; F. Furet e J. Ozouf, 'Trois siècles de métissage culturel. En France, XVIIe-XIXe siècles', em *Annales E.S.C.*, 1977, pp. 488-502; *Lire et écrire. L'alphabétisation des français de Calvin à Jules Ferry*, Paris, 1977; R. Chartier, 'L'entrée de l'écrit', *Critique*, nº 377, 1978, pp. 973-83; idem, 'L'ancien régime typographique', *Annales E.S.C.*, 1981, pp. 191-209. *Libri, editori e publicco nell'Europa moderna. Guida storica e critica*, org. Petrucci, Bari, 1977.

[55] W. Ellis, *Polynesian researches, during a residence of nearly eight years in the Society of Sandwich Islands*, Londres, 1829, I, p. 452: "Para civilizar um povo, é preciso cristianizá-lo, primeiro."

[56] G. Duverdier, 'La pénétration du livre dans une société de culture orale: le cas de Tahiti', em *Revue française d'histoire du livre*, 1971, p. 42.

[57] G. Duverdier, art. cit., p. 40.

sitor e logo rival de seus protegidos que, junto com seus livros piedosos, editavam regulamentos para a troca e o comércio com os navios ingleses. O soberano acabou entrando em conflito com os missionários por querer deter o monopólio do comércio.[58] Em 1824, o terceiro Pomaré, coroado com quatro anos de idade, tendo numa das mãos a Bíblia e, na outra, um código de leis, foi mandado para a South Sea Academy, a fim de ali receber uma "educação inglesa sistemática".[59] Como vemos, toda a antiga cultura oral e suas novas formas são condenadas à clandestinidade pela agressão de uma cultura do ler e do escrever, mobilizada por um poder centralizado que guia, de uma só vez, as operações comerciais e o bem-estar das almas, possuindo um exército invencível: a tipografia.

O contraste com o exemplo grego é radical. Primeiramente na ordem política, onde a invenção da cidade e de seu espaço mental não parece poder se separar do domínio do instrumento da escrita.[60] Enquanto a escrita micênica, chamada linear B, cursiva e freqüentemente ilegível,[61] serve como auxiliar da memória para altos funcionários ou servidores do palácio em seu trabalho administrativo,[62] o utensílio alfabeto, com seu reduzido número de sinais, vogais e consoantes estritamente diferenciadas, bem ajustadas à pronúncia, parece ter sido forjado para e pelas primeiras democracias.[63] Sua legibilidade assim como sua simplicidade respondem, perfeitamente, à exigência de publicidade das

---

58 G. Duverdier, art. cit., p. 39.

59 G. Duverdier, art. cit., p. 41.

60 Cf. J.-P. Vernant, *As origens do pensamento grego*, 3ª ed., São Paulo, Difel, 1981.

61 Cf. Préaux, 'Du *linéaire B* créto-mycénien aux ostraca grecs d'Egypte', em *Chronique d'Egypte*, 34, 1959, pp. 79-85.

62 Estes não são escribas profissionais, de acordo com J.-P. Olivier, *Les scribes de Cnossos*, Roma, 1967.

63 Cuja lista crítica é organizada por J. Labarbe, 'Les premières démocraties de la Grèce antique', em *Bulletin de l'Académie royale de Belgique, Cl. des lettres sciences morales et politiques*, 1972, pp. 223-54.

novas relações sociais. De fato, o gesto fundamental dos primeiros legisladores é introduzir leis por escrito,[64] não para transformá-las em códigos confiados a profissionais, mas para colocá-las à vista de todos os cidadãos, no centro do espaço cívico. As leis, diz Sólon, eu as escrevo (*gráphein*) tanto para o bom como para o vil.[65] Elas são visíveis para todos e Plutarco bem como Pausânias puderam ver no Pritaneu fragmentos dessas leis solonianas, chamadas 'axiais', vigas de madeira retangulares com as quatro faces gravadas, encaixadas num cavalete que girava sobre seu eixo.[66] Dessa forma, o pobre e o rico podiam, em princípio, gozar de uma justiça igualitária.

Provavelmente, muitos desses monumentos da escrita política desapareceram em função dos materiais perecíveis como madeira, argila e peles que lhes serviam de suporte e talvez devamos desconfiar de nossa documentação epigráfica, cujas pedras apresentam textos mais de caráter particular do que público:[67] entre os 15 primeiros documentos da antologia de inscrições de Dittenberger — obra clássica no sentido próprio da palavra — só existem dois decretos e um único tratado firmado entre duas cidades, o resto é composto de dedicatórias, oferendas, consagrações de estátuas ou de objetos de valor.[68] Mas, por mais que preenchamos a lacuna que o tempo, o desgaste e os ultrajes deixaram, ainda nos resta o fato de que, nas cidades gregas, o poder político nunca se identificou com a escrita. Diversamente de civilizações como a da China e a da Mesopotâmia, onde os sinais gráficos reserva-

---

[64] Cf. Ed. Will, 'La Grèce archaïque', em *Trade and politics in the ancient world* (Segunda Conferência Internacional de História Econômica), I, Paris, 1965, pp. 85-6.

[65] Fr. 24, 18-20, ed. Diehl: "Os pastores das montanhas, sobreviventes do dilúvio, não conhecem 'legisladores', pois a escrita ainda não existe nesses primórdios" (Platão, *As leis*, III, 680, *a* 5).

[66] M. Lejeune, 'La diffusion de l'alphabet', em *Comptes rendus de l'Académie des Inscriptions et Belles-Lettres*, 1966, p. 510.

[67] M. Lejeune, op. cit., p. 510, cf. também p. 507.

[68] *Sylloge Inscriptionum Graecarum*, Leipzig, 1915, I, 1-15.

dos aos especialistas constituem um instrumento social de codificação a serviço de um poder centralizado, a cidade helênica nunca se apropriou do instrumento alfabético; nunca buscou dominar o símbolo da escrita que, no entanto, parecia o mais adequado a seu desígnio político. Discrição ainda mais notável na medida em que as primeiras democracias se instituem com a determinação de tornar públicas, através da escrita, as leis fundamentais da cidade.

Inúmeros dados permitem medir a distância que separa o poder da escrita. Inicialmente, e isto é decisivo, sabemos que a cidade grega nunca instituiu nem impôs um sistema de educação escolar. As primeiras escolas de que temos registro surgiram por volta de 490 a.C.[69] e se edificavam fora do espaço político.[70] O ler e o escrever dependem da iniciativa privada, e a alfabetização é abandonada aos cidadãos que a desejassem e que, provavelmente, possuíam tanto meios como tempo para tal. Outro aspecto de uma relativa indiferença com relação à coisa escrita: o aparecimento tardio dos depósitos de arquivos.[71] Antes do século IV, as cidades não julgam indispensável reunir, em um só lugar, os documentos oficiais nem as listas de estado civil, das fratrias, ou das associações de caráter público. Aristóteles é o único, na *Política*, que afirma a importância de uma estrutura desse gênero para a boa administração da cidade.[72] Quando o uso impôs que se registrassem, oficialmente, as transações multiplicadas pelo desenvolvimento da economia, os assuntos públicos e privados

---

[69] Cf. F. A. G. Beck, *Greek education, 450-350 a.C,* Londres, 1964, pp. 72-146; F. D. Harvey, 'Literacy in the Athenian democracy', em *Revue des études grecques*, 79, 1966, pp. 629-33.

[70] "Enquanto o teatro está a cargo da cidade, a escola depende do particular, não do público, isto é, do poder político": D. Lanza, *Lingua e discorso nell'Atene delle professioni*, Napóles, 1979, p. 65.

[71] E. Posner. *Archives in the ancient world*, Harvard, 1972, pp. 91-118. Cf. também G. Busolt e H. Swoboda, *Griechische Staatskunde*, Munique, II, 1926, pp. 1.037-41.

[72] Aristóteles, *Política,* VI, 7, 1.321 *b* 34-40; VII, 11, 1.331 *b* 7-12.

se misturaram, confundidos nos documentos confiados aos cuidados do epístata, o presidente dos prítanes. Além disso, os documentos — plaquetas de madeira pintadas em branco e estocadas em jarros, ou contratos em rolos de papiros —, uma vez confiados aos arquivos, não eram considerados documentos detentores da única autenticidade.[73] A cidade parece mais preocupada em tornar públicos, na pedra e no metal, os decretos e as decisões da assembléia do que em registrar e conservar os documentos que chamaríamos os 'originais'. Enfim, há a recusa de recorrer à escrita entre os homens que, como diz Platão, "têm mais poder na cidade". Pois estes enrubescem à idéia de escrever discursos, bem como de deixar atrás de si textos do próprio punho, temendo julgamentos posteriores ou com medo de serem chamados de 'sofistas'.[74] O orador, aquele que se adianta para falar na *ágora*, a convite do arauto, não sente necessidade de recorrer aos sinais escritos: sua única ferramenta é a fala. "Quem quer levar ao centro (*es méson*) palavras sábias para a cidade?"[75] É tomando a palavra que o cidadão age sobre os outros, que o orador orienta a escolha da assembléia, que o político decide as ações da cidade. Péricles será o primeiro, diz-se, a pronunciar um discurso redigido[76] por escrito, e logo Tucídides tentará encontrar na escrita de uma história política os princípios de uma ação definitivamente preservada das incertezas da conjuntura. O autor da *Guerra do Peloponeso*, além de já ser homem do século IV, também pertence ao grupo daqueles que se afastam ou são afastados dos assuntos da cidade. A palavra política desconfia da escrita, seja ela inscrita em plaquetas ou selada em rolos de

---

[73] E. Posner, ibid.

[74] Platão, *Fedro,* 257 *d* 5-8.

[75] Eurípides, *As suplicantes*, 438, 439. Cf. M. Detienne em 'Espace et temps dans la cité, la littérature et les mythes grecs', em *Revue de synthèse*, 57-58, 1970, pp. 70-2.

[76] Cf. D. Lanza, *Lingua e discorso nell'Atene delle professioni*, Nápoles, 1979, 53; e N. Loraux, *L'invention d'Athènes*, 1981, pp. 180-2.

papiros. Em *As suplicantes* de Ésquilo, onde são afirmadas veementemente as virtudes da decisão política, Pelasgo, sem se entregar ao elogio das 'leis escritas' perante as quais o pobre e o rico têm os mesmos direitos,[77] demarca a distância entre a decisão da assembléia e um documento escrito: os argivos tomam Dânao e suas filhas sob sua proteção, atendendo às suas súplicas; "é uma decisão irrecorrível", um "prego solidamente fixado de modo que nada o abala"; e "não se trata de palavras inscritas em plaquetas ou enroladas em papiro. Aqui, percebe-se a linguagem clara de uma palavra livre".[78] O voto decisivo de uma assembléia não pode ser confundido com os traços escritos[79] que lhe dão escribas ainda insignificantes.

Os dados estatísticos da epigrafia confirmam que o poder de uma cidade não passa, de modo algum, pela escrita. Os historiadores modernos observaram, mais de uma vez, que os decretos e as decisões, transcritos da assembléia, começam a surgir por volta de 400 e que o fluxo não pára até o século III a.C.[80] A escrita foi usada, também, e muito cedo, para perpetuar a lembrança dos nomes ou para organizar as primeiras listas dos vencedores dos Jogos Olímpicos, a partir de 776 a.C., dos éforos da Esparta, a partir de 756.[81] Com certeza, por seu turno, os homens de comér-

---

77 Como Teseu em Eurípides, *As suplicantes*, 434-5.

78 Ésquilo, ibid., 946-9.

79 Plaquetas para escrever a minuta e rolos de papiro que seriam documentos de arquivo. Cf. E. G. Turner, 'I libri nell'Atene del V e IV secolo a.C.' (versão revista e aumentada do *Athenian books in the fifth and fourth centuries*, Londres, 1952), em *Libri, editori e pùbblico nel mondo antico. Guida storica e critica*, Bari, G. Carvalho, 1975, p. 10. Sobre os procedimentos de escrita 'pública' — desenhar, gravar e pintar para tornar *legíveis* as letras —, cf. as observações de J. e L. Robert, 'Bulletin épigraphique', em *Revue des études grecques*, 1974, pp. 26-7; 1978, p. 13.

80 Cf. exemplo dado em R. Weil, 'Les documents dans l'œuvre de Thucydide', em *L'information littéraire*, 26, 1974, p. 31.

81 Cf. M. I. Finley, *Les premiers temps de la Grèce: l'âge du bronze et l'époque archaïque* (1970), tradução F. Hartog, Paris, 1973, p. 108.

cio passaram a ela recorrer para sua contabilidade, para a qual bastam materiais leves e de rápida destruição.[82] Entretanto, mesmo no setor dos negócios comerciais onde os 'escritos' parecem ter grande importância, ou seja, nas atividades e operações do banco, é também apenas no século IV que aparecem as primeiras 'memórias' (*hupomnémata*) ou livros de banco (*grámmata*) onde se registram as saídas e entradas, o nome do depositante, o montante e o nome do beneficiário do pagamento.[83] E, como há algum tempo se observou, na mesma época os contratos escritos continuam raros, a não ser para o empréstimo marítimo.[84]

No mundo da cidade que coloca o poder 'no centro', talvez com o intuito de preservá-lo do perigo da centralização, a escrita deve ser mais visível do que lida. Ela se oferece à vista de todos, insígnia da publicidade que requer, sem jamais ser utilizada como instrumento de comunicação no âmago das relações sociais inventadas pelas primeiras democracias.[85] A cidade grega se acomoda muito bem a um estado de 'alfabetização limitada'. Tudo o que se refere ao comércio, bem como às atividades artesanais, permanece estranho demais a seu sistema igualitário para perturbar a circulação discreta dos sinais escritos. E o primeiro indício que conhecemos de uma comercialização do livro são os cofres

---

[82] M. Lejeune, 'La diffusion de l'alphabet', em *Comptes rendus de l'Académie des Inscriptions et Belles-Lettres*, 1966, p. 510.

[83] R. Bogaert, *Banques et banquiers dans les cités grecques,* Leyde, 1968, pp. 376-84.

[84] Cf. L. Gernet, *Droit et société dans la Grèce ancienne,* Paris, 1955, pp. 191-3. O reconhecimento de débitos, gravados em chumbo, em Corcira, por volta de 500 a.C. com os nomes dos credores, dos devedores, das testemunhas e da quantia envolvida, talvez concernente ao comércio marítimo: P. Calligas, 'An inscribed lead plaque from Korkyra' em *Annual of the British School of Athens*, 66, 1971, pp. 79-93. Cf. também J. e L. Robert, 'Bulletin épigraphique' em *Revue des études grecques*, 1973, p. 230; B. Bravo, 'Une lettre sur plomb de Bezegan: colonisation et modes de contact dans le Pont', em *Dialogues d'histoire ancienne*, I, 1974, III, p. 187.

[85] M. I. Finley, 'Censura nell'antichità classica', em *Belfagor*, 1977, p. 613.

de papiros cobertos pela escrita que os trácios iletrados recolheram nas margens do Ponto Euxino, depois do naufrágio de navios enviados pelos gregos às colônias do mar Negro. Xenofonte nos conta isso em *Anábase*, e o acontecimento se situa entre outubro de 400 e março de 399 a.C.[86] É o tempo em que a escrita, parasitária até então, deixa de ser um vestígio disperso, ou a simples transcrição de palavras eficazes, para se integrar mais amplamente à cultura da cidade e começar a exercer uma primeira soberania, ao mesmo tempo mental e social.

Tudo nos leva a crer que não houve, no país de Homero, uma revolução da escrita, mas que o uso dos sinais gráficos caminhou lentamente e com avanços desiguais, de acordo com os domínios de atividade. Estes são os novos saberes intelectuais, a filosofia, a investigação histórica, a pesquisa médica, que souberam tirar o melhor partido da escrita.[87] Com ela, souberam estabelecer uma distância crítica com relação à tradição, bem como encontrar o meio de lidar com o acúmulo de dados, de observações ou de teses opostas onde se esboçaram os projetos sem rasura de uma racionalidade segura de si. O espaço gráfico sem dúvida favorece o início das interpretações e o confronto entre as inúmeras versões de uma mesma narrativa.[88] E também é certo que as listas de ingredientes nas farmacopéias, os protocolos registrando, dia a dia, a progressão de uma doença ou os efeitos de uma cura,

---

[86] Xenofonte, *Anábase*, VII, 5, 13-4 (*pollaì dè bíbloi gegramménai*). Testemunho sempre redescoberto, de H. Alline, *Histoire du texte de Platon*, 1915, 12 e nº 1, a B. Gentili, *Lo spettacolo nel mondo antico*, Bari, 1977, 5, nº 16, passando por P. Mazon, *Introduction à l'Iliade*, Paris, 1948, 277, nº 1. Cf. também T. Kleberg, *Bokhandel och bokförlag i antiken*, Estocolmo, 1962 (tradução para o italiano de E. Livrea, em *Libri, editori e pubblico nel mondo antico. Guida storica e critica*, Bari, G. Cavallo, 1975, p. 30); A. Dain, 'L'écriture grecque du VIIIe siècle avant notre ère à la fin de la civilisation byzantine', em *L'écriture et la psychologie des peuples* (Centre International de Synthèse), Paris, 1963, pp. 174-5.

[87] Cf. D. Lanza, *Lingua e discorso nell'Atene delle professioni*, Nápoles, 1979, pp. 52-87.

[88] Cf. *infra*, pp. 134-42.

tinham necessidade de ser fixados por escrito para que o médico-teórico pudesse refletir sobre o corpo humano e, ele mesmo, redigir as hipóteses que seriam submetidas às críticas de seus colegas. Paralelamente, a prosa escrita, disponível para falar do ser, da natureza, dos princípios e dos elementos fundamentais, encontra sua primeira concretização num pequeno livro de uma dracma onde Anaxágoras, ao tempo da juventude de Sócrates, condensa os argumentos que partem como flechas certeiras em direção a seus leitores.[89] Ainda era preciso atenuar as conquistas da escrita nas províncias do mundo grego, evocando (devido à relativa raridade do livro-objeto e ao pequeno número de letrados) o modo de recepção dominante nas obras confiadas à escrita.[90] Pois um livro se escuta, é lido mais pela audição do que pelos olhos. Os filósofos, os médicos, os historiadores, todos se dedicam a recitações públicas.[91] Heródoto recita e conta suas *Histórias* diante dos atenienses e de muitos outros; Empédocles decla-

---

[89] E. G. Turner, 'I libri nell'Atene del V e IV secolo a.C.', em *Libri, editori e pubblico nel mondo antico. Guida storica e critica*, Bari, G. Cavallo, 1975, p. 18; Platão, *Apologia*, 26 *d* 10-*e* 1. Sobre as formas literárias do discurso filosófico, Cf. H. Cherniss, *Selected papers*, Leyde, L. Tarán, 1977, pp. 14-35.

[90] Em 'Censura nell'antichità classica' (*Belfagor*, 1977, p. 612), Finley compara a circulação dos escritos da Antigüidade a uma espécie de *samizdat* (607) e evoca o caso de Eurípides, o mais erudito dos trágicos, mas cujas obras circulavam de boca em boca, aprendidas e recitadas de cor. Muitos atenienses, prisioneiros em Siracusa, no ano de 413, deveram sua liberdade às tiradas de Eurípides que conseguiram agradar aos seus algozes (Plutarco, *Nícias*, 29, 2-5).

[91] Cf. L. Canfora, 'Storici e società ateniense' em *Erodote, Tucidide, Senofonte: letture critiche* (organizada por L. Canfora), Milão, 1975, pp. 24-6; 'Dalla logografia ionica alla storiografia attica', em *Storia e civiltà dei Greci*, II, 3, Milão, 1979, pp. 355-64; A. Momigliano 'The historians of the classical world and their audiences: some suggestions', em *Annali della Scuola Normale Superiore di Pisa, Lettere e Filosofia*, 1978, pp. 59-75; B. Gentili e G. Gerri, *Le teorie del discorso storico nel pensiero greco e la storiografia romana arcaica*, Roma, 1975, pp. 19-45; D. Lanza, *Lingua e discorso nell'Atene delle professioni*, Nápoles, 1979, pp. 67-74.

ma seus poemas filosóficos perante a Grécia reunida entre os santuários de Olímpia, enquanto os autores de escritos chamados hipocráticos desenvolvem, à frente de ouvintes, provavelmente menos numerosos, aquilo que a arte médica podia ou não podia dizer sobre a natureza humana.[92] Para os espectadores de Aristófanes, sempre levados ao riso, ter um livro nas mãos com a perspectiva de uma leitura 'autista' determina o intelectual como tipo de homem[93] e revela o quanto sua presença permanece insólita numa grande cidade como Atenas, que, no entanto, parece ser o teatro exemplar de uma cultura escrita dominada por uma elite sob os olhos da maioria. E o livro, lentamente transformado em mercadoria, é escrito no interior de um amplo sistema cultural, cuja transmissão continua a se fazer, de forma oral e auditiva, até sob as janelas de Platão.[94]

Seria, portanto, ingênuo acreditar que a escrita alfabética veio substituir uma tradição oral repentinamente enfraquecida. Assim como imaginar que uma grafia capaz de notar os sons isoláveis da língua por meio de vogais e consoantes teria desencadeado sem *sursis* o perecimento de uma cultura 'tradicional' que nunca precisara da escrita para se fazer ou se dizer, pois encontrava, na memória comum a toda comunidade, seus princípios de organização e suas modalidades de aprendizagem.

Essa memória social deve ser entendida como a atividade mnemônica não especializada que garante a reprodução dos

---

[92] A exceção e o insólito estão na leitura silenciosa: B. M. W. Knox, 'Silent reading in antiquity', em *Greek, Roman and Bizantine studies*, 1968, pp. 421-35. P. Chantraine, 'Les verbes signifiant *lire*', em *Mélanges H. Grégoire*, Bruxelas, II, 1950, pp. 115-26; R. Weil, 'Lire dans Thucydide', em *Mélanges Cl. Préaux*, Bruxelas, 1979, pp. 162-8.

[93] Estranheza do intelectual com um livro nas mãos e mais: lendo-o para si mesmo. Aristófanes, *As rãs*, 52-53, 1114 (cf. L. Woodbury, 'Aristophanes' Frogs and Athenian literacy: Ran. 52-53, 1114, em *Transactions of the American Philological Association*, 106, 1976, pp. 349-57).

[94] Cf. B. Gentili, 'Introduzione', em E.A. Havelock, *Cultura orale e civiltà della scrittura: da Omero a Platone*, tradução italiana, Bari, 1973, V-XI.

comportamentos da espécie humana e que encontra, mais particularmente nos gestos técnicos e nas palavras da linguagem, os meios de transmitir o conjunto do saber. Memória constitutiva da tradição e biologicamente indispensável para a humanidade, para quem desempenha o mesmo papel que o condicionamento genético nas sociedades de insetos.[95] Mas esta não é nem a memória dos biólogos, nem a dos psicólogos cibernéticos que a estudam como uma função útil na comunicação entre dois indivíduos. A memória social opera nas sociedades ditas tradicionais, nos grupos humanos cuja cultura é passada de boca em boca, isto é, nos tipos de sociedades familiares aos antropólogos. Longe dos laboratórios onde indivíduos alfabetizados se agregam em grupos artificiais, com a finalidade de comprovar a memorabilidade das listas de palavras ou nomes, mais ou menos longas ou complexas. Essa memória social, sem a qual não haveria cultura nas sociedades 'sem escrita', foi adotada pelos antropólogos para estudar, quando não os negligenciaram, suas duas estratégias opostas: a primeira, orientada em direção de uma etno-história, privilegia o conhecimento do passado soldado à prática da escrita e a segunda, livre da obsessão ou dos fantasmas da história, se preocupa essencialmente com suas diferenças em relação à memória do escrito.

Da *Critique historique* de E. Bernheim, publicada em 1889, às análises de J. Vansina, editadas em 1961 sob o título *De la tradition orale. Essai de méthode historique,* um projeto começou a tomar forma e seus objetivos podem ser expressos em dois pontos:[96] de um lado, as sociedades tradicionais vivem na história

---

[95] A. Leroi-Gourhan, *Le geste et la parole, II. La mémoire et les rythmes*, Paris, 1965, pp. 22-34; *La mémoire sémantique,* ed. St. Ehrlich e E. Tulving (*Bulletin de psychologie de l'université de Paris*), 1976; M. Piatelli-Palmarini. 'L'entrepôt biologique et le démon comparateur, em *Nouvelle Revue de Psychanalyse,* 15 (*Mémoires*), 1977, pp. 105-27.

[96] E. Bernheim, *Einleitung in die Geschichtswissenschaft*, Leipzig, 1889; J. Vansina, *De la tradition orale. Essai de méthode historique*, Tervuren, 1961.

assim como a nossa. Não apenas porque estão submetidas ao devir e à mudança, mas porque a tradição que as engloba e que constitui seu sistema de pensamento dominante é um verdadeiro saber do passado, uma história que não conhece a si mesma; história desconhecida, da mesma natureza que o conhecimento histórico, caro às sociedades ocidentais. De outro lado, a tradição que o etnógrafo se propõe arquivar, transformar em material escrito, é submetida ao dispositivo severo da 'crítica histórica'. Porque esse passado está vivo e disperso numa infinidade de testemunhos,[97] a investigação que tenciona redescobrir a importância real dos acontecimentos do passado (a história de que tratamos aqui é precisamente aquela, laboriosa e obstinada, que pretende 'autenticar os fatos') convoca todos aqueles que podem e que devem testemunhar. O etnólogo confronta os depoimentos acareando-os uns com os outros:[98] de acordo com as regras de boa crítica, compete a ele descobrir as razões que poderiam incitar alguém a falsificar seu testemunho. Sua desconfiança é tanto mais ativa na medida em que depara com civilizações orais e auditivas, onde tudo é móvel, fluente e constantemente perturbado pelo boato: um tipo de 'fonte' que os manuais de crítica histórica distinguem ao lado da anedota, do mito ou do provérbio.[99] Os informantes da etnografia são assim travestidos em testemunhas de certo modo suspeitas aos olhos de uma história que trabalha nos moldes de um inquérito policial que se esforça para que cada membro do corpo social confesse a realidade secreta que a tradição encobre com seu prestígio e envolve em suas brumas. Aqui temos uma tarefa estranha que parece fundamentar-se em uma confusão maior existente entre tradição e passado histórico, como se desde sempre a memória humana fizesse história sem o saber. Esquecia-se assim que a noção de

---

[97] 'La tradition, chaîne de témoignages', J. Vansina, op. cit., pp. 22-45.

[98] 'Le témoignage, mirage de la réalité', J. Vansina, op. cit., pp. 69-96.

[99] J. Vansina, op. cit, p. 8. Cf. pp. 98-100: "como detectar os falsos rumores".

um passado, como algo diferente do presente e que deve ser estudado enquanto tal, só se define plenamente no início do século XIX com a história de Ranke.[100] Além disso, quaisquer que sejam os méritos da etno-história,[101] a estratégia elaborada a partir da crítica histórica de E. Bernheim, não é capaz de compreender a tradição memorial, pois desconhece a relação instituída pelo saber ocidental entre uma prática da escrita, seu próprio pensamento histórico e o funcionamento de sua memória.

Outros antropólogos, menos impacientes por fazer história (pelo menos à maneira de Bernheim), e mais curiosos a respeito dos procedimentos cognitivos postos em prática nas sociedades que não utilizam nenhum sistema de sinais escritos, se dispuseram, a partir da década de 1930, a analisar o modo pelo qual a memória produz a tradição e a transforma, transmitindo-a de uma geração a outra. É a estratégia adotada por uma corrente de antropólogos britânicos, que vai de Frederick C. Bartlett,[102] contemporâneo de Malinowsky, até Jack Goody, atual titular da cadeira de antropologia social, em Cambridge.[103] A escola socio-

---

[100] I. Meyerson, 'Le temps, la mémoire et l'histoire', em *Journal de psychologie*, 1956, 333-54.

[101] Outras propostas podem ser encontradas em J. Vansina, 'Once upon a time: oral traditions as History in Africa', em *Daedalus*, 2, 1971; C. H. Perrot e E. Terray, 'Tradition orale et chronologie', em *Annales E.S.C.*, 1977, pp. 326-31.

[102] F. C. Bartlett, 'Psychology in relation to the popular story', em *Folklore*, 1920, pp. 264-93; *Psychology and primitive culture*, Cambridge, 1923; *Remembering*, Cambridge, 1932; 'Some experiments on the reproduction of folk-stories', artigo também publicado em A. Dundes, *The study of folklore*, Nova York, 1965.

[103] J. Goody e I. Watt, 'The consequences of literacy', em *Comparative studies in society and history*, 1968, pp. 304-45, publicado também em *Literacy in traditional societies*, Cambridge, J. Goody, 1968, pp. 27-68; 'Mémoire et apprentissage dans les sociétés avec et sans écriture: la transmission du Bagre', em *L'Homme*, 1977, 1, pp. 29-52; *The domestication of the savage mind*, Cambridge, 1977 (tradução francesa de J. Bazin e A. Bensa com o título *La raison graphique. La domestication de la pensée sauvage*, Paris, 1979).

lógica francesa reconhecera, com Marcel Mauss, a importância da *tradição* nas sociedades arcaicas, analisara seus modos de transmissão, suas formas de opressão, seus mecanismos de controle social e demonstrara como aí a criação está mais ou menos misturada à transmissão ou ainda com a ciência dos gestos e dos atos corporais passa de uma geração à outra.[104] Na *tradição*, Mauss distinguira duas partes: uma, consciente, a tradição social pura, a memória coletiva que é preciso "buscar e encontrar entre as pessoas que conhecem seu segredo e sua fonte";[105] a outra, que é a tradição de nível inconsciente, correspondia ao fenômeno da linguagem veiculando, para aqueles que falam ou aprendem uma língua, uma certa maneira comum de perceber, analisar e coordenar.[106] Mas, paradoxalmente, ainda que tenha conferido à língua o *status* de fenômeno social elementar, Mauss deixou seu estudo a cargo dos lingüistas e, ao mesmo tempo, se afastou da oralidade e de sua relação com os 'mitos' nos quais reconheceu o caráter obrigatório, inconsciente e lingüístico.[107] De maneira paralela, a empreitada de Maurice Halbwachs, orientada para uma memória coletiva, mas no sentido de uma visão interna do grupo, com seus lugares e durante um período que não ultrapassava a duração média da vida humana, restringia-se ao horizonte de nossas sociedades contemporâneas, mais amplamente alfabetizadas, e permanecia assim tributária da estreita experiência de

---

[104] M. Mauss, *Fragment d'un plan de sociologie générale descriptive* (1934), em *Œuvres, III*, Paris, 1969, pp. 328-38.

[105] M. Mauss, op. cit., p. 336. Para o mundo indo-europeu, G. Dumézil insiste no papel eminente dos corpos sacerdotais poderosos com a incumbência de manter a tradição e empenhados em transmitir o *corpus* ideal de mitos, rituais, vocábulos e expressões sagradas. Eles são o que se chama de "os administradores da memória e do pensamento coletivos" (*Heur et malheur du guerrier*, Paris, 1969, pp. 48-50).

[106] M. Mauss, *Œuvres III*, pp. 144; 311.

[107] M. Mauss, *Introduction aux mythes* (1903), em *Œuvres II,* pp. 269-72 e *L'art et le mythe d'après M. Wundt* (907), op. cit., II, pp. 209-11.

uma memória voltada para um passado individual.[108] Entre a longa duração da linguagem identificada à tradição e o tempo de sua retenção a curto prazo, seria preciso a escolha de uma temporalidade mediana, a fim de perceber e revelar o ritmo de uma memória social, de medir suas pulsações próprias e observá-la ao trabalho no intercâmbio entre duas ou três gerações. Só assim podem ser detectados alguns traços essenciais da memória oral e aural, da atividade mnemônica coletiva em sociedades onde, por razões ao mesmo tempo históricas e etnocêntricas, as formas de um estado de oralidade não foram percebidas inicialmente, a não ser por contraste com a produção escrita e em oposição ao funcionamento da memória em uma civilização da tipografia e da alfabetização generalizada.

Há muito tempo sabemos que uma história transmitida oralmente, que não esteja a cargo de um desses doutores da memória, se modifica, em maior ou menor profundidade, no espaço de algumas gerações. Sem que precisemos nos reportar a Tucídides, sabemos que, diante de um evento importante como uma guerra, por exemplo, que influi na vida de muitos grupos, cada um dá a sua versão, seleciona o que chamamos de 'fatos' e constrói uma narrativa em função da maneira pela qual seu ambiente ou sua sociedade organiza a memória falada. Aprendemos inclusive que seria inútil ordenar as 'deformações' sucessivas sobre um eixo onde quanto mais próxima a narrativa estivesse do evento, menos daria lugar ao 'maravilhoso'.[109] Contudo, foi preciso esperar por análises como as de John A. Barnes e de Laura Bohannan para que vingasse a idéia de uma organização 'homeostática' da

---

[108] M. Halbwachs, *Les cadres sociaux de la mémoire*, Paris, 1925; *La mémoire collective*, Paris, 1950, em particular a p. 78. Cf. também as observações de I. Meyerson: 'Le temps, la mémoire et l'histoire', em *Journal de psychologie*, 1956, p. 336.

[109] Cf. P. Mercier, 'Histoire et légende: la bataille d'Ilorin', em *Notes africaines*, 47, 1950, pp. 42-5.

memória iletrada:[110] como se opera um equilíbrio dinâmico entre mudanças e sobrevivências, onde a triagem entre as informações novas e antigas, se efetivamente realizada pela memória de cada um, se faz em função e sob o controle da vida social; como, a cada geração, a memória coletiva, que é um sistema de conhecimento e de pensamento cognitivo, reorganiza e reinterpreta os elementos essenciais da relação social. Se não fossem os insucessos da administração inglesa na Nigéria, os antropólogos se teriam contentado em observar que os tiv, cerca de oitocentas mil pessoas, acreditavam ser descendentes de um só homem, através de 14 ou 17 gerações e que a evolução de suas genealogias, com freqüência bastante desenvolvida, servia como reforço de memória para enunciarem os direitos sobre as terras e para a manipulação dos pacotes, mais ou menos volumosos, de relações sociais. No entanto, como os tribunais da colonização eram assediados por queixosos ainda genealogistas, a justiça britânica decidira fixar por escrito a abundância de nomes de família de que cada indígena lançava mão quotidianamente, mas que não eram objeto nem de um ensino sistemático nem de um saber confiado a administradores da memória. Na geração seguinte, porém, os tiv, que permaneceram analfabetos, se recusaram a reconhecer a autenticidade das genealogias arquivadas; declararam-nas incorretas e, para surpresa indignada dos juízes em exercício, puseram-se a recitar outras linguagens. As regras do jogo pareciam violadas, mas houve apenas engano na distribuição das cartas. Laura Bohannan,[111] a antropóloga com visão para resolver o problema, conseguiu mostrar que não era a boa-fé dos dois lados que estava em questão. A escrita da administração inglesa não podia conceber

---

[110] J. Goody e I. Watt, 'The consequences of literacy', p. 307, em *Literacy in traditional societies*, org. J. Goody, pp. 30-1.

[111] L. Bohannan, 'A genealogical charter', em *Africa*, 23, 1952, pp. 301-15. Cf. J. Goody e I. Watt, 'The consequences of literacy', pp. 309-11, em *Literacy in traditional societies*, org. J. Goody, pp. 32-4.

senão um estado fixo da sociedade tiv cujo saber genealógico não parava de se modificar, ainda que de maneira imperceptível e inconsciente. Assim, o prosseguimento normal das genealogias ao longo das gerações era compensado por um mecanismo de encaixe que mantinha intacta sua figura formal; do mesmo modo as mudanças nas estruturas do poder (número de chefias ou reintegração territorial) afetavam subterraneamente o equilíbrio de alas inteiras dessa arquitetura de nomes próprios. Arquivando, uma a uma, as frases desse discurso genealógico cujo tema único era a palavra de todos, a escrita, despida de sua força burocrática, servia como reveladora — sob o ponto de vista etnográfico — de um primeiro ato fundamental da memória partilhada: que memorável, aquilo de que esta memória se lembra, longe de pertencer a um passado registrado ou a um conjunto de arquivos, é um saber no presente, exposto a reinterpretações, mas cujas variações incessantes não são perceptíveis no interior da tradição falada.

Uma reflexão mais antiga começou a definir um outro traço da oralidade e da sua memória exatamente a partir e em torno das variações. Se a tradição letrada não tivesse sido tão insistente, Marcel Mauss não teria repetido, a cada ano de 1926 a 1939, o mesmo conselho aos futuros etnógrafos, em suas *Instruções*: "Não procurem o texto original, *porque ele não existe*."[112] Esta outra 'literatura', viúva de autores-proprietários de seus textos e privada de obras das quais nossa cultura espera obediência filológica, não foi feita para ser lida numa simples recitação: foi feita para ser repetida.[113] Mais precisamente, é no ensaio que ela se fabrica, tomando forma a partir do que chamamos as variantes da narrativa ou as diferentes versões de uma mesma história.[114]

---

[112] M. Mauss, *Manuel d'ethnographie*, Paris, 1947, p. 98.

[113] Ibid., p. 97; R. Finnegan, *Oral poetry. Its nature, significance and social context*, Cambridge, 1977, pp. 102-9; J. Dournes, *Le parler des Joraï et le style oral de leur expression,* Paris, *Publications de la Societé des Orientalistes de France,* 1977, p. 176.

[114] J. Goody, *La raison graphique,* Paris, 1979, pp. 204-9.

O mundo do ensaio é também o da variação. Isto já foi dito inúmeras vezes mas só mais recentemente uma investigação de Jack Goody[115] tentou compreender melhor a natureza de uma memória que combina a variação com a repetição. Entre os lodagaa, no norte da Gana, o Bagrê é ao mesmo tempo a cerimônia de iniciação e o discurso que organiza o ritual iniciatório num conjunto contínuo de narrativas. Cada iniciado deve aprender cerca de 12 mil versos que são transmitidos dos mais velhos aos mais moços sem que sua recitação seja confiada a especialistas. Como diz a própria narração: "O Bagrê é só um e, no entanto, a maneira de contá-lo varia." A comparação entre as diferentes versões registradas entre 1951 e 1975 não deixa dúvidas sobre as grandes variações existentes de um Bagrê para outro. Não é apenas na arte de contar que os ouvintes distinguem todas as nuanças mas, também, no encadeamento das seqüências, na extensão dos enredos e na escolha de determinados episódios. Em suma, tipos de variações que não são perceptíveis nem para os que escutam, nem para os que narram. Cada versão acarreta uma série de transformações que não são obstáculos nem ao adestramento da memória que poderia trazer um ambiente especializado, nem às formas de opressão que a sociedade poderia exercer mediante um ritual iniciatório, referência principal do Bagrê. As variações que a escrita etnográfica permite medir e observar dão acesso ao trabalho da memória em uma sociedade "cuja tradição deve permanecer oral".[116] Jack Goody faz observações importantes sobre o assunto. Em primeiro lugar, com relação aos processos de rememoração: o Bagrê pertence a todos; cada lodagaa conhece suas histórias. No entanto, este saber

---

115 J. Goody, 'Mémoire et apprentissage dans les sociétés avec et sans écriture: la transmission du Bagré', em *L'homme*, 1977, pp. 29-52. Apesar de um aparelho semiótico muito pesado, pode-se encontrar um ensaio de análise de *corpus* 'aberto' em R. Mayer, *Les transformations de la tradition narrative à l'île Wallis* (Uvea), Paris. Publications de la Société des Océanistes, nº 38, 1976.

116 Como diz sucintamente Claude Lévi-Strauss, *Antropologia estrutural II*, 3ª ed., Rio de Janeiro, Tempo Brasileiro, 1989.

difundido, que não autoriza ninguém a controlar, no sentido estrito, a recitação de um Bagrê parece organizar-se de acordo com dois princípios. Nas partes em que a narração remete a operações rituais, a rememoração se baseia no paralelismo existente entre os ritos e a narrativa. Nas outras, de pura narração, a memória privilegia 'histórias', ou seja, certos elementos narrativos, formados por "uma série de fatos narrados ou imaginados e ligados entre si por atores comuns". Gerativa, a rememoração não se faz nem com a ajuda de balizas percebidas na superfície do texto, nem pela mediação de estruturas profundas e, sim, tomando como fio condutor uma trama, uma história e sua lógica.[117]

A segunda observação de Goody vai mais longe. Se a memória falada não consegue deixar de transformar o que ela quer simplesmente dizer ou repetir, é sinal de que não pode ser confundida com a atividade mnemônica, valorizada e explorada por nossas sociedades e que consiste em estocar e reproduzir *fielmente* séries de enunciados ou de informações.

No silêncio e na ausência de qualquer sistema de notação escrita, a memória ativa da oralidade combina o aprendizado dos saberes com informações visuais, práticas gestuais, situações globais, que tornam inoperante o modelo de uma memória 'mecânica' dedicada à exata repetição. Goody observa que este tipo de memória 'decorada' que retém palavra por palavra, um conto ou uma epopéia inteira, só pode existir em sociedades onde a aprendizagem é determinada pela alfabetização e pelo emprego conjugado da escrita e da leitura. Para decorar palavra por palavra, como nos é familiar, é necessário que exista um modelo fixo que permita corrigir as inexatidões. O texto escrito é o suporte indispensável para uma memória fiel, para um mecanismo que subordina ao olho, ao olhar, a palavra então silenciosa. A memória, que registra apenas depois de haver lido e verificado cuida-

---

[117] Este 'enredo' será chamado de *mûthos* por Aristóteles na *Arte poética*. Cf. também J. Bompaire, 'Le mythe selon la *Poétique* d'Aristote', em *Formation et survie des mythes*, Paris, 1977, pp. 31-6.

dosamente o que memoriza, é parte integrante de um aprendizado do qual a escola sumeriana é, talvez, o exemplo mais antigo. Destinada a formar profissionais de um sistema de escrita que é uma ferramenta social de codificação a serviço do poder real, a longínqua 'casa das plaquetas' institui um sistema escolar onde a transmissão do saber se faz ao mesmo tempo pela cópia literal, letra por letra, de longas séries de textos e pelos exercícios de memória fundamentados no método 'palavra por palavra'. A ruptura com os modos de aprendizagem das sociedades tradicionais torna-se mais brutal na medida em que a 'morada da escrita' impõe, aos futuros escribas, um meio totalmente artificial que, afastando-os de seus pais, de sua linguagem e de sua cidade, retira-os do ambiente favorável e necessário à rememoração construtiva.

Provavelmente, certas sociedades, mais que outras, preocupam-se em colocar em ação meios de fixar sua tradição que não seja por sinais escritos, seja confiando-a, parcialmente, aos profissionais da memória — virtuoses dos procedimentos mnemotécnicos —, seja reforçando a pressão exercida pelos rituais para assegurar uma repetição regular, senão imutável, das palavras, das narrativas ou dos cantos litúrgicos. Recorrendo a ambos os meios, a Índia védica, baseada numa teologia da palavra criadora cuja menor alteração mudaria a ordem do mundo, parece oferecer o espetáculo insólito de uma memória que se diz e se quer infalível.[118] Ao final de longos anos de aprendizado, que dão lugar a tipos de recitação chamados 'palavra por palavra' (*padá*), com a obsessão de mudar o mínimo possível a pronúncia correta, os brâmanes, divididos em grupos de especialistas neste ou naquele veda, vangloriam-se de reproduzir até hoje o conjunto de hinos, marcados pela normalização fonética desde os tempos de Çakalya (500 a.C.). Seja qual for o grau de confiança que os

---

[118] L. Renou, *Sanscrit et culture*, Paris, 1950, pp. 34-9. Cf. as observações de P. Kiparsky, 'Oral poetry: some linguistic typological considerations', em *Oral literature and the formula*, org., B. A. Stolz e R. S. Shannon, III, Ann Arbor, 1976, pp. 100-3.

hinduístas depositem nos brâmanes, que contudo conhecem a escrita[119] mesmo considerando-a impura e falha, sabemos que a ausência de uma classe de especialistas mnemotécnicos, abandonando a narrativa aos cuidados da memória anônima, só pode levá-las a sofrer as variações introduzidas, necessariamente, pelo ato de repetição.

Esta mesma necessidade de redizer e repetir sempre é que confere à oralidade o seu modo próprio de criação. Terceiro traço da memória tradicional que um outro confronto com a literatura de nossas sociedades torna óbvio. Num sistema de repetição, não existem senão versões. E, em princípio, cada versão apaga ou recobre a precedente cuja única materialidade reside na voz de um intérprete e no eco que provoca no auditório. Roman Jakobson observou isso ao refletir sobre o estatuto da obra 'folclórica' em conjunto com P. Bogatyrev:[120] o caminho que vai de intérprete a intérprete, se não for desbravado pela escrita, só poderá se abrir com o consentimento da comunidade e graças à cumplicidade do grupo cuja memória está sendo recitada. Temos aqui uma forma específica de criação que faz eco a uma diferença fundamental na recepção. No campo da escrita, onde cada obra implica um 'horizonte de expectativa' e traz em si como uma imagem de seu destinatário, desenhada em silhueta pela rede de obras evocadas pelo autor e pelos leitores,[121] a própria materialidade do 'gráfico', manuscrito ou impresso, permite que a obra possa esperar, até séculos se preciso, antes de produzir seus efeitos e encontrar leitores, dificilmente imagináveis. A produção oral, por sua vez, se não for recebida imediatamente, captada por ouvidos atentos

---

[119] Cf. J. Filiozat, 'Les écritures indiennes. Le monde indien et son système graphique', em *L'écriture et la psychologie des peuples,* Paris, Centre international de synthèse, 1963, pp. 147-66.

[120] R. Jakobson e P. Bogatyrev, *Le folklore, forme spécifique de la création* (1929), retomado por R. Jakobson, *Questions de poétique* traduzido para o francês sob a direção de Tzvetan Todorov, Paris, 1973, pp. 59-72.

[121] Cf. H. R. Jauss, *Pour une esthétique de la réception*, tradução francesa de Claude Maillard, Paris, 1978.

e salva do silêncio que a espreita desde o primeiro momento, ei-la condenada ao esquecimento, destinada ao desaparecimento imediato, como se nunca tivesse sido pronunciada. Saindo natimorta da boca que a gerou, é uma história de lugar nenhum que volta a sua origem silenciosa. Para poder penetrar e tomar seu lugar na tradição aural, uma narrativa, uma história ou qualquer obra falada deve ser entendida, isto é, deve ser aceita pela comunidade ou pelo auditório a que se destina. É preciso, portanto, que ela sofra a 'censura prévia do grupo'. Precisa, diz Jakobson, da palavra para que se torne um fato da língua. Pois, se a língua é um conjunto de convenções necessárias adotadas pelo corpo social para permitir o exercício da faculdade da linguagem entre os indivíduos, qualquer emissor, todavia, pode introduzir nela modificações pessoais mas que só se integrarão à língua uma vez sancionadas pela comunidade e aceitas como universalmente válidas. Seria um erro concluir daí que a tradição é 'como uma linguagem', e que a memória falada novamente depende da competência privilegiada dos lingüistas. Mas a comparação é pertinente quando aponta, na origem da tradição, uma forma de controle social tão constrangedora que designa um mecanismo essencial na maneira de produzir o memorável.

A hipótese do 'mitismo', introduzida por Claude Lévi-Strauss,[122] vem aqui substituir a intuição de Jacobson. Admitamos que toda criação 'literária', que cada história narrada seja obra de um indivíduo. Para ela, bastaria sair dos lábios do primeiro narrador para penetrar na tradição oral ou, pelo menos, para ser submetida ao teste da boca e do ouvido alheios. O que acontece para que esta história se torne inesquecível? Para ter uma idéia clara disso, Lévi-Strauss sugere uma distinção entre os níveis estruturados e os níveis da probabilidade: os primeiros,

---

[122] Claude Lévi-Strauss, *Mythologiques IV: L'homme nu*, Paris, 1971, p. 560. E os desenvolvimentos de D. Sperber, *Le structuralisme en anthropologie* (1968), 2ª ed., Paris, 1973, pp. 114-6; *Les symbolisme en général*, Paris, 1974, pp. 90-4.

apoiados em fundamentos comuns, permanecerão estáveis; os segundos, se aprovados, manifestarão uma extrema variabilidade em função da personalidade dos sucessivos narradores. Em outras palavras, no processo do memorável, o que é próprio de cada narrador, sua maneira de adicionar ou suprimir detalhes, de ampliar certos episódios ou omitir outros, não seria da mesma natureza do que enraíza uma história na tradição, uma tradição que a produz e da qual se transforma, por sua vez, em produtora. Ao longo da transmissão oral, na cadeia sem descontinuidade dos contadores, os níveis de probabilidade vão se chocar uns com os outros, vão se consumir e se isolar assim, progressivamente, da massa do discurso, o que poderíamos chamar de 'suas partes cristalinas', ou seja, aquilo que confere a uma narrativa tradicional uma estrutura mais regular ou o que empresta a uma história 'uma importância simbólica maior'. Resumindo, segundo as palavras de Lévi-Strauss: "As obras individuais são todas mitos em potencial, mas é sua adoção coletiva que atualiza, se for o caso, seu 'mitismo'."

Paradoxalmente, um dos benefícios imediatos desta abertura teórica, presente no final das *Mythologiques*, é lançar a dúvida sobre o privilégio que, desde *Le cru et le cuit*, Lévi-Strauss havia concedido à categoria do 'mito', declarado universal, porquanto grego de nascimento. Pois reconhecer no 'mitismo' um dos fenômenos maiores da memorabilidade numa cultura da palavra é começar a pôr entre parênteses o mito como um gênero literário ou como um tipo determinado de narrativa; é descobrir a diversidade das produções memoriais: provérbios, contos, genealogias, cosmogonias, epopéias, cantos de guerra ou de amor. E pouco importa que cada sociedade distribua os ditos da tradição de acordo com uma ordem própria de intuições e de efeitos escolhidos. Todas têm em comum — dedicando-se ao trabalho da variação na repetição — o fato de se submeterem à prova da mesma decantação: as palavras transmitidas e as narrativas conhecidas por todos são fundamentadas na escuta partilhada; elas não retêm, nem podem reter nada além dos pensamentos essenciais, graves ou irônicos, mas sempre moldados pela atenção prolongada de um grupo humano, tornado homogêneo e como que presente diante de si mesmo pela memória de gerações difusas. Talvez seja esta uma das razões pelas quais a antropologia, desde que se tornou um saber autônomo, não parou de investigar — chamando-a, mais ou menos espontaneamente, de 'mitologia' — esta parte secreta mas essencial de uma sociedade e de uma cultura que não podem revelar nem o repertório tecnológico, nem o sistema de parentesco, nem qualquer outra ferramenta perceptível da arquitetura social.

A ILUSÃO MÍTICA

Nas instruções etnográficas, redigidas para a Sociedade dos Observadores do Homem, no ano de 1800, J.-M. de Gérando é um dos primeiros a se preocupar em nada esquecer: desde as sensações e os objetos ínfimos até a Religião e sua irmã gêmea, a Moral.[1] Quando a expedição de Baudin se dirigiu às terras meridionais, no ano VIII, levou na bagagem uma semiótica de grande precisão que deveria permitir aos observadores dos selvagens, "nos transmitir o diário da geração de suas idéias".[2] O último objeto da curiosidade dos viajantes, e talvez o mais difícil de obter, seria a penetração nas 'tradições' dos povos selvagens.[3] Depois dos ídolos, efígies do Ser Supremo, e para além dos túmulos, vinha a pergunta: "Qual é o culto que um povo tem pelos mortos e o respeito que devota aos túmulos?"[4] Depois de obtidas as devidas respostas, os Observadores poderiam se voltar para as tradições, ainda mais secretas que os ausentes. Eles interrogarão os selvagens sobre sua origem, sobre as transmigrações que experimentaram, sobre as invasões às quais foram

---

[1] S. Moravia, *La scienzia dell'uomo nel settecento* (1970), 2ª ed., Bari, 1978; J. Copans e J. Jamin, *Aux origines de l'anthropologie française: les mémoires de la Société des Observateurs de l'Homme en l'an VIII*, Paris, 1978, p. 127-69: "Considérations sur les diverses méthodes à suivre dans l'observation des peuples sauvages", por Joseph-Marie de Gérando.

[2] J. Copans e J. Jamin, op. cit., p. 151.

[3] J. Copans e J. Jamin, op. cit., p. 166.

[4] J. Copans e J. Jamin, op. cit., pp. 165-6.

expostos, sobre as visitas que receberam, sobre os eventos importantes que aconteceram entre eles, sobre o progresso que fizeram no que toca à indústria ou à força política, sobre a instituição de costumes usada entre eles etc. "Talvez não consigamos obter nada além de vagas narrativas, mas um pequeno número de fatos poderá lançar uma luz preciosa sobre a misteriosa história dessas nações."[5] Para o lugar reservado por tantas monografias para as histórias inesquecíveis dos Outros, J.-M. de Gérando exige uma história com mudanças, grandes eventos, invasões, inovações, enfim, uma origem. Sob as 'narrativas bem vagas' as tradições extraem um pequeno número de fatos, suficientes para dar uma identidade aos "nossos irmãos dispersos nos últimos confins do Universo".[6] Toda nação tem direito a um passado que é, necessariamente, histórico. E, como os selvagens vivem no tempo, recebem visitas, experimentam transmigrações, e fazem progressos na indústria, evidentemente, mesmo sua memória também faz história sem o saber.[7] Cabe aos viajantes, esclarecidos pelos Ideólogos, conscientizá-los disso.

Em nenhum lugar do questionário de 1800 se faz alusão ao que Fontenelle chama de 'fábulas' e Lafitau de 'idéias carnais'. Para os Observadores do Homem, os selvagens são perfeitamente capazes de formar idéias abstratas; eles não têm nenhum motivo sério para contar histórias absurdas. Em uma nação rica de um passado histórico como as outras, não há lugar para uma mitologia. Cinqüenta anos mais tarde, quando a 'Ciência dos mitos' se defronta com os Povos da Natureza, exilados da História e sem outro atrativo além das narrativas selvagens e grosseiras, é a mitologia que domina todo esse panorama, estudada na maneira obsessiva dos comparatistas, ansiosos para dar voz ao escandaloso, espreitar suas posturas, produzir uma interpretação 'cientí-

---

[5] J. Copans e J. Jamin, op. cit., p. 166.

[6] J. Copans e J. Jamin, op. cit., p. 169.

[7] É assim que Jan Vansina argumenta em 1960 (cf. *supra*, p. 71).

fica' de suas torpezas.[8] Mas o que nos parece hoje mais ingenuamente obsceno no teatro da Ciência dos mitos é a referência, ou melhor, a invocação da Grécia.[9] Não devemos nos enganar: os precursores não são nem Lafitau nem Fontenelle, igualmente insensíveis ao verdadeiro escândalo, mas um povo de estátuas, os grandes, os primeiros filósofos helênicos, que surgem à sua frente ao alvorecer da manhã. Esses "homens pios e ponderados", esses seres "delicados e refinados", emblemas do frontão do arcaísmo, já há muito tempo — dizem-nos os professores em ação em meados do século passado — tentaram "explicar a si mesmos as crenças estreitamente ligadas à religião e que pareciam ser a negação tanto da religião como da moralidade".[10] Profetas seguros e discretos de uma ciência por vir, mas já delineada, eles se sentem chocados e embaraçados pelas narrativas míticas, e é o sentimento religioso que lhes dita as primeiras interpretações. Ao mesmo tempo, esses heróis fundadores da mitologia-saber abrem o caminho, e seus passos racionais decidem a trilha por onde 'as raças civilizadas' devem passar num dado momento da sua história.[11] Passagem obrigatória para a maturidade intelectual: nenhuma civilização pode desenvolver-se plenamente sem ter experimentado e sentido o caráter escandaloso do discurso mítico.

Visão radical que pretende saudar os gregos até mesmo em suas digressões mitológicas. Afinal de contas, não são eles os primeiros a se declarar vivamente escandalizados com narrativas que atribuem aos deuses 'ações absurdas e obscenas' e ainda —

---

[8] Cf. *supra*, pp. 15-47.

[9] Discreta na literatura da Sociedade dos Observadores do Homem.

[10] A. Lang, *Mythes, cultes et religions* (1889), tradução francesa de L. Marillier e A. Dirr, Paris, 1896, p. 13. Cf. também, do próprio Lang, *La mythologie*, tradução de L. Parmentier, Paris, 1886, pp. 8-9.

[11] A. Lang, *Mythes, cultes et religions* (1889), tradução francesa de L. Marillier e A. Dirr, 1896, p. 5.

acrescenta o padre Lagrange, em 1905, absolvendo-os ao mesmo tempo — com histórias nas quais os deuses revelam uma natureza "em contradição com o que a humanidade espera do divino"?[12] Reciprocamente, seu sentimento religioso já não está suficientemente estabelecido pela reprovação que, em sua sabedoria, manifestam em relação a tão aborrecidas divagações? Helenos exemplares em quem milagrosamente se conjugam a maior familiaridade com a mitologia e a distância mais crítica para com tão condenáveis fabulações. Como poderia a Ciência dos mitos do século XIX deixar de reconhecer nesses homens 'pios e ponderados' que prefiguram, 25 séculos antes, o duplo movimento de onde nasceria a mitologia-saber: a consciência súbita que abre seus olhos para a abominação de narrativas sempre repetidas e, em contrapartida, a interpretação que inaugura o discurso da racionalidade? Mais do que precursores, os gregos 'delicados e refinados' são os iniciadores de um projeto que basta conduzir a seu termo com o apoio de ciências inéditas como a lingüística e a antropologia.

Essa simplicidade das origens onde tudo já está dito, se não escrito, apresenta uma semelhança tão grande com a lucidez sem sombra daqueles que a apontam que facilmente poderia provocar uma inquietação. Mas há uma investigação mais urgente, fora da agitação e da febre que ardem nos modernos mitólogos quando se sentem obrigados a definir sua posição em relação aos Pais Fundadores e, mais ainda, quando, com mais ou menos razão, os acusam de não serem senão usurpadores. A primeira providência a ser tomada é suspender a querela das investiduras e, com a mesma firmeza, recusar os discursos de louvor ou de invectivas que trazem em si a evidência secreta do mito ou da mitologia.

---

12 "Os próprios gregos se escandalizam com os mitos que chocam profundamente o sentimento religioso e a razão, atribuindo aos deuses ações absurdas e obscenas, além de uma natureza contrária ao que a humanidade espera do divino." M.-J. Lagrange, *Études sur les religions sémitiques*, Paris, 1905, p. 30.

Ninguém poderia negar que a casa grega, entre os séculos VI e IV antes de nossa era, é habitada por um grande rumor contínuo onde os anátemas de Xenófanes sobre o telhado fazem eco aos cochichos indignados recolhidos sem pressa, de recinto em recinto, pelo procurador Platão, antes de dar início a um famoso libelo de acusação. Um estado de escândalo, é verdade, e que parece constante entre *A República* e as violências da filosofia desde que esta aprendeu a falar.[13] No entanto, apresentar o caso nesses termos já denuncia o ponto de vista segundo o qual a continuidade se impõe, única e soberana, entre a severidade do filósofo platônico e os julgamentos morais trazidos pelo século XIX. Um ponto de vista ao mesmo tempo externo e por demais inconveniente.

Uma outra história é indispensável: a história interna, indubitavelmente grega, assim como a palavra 'mito' que, cronologicamente, precede 'mitologia', mais ampla, mas não menos insólita. História resolutamente genealógica onde a análise semântica[14] nada mais é do que o caminho mais seguro para frustrar a armadilha de uma transparência imediata de um conhecimento intuitivo que reconcilia uns e outros em torno da evidência de que um mito é um mito, sem qualquer desconfiança em relação à força da tautologia já que esta também parece ser indígena, e seu acento irrepreensível.

Nessa história polifônica, com seus traçados múltiplos, será a estranheza que estará no início: com um desvio percebido pelos usuários, numa ocorrência que chama a atenção dos gramáticos

---

[13] Cf. *infra*, p. 120-1.

[14] Pontos assinalados em E. Hoffmann, *Qua ratione epos, mythos, ainos, logos et vocabula ab eisdem stirpibus derivata in antiquo Graecorum sermone (usque ad annum fere 400) adhibita sint*, Göttingen, 1922; H. Fournier, *Les verbes 'dire' en grec ancien*, Paris, 1946; L. Müller, *Wort und Begriff: Mythos im klassischen Griechisch*, Hamburgo, 1953; K. Kerényi, 'Qu'est-ce que la mythologie?', em *La religion antique. Ses lignes fondamentales*, tradução francesa de Y. Le Lay, Gênova, 1957, pp. 17-42.

antigos e que designa, para nós, uma primeira e ligeira fratura no horizonte das significações familiares. Polícrates, tirano de Samos, morre assassinado no verão de 522 a.C. E provavelmente Anacreonte[15] já deixara a ilha e seus banquetes amorosos para dirigir-se a Atenas e à corte de Hiparco, a bordo de uma grande embarcação com cinqüenta remos, uma das famosas *pentēkóntores*, enviada pelo príncipe ao poeta. Em 525, acontece o primeiro episódio da revolta contra Polícrates: os insubordinados desembarcam e são conduzidos por um certo Heróstrato, no momento em que uma andorinha-branca sobe aos céus de Samos — de acordo com o que lemos nas *Crônicas de Samos*.[16] Anacreonte está mais interessado nos amores simposíacos do que nos episódios da 'luta de classes';[17] ele é, porém, para nós, a única testemunha contemporânea de uma revolta que seria contada, mais tarde, por Heródoto em suas *Histórias*.[18] Testemunha alusiva, mas citada de glosa em glosa através do apelido exótico dos revoltosos que "se apoderaram da cidade alta e de seus santuários": são *as pessoas do 'mito', muthiêtai*, assim chamadas talvez tomando como modelo as *'pessoas da cidade', poliêtai*.[19] Gramáticos e lexicógrafos interpretam a palavra *mito* como rebelião, insurreição, guerra civil (*stásis*).[20] E os cabeças, talvez os nobres que tomaram o partido dos 'pescadores' (*halieîs)*, seriam os

---

15 *Poetae melici graeci*, org. D. L. Page (1962), 353 = F. 21, B. Gentili (1958). O melhor comentário está em G. Perrotta e B. Gentili, *Polinnia: poesia greca arcaica*, Messina-Florença, 1965, pp. 230-1; sobre as formas da tirania em Samos e a cronologia de Polícrates, cf. J. P. Barron, 'The sixth-century tyranny at Samos', em *Classical Quarterly*, 14, 1964, pp. 210-24.

16 *Fragmente der griechischen Historiker (FGrHist)*, 544 F 1 Jacoby.

17 Em que o poeta Samos se diferencia do historiador. S. Mazzarino, *Il pensiero storico classico*, I, Bari, 1966, pp. 155-6.

18 Heródoto, III, 44-5.

19 Sugestão de P. Chantraine, *Dictionnaire étymologique de la langue grecque*, III, Paris, 1968, p. 719.

20 Sobre a *stásis*, cf. N. Loraux, 'L'oubli dans la cité', em *Le temps de la réflexion*, I, Paris, 1980, pp. 222-42.

mitarcos,[21] como outros eram os polemarcos ou simposiarcos. Anacreonte era muito próximo e dependente do rei de Samos para não ter designado os rebeldes pela alcunha que o círculo de Polícrates lhes deu.

Pescadores ou peixeiros eram as pessoas que falavam alto numa cidade, sobretudo quando se sentiam descontentes ou ofendidos. Então, o vocábulo *mito* passa a fazer parte do vocabulário da palavra a partir da epopéia e até meados do século V. Palavra concreta, como se pronunciada numa assembléia, num conselho ou entre pessoas que conversam, mas sem que haja uma separação obrigatória entre público e privado; entre o político e o não político. Quando Peleu confia a Fênix a tarefa de educar Aquiles, pede que faça de seu filho um bom 'expressador de opiniões' e um bom 'realizador de façanhas'. O 'expressador de opiniões' é, literalmente, o 'orador de mitos' (*múthōn... rhētḗr*):[22] ele não seria nem um orador de ofício do século IV, nem tampouco o cidadão adulto quando toma a palavra e discute os projetos do *prítane*,[23] mas sim, um homem que sabe dizer sua opinião, falar quando deve e como convém. Neste registro, como aliás em muitos outros, *mûthos* é e continuará a ser um sinônimo de *lógos*, ao longo de todo o século VI e ainda na primeira metade do século V. Mas justamente em Samos os revoltosos de Anacreonte não são nem simples expressadores de opinião, nem simples cidadãos exercendo seu direito de palavra, ainda que discreto. Mais provavelmente, é por estar privado do direito de dar sua opinião que o povo humilde que vive do mar se volta contra a força e a cidade alta do tirano. É um outro mito que é preciso escutar nesse apelido, lançado à guisa de zombaria ao título de cidadão (*poliē̂tai*) usurpado por Polícrates quando confisca o poder. O *mito* como uma palavra de subversão, uma voz

---

[21] Hesíquio, *sub voce mútarkhoi*.

[22] *Ilíada*, IX, 443.

[23] Cf. Émile Benveniste, *Noms d'agent et noms d'action en indo-européen*, Paris, 1948, pp. 52-4.

de revolta, um discurso de sedição, mas menos em seu conteúdo, vago, do que na maneira como é visto pelos que o designam do exterior, a partir dos santuários da 'eunomia'. As 'pessoas do mito' não estão investidas de uma mensagem, não têm o privilégio de uma narrativa ouvida por uns e rechaçada por outros. Elas são objeto de uma decisão pejorativa: excluídas da palavra política, são confinadas nesse espaço vazio e sem identidade, uma espécie de alteridade insignificante cuja subversão é considerada irrelevante.

Na história semântica do 'mito', a corrente de Samos não assinala nenhuma ruptura; nota-se, no máximo, uma inflexão, o início de uma curva, o esboço de uma outra palavra mas cujos traços só se tornam legíveis depois de inúmeros e sucessivos retoques feitos ao longo de todo século V. Num primeiro contraste, a figura insólita das 'pessoas do mito' revela a distância entre aquilo que se convencionou reconhecer como 'mítico', entre nós, e a utilização de uma palavra que a Grécia arcaica não distinguia dos valores semânticos de *lógos.* O saber dos filósofos, a partir de Xenófanes, por volta de 530 a.C., chegando até Empédocles, em meados de 450 a.C., inflige um desmentido contínuo ao rumor de nossos contemporâneos que tomam do 'pensamento racional' o projeto de abolir uma outra forma de pensamento, cujo instrumento seria o 'mito', no sentido de narrativa sagrada ou de discurso sobre os deuses. Compondo a elegia conhecida como do banquete, Xenófanes enuncia o modo de oração dirigida à divindade; prescreve aos homens de bom pensamento que cantem "com ditos (*mûthoi*) de bom augúrio e palavras (*lógoi*) puras".[24] Os 'mitos' acoplados aos *lógoi* são portadores de uma intenção reverente, ao contrário de outras narrativas ímpias onde os deuses vivem aventuras desagradáveis como, por exemplo, as

[24] Xenófanes, F. 1, 13-4, Diels-Kranz. Cf. M. Marcovitch, 'Xenophanes on drinking-parties and Olympic games', em *Illinois classical studies*, III, 1978, pp. 1-16. Mas nada nos permite distinguir, no 'hino' ao deus, como sugere Marcovitch, o *mûthos* que seria o conteúdo e o *lógos*, a expressão verbal.

guerras contra os Gigantes e contra os Titãs.[25] *Mûthos* tem o mesmo estatuto neutro na obra filosófica de Parmênides. A declaração preliminar do discurso lógico sobre a Verdade e a doutrina do Ser se mostra como uma 'palavra a caminho', um *mûthos* peregrino, cujo percurso, ao se aproximar das opiniões errôneas dos mortais, é interrompido por palavras solenes. "Suspendo aqui o discurso, o *lógos* da certeza sobre a verdade."[26] Novo Homero da filosofia, inebriado por seu canto épico na contramão do século, Empédocles, por sua vez, ordena que seus discípulos escutem os *mûthoi*,[27] as palavras do mestre, a quem a Musa permite escutar a palavra da Verdade: o 'mito' de um saber que sabe proteger-se dos erros e da astúcia dos outros.[28] Paralelamente ao discurso de razão que a filosofia primeira chama, indiferentemente, de *mûthos* ou *lógos*, Ésquilo evoca o *lógos*, a palavra trazida pelas histórias, pelos *mûthoi* de Esopo,[29] aquele que costumamos chamar de fabulista, mas que Heródoto chamou de 'fabricante de narrativas' (*logopoiós*), da mesma forma que fez com Hecateu, autor das *Genealogias* e de uma *Periegese*, no fim do século VI.[30]

Todos esses testemunhos denunciam o caráter ilusório de um pensamento mitológico das origens e mostram o quanto a visão de um tecido mítico homogêneo é estranha à realidade grega da idade arcaica. Disseminado, o *mûthos* nunca teve o conteúdo que os modernos atribuem ao 'mito', com tanta precipitação que nem se dão conta, por exemplo, de que, em *Os trabalhos e os dias*,

---

25 Xenófanes, F. 1, 21-2.

26 Parmênides, F. 8, 1-2; 50-1, Diels-Kranz.

27 Empédocles, F. 17, 14, Diels-Kranz.

28 Empédocles, F. 23, 9-11. Sobre a dificuldade de separar o *mûthoi* e o *lógoi* na obra de Empédocles, cf. M. Simondon, 'La muse d'Empédocle: patronage mythique des formes de savoir', em *Formation et survie des mythes*, Paris, 1977, pp. 21-9.

29 Ésquilo, F. 231 Mette.

30 Heródoto, II, 134 e 143.

Hesíodo narra o *lógos* das raças de ouro, de prata, de bronze e de ferro, e não uma história 'mítica'.[31] Numa história onde *lógos* e *mûthos* são atores intercambiáveis, a revolta dos pescadores de Samos apresenta um desvio, o primeiro talvez, mas tão sutil que pareceria um simples acidente sem os desdobramentos que lhe dão Píndaro e Heródoto na primeira metade do século V.

Em ambos, o *mito* designa o mesmo lugar vazio, uma espécie de área branca, mas já com ares de terra de exílio, e corroída pela privação. Nas *Histórias* de Heródoto, bem como nas odes de Píndaro ao vencedor, a marca do *mito* — aquilo que o distingue na massa dos ditos e no meio das palavras — é a raridade; tão extrema que seria suficiente para lhe conferir uma espécie de identidade. Ele só aparece três vezes no vasto *corpus* dos *Epinícios*, entre os hinos e os louvores à glória dos vencedores dos Jogos: mestres de quadrigas, lutadores, pugilistas e campeões de corrida, rápidos como o vento, todos revestidos da mesma luz que emana da façanha ressaltada pelo canto do mestre da Verdade. Pois o elogio no gênero coral implica a repetição do alto feito desde o espaço agonístico até a gesta dos heróis. Ao poeta cabe rasgar o silêncio e o esquecimento, erguendo com a voz a estátua memorial; fundar a nova memória sobre a base de uma mais antiga, lembrando aos esquecidos o vigor de um herói, o triunfo de um rei ou o célebre gesto de um deus. Cada vitória nos jogos dos santuários rivais requer a evocação de uma narrativa tradicional, paradigma necessário para que se enuncie a palavra verdadeira, o *lógos* de Verdade.[32] Nem a viagem dos Argonautas,

---

[31] Hesíodo, *Os trabalhos e os dias*, 106. É aqui, em torno da diferença sutil entre o *lógos* e o 'mito' que se alternam, entre intérpretes modernos, depois de três quartos de século, os discursos sobre a lógica do pensamento mítico ou sobre as relações entre o pensamento filosófico e racional e sua imagem adversa se abrindo para uma mitologia habitada pela origem.

[32] *Alathès lógos*: Píndaro, *Olímpicas* I, 45; Píndaro designa explicitamente o canto e o louvor do vencedor pela palavra *lógos (Olímpicas*, I, 45; VII, 38; IX, 54; *Píthicas*, II, 123; *Neméias*, I, 51-2; III, 49; IV, 51, 116) cuja função é tanto de Elogio quanto de Reprovação, no horizonte da Memória e do Esquecimento. Cf. M. Detienne, *Les maîtres de verité* (1967), Paris, 2ª ed., 1973, pp. 21-3.

nem a fonte do Sol, nem o palácio de Crono pertencem ao domínio do 'mito'. Em face do singular do *lógos* poético, o 'mito', entregue à pluralidade e à sua dispersão, designa exclusivamente o rumor que ameaça a palavra de louvor, as vozes da inveja que tentam impedir o surgimento da Verdade.

Por duas vezes, em três ocasiões, é em torno de Ulisses que Píndaro concentra a palavra do *mito*, Ulisses que usurpou a reputação de Ajax. Primeiramente, na oitava *Neméia*,[33] quando o mais corajoso dos gregos devia receber as armas de Aquiles: Ajax, filho de Télamon, é derrotado por um voto secreto que o preteria por Ulisses. O astucioso camaleão recebera a maior honra e Ajax, morto por sua própria espada, mergulhava no esquecimento. Tudo isso por culpa daquela que Píndaro chamou de Palavra de ilusão, a odiosa *Párphasis*, criadora de ardis, peste malfazeja. *Párphasis* que caminha de través, cercada de histórias enganadoras, os *mitos* do embuste,[34] dissimulados como Ulisses, quando busca seduzir e quer atrair a presa até suas redes. Os *mitos* que fazem séquito à Palavra de ilusão são histórias de sedução: através de caminhos tortuosos, de traços sinuosos, de palavras sem escrúpulo, elas violentam o esplendor do mérito. Narrativas perigosas e acima de tudo inquietantes na medida em que se dedicam a desviar o canto de louvor em benefício de personagens obscuros, inconsistentes, aclimatados à escuridão pela mediocridade natural. Mas, em outra *Neméia*, a sétima,[35] Píndaro não se contenta em denunciar o escândalo de Ulisses e de sua reputação indevida, ele acusa diretamente aquilo que é o encanto da narrativa homérica: as mentiras, a maquinação que formam o avesso da palavra cantada no elogio verídico. "Se a sábia habilidade do poeta fosse capaz de ver a Verdade, Ajax não teria plantado em

---

33 Píndaro, *Neméias*, VIII, 39-58.

34 Píndaro, *Neméias*, VIII, 55. Cf. M. Detienne, *Les maîtres de vérité* (1967), Paris, 2ª ed., 1973, pp. 67-8.

35 Píndaro, *Neméias*, VII, 29-44.

seu peito a lâmina de seu gládio".[36] A narrativa atribuída à Palavra de ilusão é obra, desta vez, da habilidade do poeta, ladra que roupa servindo-se dos *mitos*. *Mitos* que são palavras ou narrativas não menos conhecidas de todos, mas que Píndaro sobrecarrega com tudo o que é, para ele, objeto de escândalo na tradição e na memória dos gregos. A violência da recusa explode na primeira das *Olímpicas*, quando ele rechaça a versão tradicional do festim de Tântalo.[37] Pélope cortado em pedaços e servido na mesa dos deuses! Sim, a criança desaparecera, seus pais e amigos a procuravam por toda parte, e ninguém conseguiu levá-lo de volta a sua mãe: Posídon o levara em seu carro. "E eis que logo um vizinho invejoso contou que teus membros despedaçados à espada foram lançados na água fervente e que, sobre a mesa, os convivas dividiram entre si as carnes e as engoliram."[38] Inicialmente um boato, a voz de um invejoso, "pois existem muitas coisas espantosas e, às vezes, os dizeres dos mortais vão além da palavra verídica, do *lógos alēthḗs*",[39] daquilo que está reservado ao 'saber mítico'. Em seguida, excitado pelo rumor, o enxame descontrola *mitos*, os *mûthoi* modelados como figuras de Dédalo e ornados com mentiras multicoloridas.[40] Ídolos semelhantes a pessoas vivas, mas pobres estatuetas, sombras insignificantes da estátua erigida pela memória na claridade do meio-dia.

Narrativas que têm uma aparência ilusória, os *mitos* alteram o brilho da *kháris* enraizada na voz da Verdade; não são senão a ilusão da vida autêntica em seu ser-aí radiante. O prazer e o encantamento que trazem não nasceram no saber confiável do poeta mas do falar das línguas mordazes. Revestido com a

---

[36] Píndaro, *Neméias*, VII, 33-4.

[37] Píndaro, *Olímpicas*, I, 44-81.

[38] Píndaro, *Olímpicas*, I, 75-81.

[39] Píndaro, *Olímpicas*, I, 43-5.

[40] Píndaro, *Olímpicas*, I, 46-7: *dedaidalménoi pseúdesi poikíloisj/eksapatōnti mûthoi.*

pluralidade da aparência, o *mito*, nascido do rumor, designa em Píndaro a narrativa tradicional ruim; é a insígnia do fictício, do ilusório que deve ser afastada, suprimida do conjunto de "testemunhos confiáveis".[41]

A mesma divisão atravessa as *Histórias* de Heródoto, onde o mito se faz ainda mais discreto que nos poemas de Píndaro. Temos sinal dele em apenas duas situações, no meio de tantas narrativas construídas sobre a singularidade do surpreendente e do admirável. A palavra *mito* é empregada duas vezes nos nove livros do rapsodo viajante a quem os historiadores mais convictos atribuem, hoje como outrora, a paternidade de seu saber, imputando à prática etnográfica as histórias estranhas ou os contos maravilhosos apontados por colegas mais austeros, mas não menos reverentes ao Pai da História. Nas investigações, onde reúne o que sabe por tê-lo visto ou ouvido, mas sem que a autópsia desacredite o 'ouvir-dizer',[42] Heródoto nada escreve ou narra senão *lógoi*. E quando evoca tradições particularmente santas, freqüentemente aliás sem as revelar, por não ser pertinente, ele as chama de *lógoi* 'sagrados' (*hiroí*)[43] onde os modernos não conseguem reconhecer os 'mitos' a não ser por extrapolação[44] e em contradição com o sentido da palavra *mûthos* presente em sua *História*.

Heródoto não oculta o mito, que, ao contrário, exige ser descoberto, revelado, exposto à luz. *Mûthos* não é uma verdade

---

[41] Píndaro, *Olímpicas*, I, 54.

[42] Cf. F. Hartog, *Le miroir d'Hérodote. Essai sur la représentation de l'autre*, Paris, 1980, pp. 271-301.

[43] Cf. Heródoto, II, 48; 51; 62; 81. O Egito parece ter a exclusividade dessas 'narrativas sagradas' como se os gregos não as tivessem. A eles, ao contrário, cabe contar 'mitos' a propósito desses mesmos egípcios.

[44] J. Rudhardt assim procede como podemos perceber em seu 'Cohérence et incohérence de la structure mythique: sa fonction symbolique', em *Diogène*, 72, 1972, p. 46: "Com efeito, o grego chama a narrativa mítica de *hieròs lógos*, um *lógos* sagrado." Benefício imediato: o mito seria uma forma da razão da qual os gregos, em sua sabedoria, teriam percebido a irredutibilidade à análise conceitual.

revelada a iniciados, é um dito ou uma opinião que se processa às claras. As narrativas sobre o Egito para isso oferecem duas ocasiões. Para Heródoto, os egípcios são os mais escrupulosamente religiosos[45] de todos os homens; seus sacerdotes são sujeitos a severas regras de pureza bem estritas e suas práticas sacrificais se distinguem das gregas pela preocupação que demonstram em sacrificar vítimas perfeitas, sem pêlos negros no lombo, sem falhas e a língua isenta de quaisquer sinais funestos.[46] Além disso, os homens do Egito têm horror às cabeças de suas vítimas animais: eles as cobrem de maldições e vendem esta parte impura aos gregos, sempre que há algum comerciante grego instalado naquele país. A pureza entre os egípcios é tal que nenhum deles, fosse homem ou mulher, aceitaria beijar um grego na boca, nem usaria a faca, o caldeirão ou o espeto de um desses estrangeiros, muito menos comer a carne de um boi puro e sem manchas quando tiver sido cortada por uma faca grega.[47] Nessas condições, os deuses gregos não podem se furtar a reclamar uma origem egípcia, e isso se aplica até a Héracles, personagem ambivalente, meio herói, meio deus, mas antiga divindade aos olhos dos egípcios, de quem certamente os helenos o adotaram. Os gregos dedicam santuários a dois Héracles, oferecendo a um, a quem alcunham Olímpico, sacrifícios como a um deus do Olimpo, enquanto ao outro rendem honras fúnebres como convém a um herói.[48] Em contrapartida, "os gregos contam muitas coisas irrefletidamente",[49] e isso leva Heródoto a evocar a história de Busíris, rei do Egito, bem conhecida de seu auditório pois já fora mencionada por dois de seus contemporâneos: Ferecides de Atenas, logógrafo[50] e grande informante da *Biblioteca* 'mito-

---

[45] Heródoto, II, 37.

[46] Ibid., II, 38.

[47] Ibid., II, 39-41.

[48] Ibid., II, 43-4.

[49] Ibid., II, 45.

[50] *FGrHist* 3, F. 17, Jacoby.

lógica' dita de Apolodoro, e Paníase de Halicarnasso, parente próximo de Heródoto, numa epopéia de nove mil versos em honra de Héracles.[51]

> Eles dizem que Héracles, chegando ao Egito, foi coroado com faixas pela gente do país comandada por Busíris e levado em procissão para o sacrifício a Zeus. Ele se manteve tranqüilo durante um certo período mas, ao aproximar-se do altar e iniciarem o ritual de sua consagração, ele recorreu à força e massacrou a todos.[52]

Discurso irrefletido, porém mais do que estouvamento, esse *lógos* é um 'mito', insensato e absurdo (*euēthḗs*).[53] Duas razões para assim considerá-lo: "Quando fazem esta narrativa, os gregos me parecem ignorar completamente o caráter e os costumes dos egípcios. Como homens a quem a lei divina não permite nem mesmo sacrificar gado, exceto porcos, bois e bezerros machos sem estarem marcados, e gansos, como essas pessoas sacrificariam vítimas humanas?"[54] Os mais religiosos dos habitantes da Terra não podem nem por um instante ser suspeitos de uma impiedade tão monstruosa. Uma história assim é impensável no sistema de valores a que se prende Heródoto. É preciso então rejeitá-la, excluí-la: seu absurdo a condena. A isso Heródoto acrescenta um outro argumento que lembra aquele do 'caldeirão':[55] "E, acrescentaríamos, como é possível que Héracles sozinho e ainda não mais que um homem, tenha matado miríades

---

[51] *Panyassis of Halikarnassos. Text and commentary,* Victor J. Matthews, Leyde, 1974, pp. 21-6 e 126-8.

[52] Heródoto, II, 45.

[53] Ibid., II, 45: *euethḗs dè autō̂n kaì hóde ho mûthós esti tòn perì toû Hērakléos légousi...*

[54] Ibid., II, 45.

[55] Cf. I. Meyerson e M. Dambuyant, 'Un type de raisonnement de justification' em *Journal de psychologie*, 1946, pp. 386-404.

de pessoas?"[56] O incrível é além do mais o inverossímil, mesmo com a verossimilhança só tendo lugar numa perspectiva já descartada pelo vício da tolice.

A segunda ocasião de denunciar um 'mito' é aproveitada por Heródoto em um trecho a propósito das fontes do Nilo e da cheia que inunda as terras durante cem dias depois do solstício de verão.[57] Interrogados, os sacerdotes egípcios permanecem mudos, e os informantes nada têm a dizer sobre a natureza do rio. Sobram os gregos, bastante loquazes a respeito. E dentre os inúmeros discursos daqueles que "querem se dar uma reputação de alta sabedoria",[58] Heródoto destaca três opiniões, das quais apenas uma merece ser discutida. Das outras duas que ele tenciona 'assinalar' —[59] uma simples menção que não as deixa penetrar no horizonte do memorável — uma traz à baila os Ventos etésios que, soprando do noroeste, encheriam o rio e o impediriam, mas só ele, de desaguar no mar; a outra "pretende explicar o mecanismo das inundações pelo fato de o Nilo refluir do Oceano (...) Oceano que fluiria em torno da Terra".[60] A referência ao Oceano trai o caráter não erudito da segunda explicação: "Ela tem, se posso dizer, um caráter mais maravilhoso."[61] Estranha e singular, ela provoca surpresa ou assombro, embora não se lhe possa opor qualquer argumentação: "é uma narrativa que não pode nem ser provada nem refutada, ao contrário da teoria que se refere ao derretimento da neve, pois desta vez os geógrafos jônicos não têm objeções a lhe fazer".[62] Trazer à baila o Oceano é ir em direção do invisível, deportar o discurso para além das

---

[56] Heródoto, II, 45.

[57] Ibid., II, 19.

[58] Ibid., II, 20.

[59] Ibid., II, 20: *semễnai* oposto a *mnesthễnai.*

[60] Ibid., II, 21.

[61] Ibid., II, 21: *thōmasiôtérē.*

[62] Ibid., II, 22.

aparências, é narrar um 'mito'.[63] O real geográfico é aqui a pedra de toque, do mesmo modo que as virtudes religiosas dos egípcios na incrível desventura de Héracles. "Não conheço, no que me diz respeito, a existência de um rio Oceano."[64] Este é, portanto, o produto de uma ficção cujo autor, presumidamente, é Homero ou algum dos poetas que o precederam: o descobridor do nome ou do termo Oceano e quem o introduziu na poesia.

No entanto, o 'mito', no sentido de Heródoto, não abarca de forma alguma os nomes dados às forças divinas e sobre os quais se funda a teogonia-teologia inventada pelos homens do Egito. Para o Pai da História, esses nomes têm uma origem egípcia e o autor da *História* confere a Homero e a Hesíodo a honra única de ter (muito tempo depois dos pelasgos e ignorando os nomes próprios dos deuses) desenhado as figuras do panteão e distribuído suas respectivas habilidades.[65] O estatuto 'mítico' do rio Oceano é válido apenas no interior do saber geográfico e em relação ao sistema de Heródoto. Não faz eco a nenhuma sacralidade; é uma imagem do 'maravilhoso', mas marcada pela exclusão, denunciada como um não-saber, uma negação do visível. Homero ou o poeta desconhecido que imaginou o Oceano não é mais 'mítico', no sentido moderno, do que o narrador de um Busíris celebrando o sacrifício inconcebível do estrangeiro que seria Héracles. Para Heródoto, o 'mito' de Oceano nada mais é do que escandaloso, onde quer que surja, seja na epopéia homérica ou na *Periegese* de Hecateu, o logógrafo que tomara o caminho do Egito duas gerações antes das *Histórias*.[66]

Não menos do que nos poemas de Píndaro, nas investigações de Heródoto o 'mito' também não é um objeto; é apenas um simples resto, às vezes rumor excitado, palavra de ilusão, sedu-

---

[63] Ibid., II, 23: *es aphanès tòn mûthon...*

[64] Ibid., II, 23.

[65] Ibid., II, 52-3.

[66] Que, na sua *Periegese*, propõe a circularidade do rio Oceano, de onde os Argonautas passaram depois para o Nilo (*FGrHist* 1 F 302*c* Jacoby).

ção enganadora, às vezes narrativa incrível, discurso absurdo, opinião sem fundamento. O 'mito' permanece apenas uma palavra, como um gesto apontando o que ele denuncia como incrível, o que ele repele ou descarta. Representação do outro que produz um movimento de escândalo. Trata-se de uma palavra-gesto sempre mobilizável, disponível para cada procedimento de exclusão, e Heródoto comprova isso por seus próprios meios agora. No século IV a.C., Aristóteles, o biólogo, vai chamá-lo de 'mitólogo' em sua *Da geração dos animais*:[67] não pretendera ele, em suas histórias sobre o Egito, que as fêmeas dos peixes eram fecundadas engolindo o sêmen dos machos, quando qualquer um pode observar que o canal que sai da boca vai para o estômago, e não para o útero? Uma história estúpida (*euẽthēs... lógoi*) que acaba sendo repetida (*tethrulēménos*). Tolice, ficção ou absurdo, o 'mito' aponta para uma região conhecida que nada mais é, por enquanto, que a ilusão dos outros. Um sítio distante e instável, sem outra paisagem além das negações sucessivas dos saberes que o situam no horizonte de seu contra-senso singular.

Ilusão dos outros, às vezes sediciosa, freqüentemente nociva, o 'mito' encontra seu teórico mais intransigente no finalzinho do século V. Isto se dá para além das avaliações de Heródoto e da honestidade dos logógrafos eruditos: na autonomia afirmada do saber histórico, com Tucídides e a *Guerra do Peloponeso*. Este teórico é também um temível promotor: ele quer a pena máxima, pretende proceder ao cerceamento de todo pensamento suspeito de conluio com o que se chama de 'mitoso' (*muthõdes*). Na história genealógica da ilusão mítica, história interna ao pensamento grego, Tucídides designa um dos pontos de ruptura radical.

No entanto, a se considerar apenas suas ocorrências, temos o mesmo regime de escassez já verificado nas *Histórias*.[68] Mas, ao uso acidental e negligente de Heródoto, Tucídides opõe, com a mesma economia, uma conceitualização cuja eficácia, nesse

---

[67] Aristóteles, *Da geração dos animais*, III, 5, 756 *b* 5-10.

[68] Tucídides, I, 21, 1; 22, 4.

campo, deve-se a seu projeto de nova história. A classe trabalhadora dos logógrafos, surgida no final do século VI, narrava por escrito as histórias tradicionais;[69] Heródoto queria dar à cidade grega um novo 'memorial'.[70] Já Tucídides inventa um modelo da ação política. Nem cronista, nem memorialista, o autor de *Guerra do Peloponeso* muito menos é um historiador à maneira do século XIX que se punha a contar o que se passou, enfatizando seu interesse pelo passado como passado, ou seja, distinto do presente que será o lugar de sua interrogação. A guerra do Peloponeso, vista como " a maior crise... afetando a maior parte da humanidade",[71] oferece o terreno ideal para um saber dos 'futuríveis'. Sobre o pedestal de uma realidade humana estável (*tò anthrṓpinon*), Tucídides edifica uma teoria da ação centrada nos conceitos de poder e de guerra. Seu projeto é inseparável das conquistas da razão sofista e de um certo estado de reflexão sobre o político.[72] Para a racionalidade do historiador-teórico, a verdade habita um discurso feito de razões, tão bem aparelhadas que ele lança os meios de agir hoje e no futuro, dentro do espaço inteligível da cidade. A verdade está nos atos, diz Péricles,[73] e a história é a ciência do útil, apesar de a cidade grega nunca ter considerado indispensável reconhecer o estatuto profissional do historiador.

História conceitual do presente e no presente, com seus paradigmas e sua temporalidade controlada, a *Guerra do Peloponeso* faz pouco-caso do passado e da tradição. Não se interessa pelos tempos antigos (*tà palaiá*) a não ser para demonstrar, com o auxílio de provas, indícios e marcas de verossimilhança, como

---

[69] Cf. *infra* pp. 120-50.

[70] Cf. R. Drews, *The Greek accounts of eastern history*, Washington, 1973.

[71] Tucídides, I, 1, 1-2.

[72] Jacqueline de Romilly, *Histoire et raison chez Thucydide*, Paris, 1956; L. Gernet, 'Thucydide et l'histoire', em *Annales E.S.C.*, 1965, pp. 570-5.

[73] Tucídides, II, 41, 1-2.

funciona um modelo de poder progressivo capaz de explicar a necessidade de confronto entre os atenienses e os peloponésios. Uma dinâmica das civilizações, com seu eixo em Atenas, em três alegorias: Minos e a talassocracia cretense; Agamêmnon e a força de coalizão dos gregos contra Tróia; Atenas, com sua frota e o tributo que a alimenta. O domínio do mar implica o domínio das riquezas que faz com que se tenha o poder sobre os outros.[74] No final do que decidiu chamar de 'Arqueologia', Tucídides assume uma posição definida no que se refere ao 'mito'; mais precisamente, nos capítulos 20 a 22 do primeiro livro, quando expõe seu projeto e seu método.

> Pudéssemos nós levar aquilo que pertence à espécie do mito (*muthôdes*) a se submeter à razão (*lôgos*) para ser depurado e adquirir o aspecto de história (*historía*). Mas, quando o 'mitoso' desdenhar audaciosamente a credibilidade e não admitir nenhum acordo com a verossimilhança, pediremos aos ouvintes (*akroataí*) que se mostrem indulgentes e acolham, com paciência, essas 'velhas histórias' (*arkhaiologia*).[75]

Nada parece mais estranho a Tucídides do que essa introdução de Plutarco à *Vida de Teseu,* primeira de suas biografias paralelas, tanto pelo tom de prédica quanto pela intenção de maquilar o 'mito' como história racional. A estratégia de Tucídides é radicalmente diferente. Não existe compromisso possível com aquilo que pertence à ordem do 'mito'. Tucídides declara guerra às 'velhas histórias', a *arqueologia* do bom Plutarco. Uma guerra-relâmpago na qual o adversário surpreso, indefeso, nada pode

---

[74] J. de Romilly, *Histoire et raison chez Thucydide*, Paris, 1956, pp. 261-66; Thucydide et l'idée de progrès', em *Annali della Scuola Normale Superiori di Pisa: Lettere e Filosofia*, 1966, pp. 143-91.

[75] Plutarco, *Vida de Teseu*, I, 5. Fazer história eliminando da tradição a parte do 'mítico' é um procedimento, uma maneira histórica de escrever que espera seu historiador. História longa, de Diacearco (F. 49 ed. F.Wehrli) a M. I. Finley (*Le monde d'Ulysse*, p. 105).

fazer a não ser submeter-se à lei do vencedor: silêncio e prisão perpétua. É na realidade à tradição memorial que se prende a *Guerra do Peloponeso* e o processo a que Tucídides submete a memória, no sentido mais amplo, é bem mais virulento, na medida em que sua máquina conceitual, adaptada a um presente sem arquivos, à exceção de raros documentos epigráficos,[76] opera sobre o mesmo terreno que a tradição oral.

Primeiro inconveniente: a memória é falível. Ela não apenas apresenta lacunas, brancos, como é incapaz de relatar com exatidão, 'acuradamente',[77] os discursos ouvidos uma vez. Fraqueza que Tucídides conhece por experiência, em particular quando se trata de discursos pronunciados por ambos os lados, antes, durante ou depois da guerra:

> É bem difícil reproduzir seu teor exato com uma fidelidade absoluta, tanto para mim quando os ouço pessoalmente, quanto para quem quer que venha me contar o que ouviu desta ou daquela procedência.[78]

O ouvido é infiel e a boca é sua cúmplice. Frágil, a memória é igualmente enganadora: ela seleciona, interpreta, reconstrói. Toda referência de um acontecimento é suspeita. "As testemunhas de cada fato apresentam versões que variam segundo sua simpatia com relação a um ou outro lado e segundo sua memória."[79] A menos que seja próprio, com sua presença, o olho que

---

[76] Cf. R. Weil, 'Les documents dans l'œuvre de Thucydide', em *L'Information littéraire*, 1974, pp. 24-32.

[77] Cf. P. Huart, *Le vocabulaire de l'analyse psychologique dans l'œuvre de Thucydide*, Paris, 1968, p. 222; D. Kurz, *Akribeia. Das Ideal der Exaktheit bei den Griechen bis Aristoteles*, Göttingen, 1970, pp. 40-61.

[78] Tucídides, I, 22, 1; E. Martineau, "*Un 'indécidable' philologique* (Thucydide, I, 22, 1)", em *Les études philosophiques*, 1977, pp. 347-67, fez uma leitura deste texto que leva a sério a "presença (...) de uma nominação da verdade", mas que pede a Heidegger, apoiado em Aristóteles, que faça justiça ao primeiro inventor da "historicidade como tal" (pp. 357-8).

[79] Tucídides, I, 22, 3.

escuta sem pestanejar cada acontecimento, o historiador não tem outra alternativa senão conduzir a investigação de acordo com o que ouviu de outrem, com a maior exatidão possível. A desconfiança, então, surge *a fortiori* quando se trata de tempos antigos (*palaiá*): "Nesse domínio, é muito difícil crer em todos os indícios da forma como nos são apresentados."[80] Assim, em Atenas, imagina-se facilmente que Hiparco, quando foi morto por Harmódio e por Aristogíton, era tirano mas ignora-se que era Hípias (o filho mais velho de Pisístrato) quem detinha o poder. Seu irmão Hiparco, ocupado em organizar a procissão das panatenéias, pagou com a vida o desatino dos amotinados convencidos de que Hípias estava ciente do complô.[81] "Existem ainda muitos outros fatos — ainda atuais e cuja lembrança o tempo não apaga — sobre os quais os gregos têm, do mesmo modo, idéias inexatas."[82] Por exemplo, a idéia de que, entre os lacedemônios, os reis dispõem de dois votos em vez de um, ou de que havia entre eles um "batalhão de Pítane" que, na verdade, nunca existiu. Idéias preconcebidas[83] que Tucídides condena severamente por erro de informação. A essas falhas, freqüentemente inconscientes, juntam-se outras, menos involuntárias, onde a memória é apanhada em flagrante delito de interpretação subjetiva. Quatrocentos e trinta é o ano da grande peste; Atenas "tinha homens que morriam dentro de suas muralhas e, do lado de fora, o território estava abandonado à pilhagem".[84] Tempos de provação e de recordação:

> As pessoas buscavam, naturalmente, as lembranças, evocando o verso que, segundo os mais idosos, se recitava outrora: enfrentariam a guerra dórica e, com ela, viria a epidemia (*loimós*). Na

---

80 Ibid., I, 20, 1.

81 Ibid., I, 20, 2.

82 Ibid., I, 20, 3.

83 Ibid., I, 20, 3.: *tà hetoîma.*

84 Ibid., II, 54, 1.

> verdade, aqui há um erro: a palavra usada nos versos antigos não teria sido *epidemia (loimós)* e, sim, *penúria (limós)*. No entanto, a idéia que prevaleceu foi a de que a palavra era mesmo *epidemia*, visto que as pessoas pautavam suas lembranças de acordo com o que lhes acontecia.[85]

A memória fica mais fraca ainda no infortúnio. E Tucídides reforça esta afirmação com a seguinte observação: "Caso, imagino, aconteça uma outra guerra dórica depois desta, e caso haja *penúria*, será desta forma que ela será mencionada."[86] Um fonema vacila, a palavra se turva e o ouvido já fabrica um outro verso, a boca murmura uma nova história.

Como não desacreditar o 'ouvir-dizer', quando ele falseia o presente até diante dos nossos olhos? É impossível confiar nele, ainda mais quando se refere a tempos remotos. Conseqüentemente, o silêncio é rigoroso. E este é o comportamento que Tucídides atribui aos atenienses que foram se explicar diante da assembléia espartana sobre as diferenças que têm com o povo de Corinto.

> Por que devo vos falar de acontecimentos muito antigos quando estes são atestados antes por boatos que circulam (*akoaí*) do que pelo que se viu com seus olhos (*ópsis*) aqueles que nos ouvem.[87]

O segundo inconveniente nesse campo diz respeito tanto à boca quanto ao ouvido: é a credulidade. Prefere-se acreditar nas "idéias preconcebidas" (*hetoîma*)[88] a buscar a verdade. Tucídides fica indignado: "As pessoas, mesmo tratando-se do próprio país, aceitam sem exame as tradições (*akoaí*) que lhes são transmitidas sobre o passado."[89] É impossível fazer uma crítica mais

---

[85] Ibid., II, 54, 2-3. Os velhos, já ou ainda, estão em atividade (*presbúteroi*). É verdade que os 'mitos' os seguem como sua sombra (cf. *infra*, pp. 174-77) e que eles ameaçam seriamente a 'historicidade' e *A República*.

[86] Tucídides, II, 54, 3.

[87] Ibid., I, 73, 2.

[88] Ibid., I, 20, 3.

[89] Ibid., I, 20, 1.

radical da tradição como processo de transmissão e de transformação.[90] Nem mais brutal, já que Tucídides intima cada um a controlar cuidadosamente cada informação, cada acontecimento, o menor rumor, antes de passá-lo adiante, ou melhor, de passar por 'historiador' à maneira moderna.

Todavia, o libelo não terminou. Os verdadeiros culpados devem ser denunciados. O tempo interfere no trabalho: as 'idéias preconcebidas' constituem 'fatos incontroláveis', mas, com o correr dos anos, passam definitivamente para o terreno do 'mito', do *muthôdes*, resvalando para o incrível (*apístōs*).[91] Para Tucídides, há uma relação suficiente entre a credulidade e o não-crível: uma sempre produz a outra. Mas a situação se agrava por culpa dos poetas (*poiētaí*) e dos logógrafos (*logográphoi*). O que já não é mais digno de crédito torna-se totalmente incrível quando os poetas começam a cantar "emprestando aos acontecimentos belezas que os enaltecem", enquanto os logógrafos ordenam fatos incontroláveis "buscando obter a aceitação do ouvinte, mais do que a verdade".[92]

Enfeitadas como ídolos, transmitidas por vozes encantadoras pelo simples prazer do ouvido, as narrativas dos poetas e dos logógrafos exploram as fraquezas da memória e a credulidade da

---

[90] Apesar das 'circunstâncias atenuantes' que H. Verdin tenta encontrar nas 'Notes sur l'attitude des historiens grecs à l'égard de la tradition locale', em *Ancient Society*, I, 1970, pp. 191-4. Há provavelmente em I, 9, p. 2, a propósito de Pélope, citação de narrativas feitas por quem, no Peloponeso, recolheu as tradições mais seguras (*tà saphéstata... mnḗmēi parà tôn próteron*) das gerações anteriores. Mas a *arqueologia* não pode dispensar seu uso, se quiser construir um modelo inteligível para falar do presente de Atenas, bem como do testemunho de Homero, chamado a confirmar o que Tucídides já sabe pela eficácia de seu modelo. (H. Verdin, 'Les remarques critiques d'Hérodote et de Thucydide sur la poésie en tant que source historique', em *Mélanges W. Peremans*, Leyde, 1977, p. 70). A condenação enunciada em I, 20, 1, mantém toda a sua força no seio da nova história, quando se proclama *ktêma... es aieí* em I, 22, 4.

[91] Tucídides, 7, 21, 1.

[92] Ibid., I, 21, 1.

espécie humana. E aí está a terceira queixa de Tucídides contra a tradição memorial: o 'mítico' designa a obra-prima de artesãos capazes de elaborar "uma produção de aparato para um auditório do momento".[93] Companheiros da oralidade, logógrafos e poetas compõem declamações para ouvintes de ocasião. As récitas públicas às quais se dedicam nada mais fazem do que precipitar, sob uma forma mais ou menos institucionalizada, a circulação descontrolada de palavras que se trocam entre a boca e o ouvido.

Ruptura radical, inclusive com seus contemporâneos. Antíoco de Siracusa, no início de sua história da Itália e da Sicília, entre 430 e 410, informa a seus leitores que "escreveu, neste livro, o mais digno de crédito (*pistótata*) e o mais exato (*saphéstata*) de acordo com a tradição antiga e respeitando as narrativas de outrora (*arkhaîoi lógoi*)".[94] Para Tucídides, o útil, única finalidade da história nova, exige a excomunhão das velhas histórias.

> Se quisermos ver claramente os eventos ocorridos e aqueles que, em virtude do caráter humano que lhes é próprio (*tò anthrōpinon*), apresentarão no futuro semelhanças e analogias,[95]

teremos de renunciar ao prazer do 'mito', rejeitar toda a tradição fundada sobre um modo de comunicação que falseia radicalmente o pensamento e a análise conceituais. A *Guerra do Peloponeso* está 'além do mito', ela começa onde acaba, por decreto, a atividade da memória antiga.

Nesse plano e sob essa perspectiva, há uma fissura entre Tucídides e Heródoto. A *Guerra do Peloponeso* inaugura uma política da memória que relega o investigador de Halicarnasso ao grupo dos 'mitólogos', bem antes que Aristóteles usasse este termo. É preciso insistir nisso, pois a divisão interessa diretamen-

---

93 Ibid., I, 22, 4. Cf. B. Gentili e G. Cerri, *Le teorie del discorso storico nel pensiero greco e la storiografia romana arcaica*, Roma, 1975, 25 e nº 23.

94 *FGrHist* 552 F 2, Jacoby.

95 Tucídides, I, 22, 4.

te ao estatuto do 'mito' no início do século IV, tanto em sua relação com o memorável e quanto com referência à escrita. Antes da investida de Tucídides, há como que três maneiras de narrar histórias, *lógoi*: a das pessoas do país, que se lembram melhor que outras e que apreciam contar velhas histórias ou divulgar novas. É nesse âmbito que Heródoto encontra ou recruta o que chama de *lógoi ándres*, pessoas ociosas mais do que camponeses ou trabalhadores.[96] Ao lado desses narradores ocasionais, há a categoria dos logógrafos, narradores mais ou menos 'profissionais' e que são os escribas da tradição. Com um repertório que abrange desde as genealogias e teogonias até as histórias sobre a fundação ou as aventuras de uma cidade. Seu domínio é a 'arqueologia', como se diz por volta de 430.[97] Quanto à sua forma de comunicação, ela se situa a meio caminho entre a recitação e a escrita, da mesma forma que a de Heródoto, que representa a terceira maneira. Autópsia, viagens, investigação: fazer pesquisas, falar sobre os territórios percorridos, ver com seus próprios olhos, enfim, uma série de procedimentos novos a serviço de um projeto que pretende romper, mas parcialmente, com a memória tradicional. A Grécia das cidades, com seu novo espaço político depois das guerras médicas, precisa de um novo memorial, centrado, desta vez, na glória (*o kléos*) inesquecível das grandes e maravilhosas façanhas realizadas no confronto entre gregos e bárbaros.[98] Esse memorial, unificado ao redor do 'helênico' (*tò hellenikón*), ou seja, ligado àquilo que é comum ao conjunto de cidades em oposição aos medas e persas.[99] Aí está,

---

[96] F. Jacoby, *Atthis. The local chronicles of ancient Athens*, Oxford, 1949, p. 216.

[97] Cf. *infra*, pp. 161-3.

[98] Heródoto, I, Proêmio.

[99] Heródoto, VIII, 144, por exemplo. Cf. G. Nenci, 'Significato etico-politico ed economico-sociale delle guerre persiane', em *Storia e civiltà dei Greci. La Grecia nell'età di Pericle. Storia, letteratura, filosofia*, III, Milão; org. R. Bianchi Bandinelli, 1979, pp. 12-6.

escreve Heródoto no início de sua narrativa, aquilo que não se deve apagar da memória dos homens.

Mas o novo memorial de Heródoto, se pretende contrariar a epopéia prestigiosa e a antiga guerra de Tróia, não se separa radicalmente da tradição memorial. Muito pelo contrário. E as histórias de Heródoto integram à textura do inesquecível uma série de memoriais já erguidos, em paisagens familiares ou dispostos ao longo do percurso seguido pelo pesquisador através da terra habitada. Em cada etapa, Heródoto se detém diante daqueles que desejam, como Dario, registrar em 'monumentos a si próprios' alguma coisa que ninguém mais realizara até então.[100] Por um lado, 'monumentos' no sentido material: os broches de ferro de Rodope, a cortesã, acumulados em Delfos;[101] o canal aberto por Xerxes no corpo do monte Atos;[102] o labirinto dos 12 reis junto ao lago Méris;[103] e as estátuas erigidas para glorificar seus proprietários no Egito ou em outros lugares.[104] Monumentos narrados, recitados como proezas, façanhas admiráveis: são coisas memoráveis, percebidas pelo olhar que as escruta, as explora, e pelo ouvido que acolhe as glórias e louvores. Mas há outros memoriais que não são nem construções nem oferendas: são atos ou palavras famosos. Por exemplo, um dito espirituoso quando tudo parece perdido. Por exemplo, corriam boatos nas Termópilas de que as dardos atirados pelos bárbaros eram tão numerosos que o seu número escondia o sol. "Combateremos à sombra", exclama o espartano Diêneces.[105] Inesquecível, afirma Heródoto. Ou então quando, em Maratona, Milcíades se esforça para convencer um polemarco hesitante: "Depende de ti, agora, Calímaco: ou tornar

100 Heródoto, IV, 166: no caso, *mnēmósunon heōutoû*.

101 Ibid., II, 135.

102 Ibid., VII, 24.

103 Ibid., II, 148.

104 Ibid., II, 110.

105 Ibid., VII, 226.

Atenas escrava ou assegurar sua liberdade, e deixar um *monumento* a ti, para todo o tempo em que houver homens, como nem Harmódio nem Aristogíton conseguiram."[106] Esses marcos memoráveis, Heródoto os escolhe no meio de outros. Ele nada tem de um arquivista obcecado pelo dever de tudo registrar. Ele 'menciona' o que é digno de sê-lo. 'Mencionar', em grego, é 'lembrar-se' (*mnēsthênai*), ou ainda 'dar um nome' (*epimnâsthai*). Simplificando, é simplesmente 'falar de', pois a menção é um convite à narrativa. Como o oráculo do Egito: "Já o mencionei várias vezes, ele merece que lhe consagrem um desdobramento."[107] E o que o historiador rememora é freqüentemente, na tradição, habitado pelo renome (*kléos*). Por sua vez, 'assinalar' (*sêmênai*) se opõe a 'mencionar', por um gesto neutro, como uma indicação voluntariamente discreta. Isso não merece ser comentado, já está semi-apagado, como uma cor desbotada ou uma imagem esmaecida, feita da mesma tinta que a palavra *eksítēlos*, no poema da *História*, quando Heródoto explica que suas pesquisas visam a "impedir que, com o tempo, aquilo que os homens fazem se apague da memória (*eksítēla*)", desapareça, fique *sem kléos*, sem nome, anônimo. A distinção é particularmente clara e operacional na explicação sobre a cheia do Nilo. Das três explicações que circulam, duas merecem apenas ser *assinaladas*: "Não creio que valha a pena *mencioná-las*."[108] E é a segunda destas sombras de *lógos*, evocadora do Oceano, que Heródoto condena às trevas do 'mito',[109] de certo modo para apagá-la da tradição. Assinalado como incrível, o 'mito' é consignado no quadrante oposto ao memorável, mas sem muito alarde, apenas censurado de passagem.

O ouvir-dizer, o que se murmura de boca a ouvido, ressoa e circula nas *Histórias* de uma narrativa à outra. Junto ao que viu,

---

[106] Ibid., VI, 109.

[107] Ibid., II, 155.

[108] Ibid., II, 20: *sēmênai* oposto a *mnēsthênai*.

[109] Cf. *supra*, pp. 99-102.

Heródoto abre um bom espaço para o que ouviu: "Eu me proponho, ao longo da minha narrativa (*lógos*), a escrever (*gráphẽin*), conforme ouvi (*akoé*), o que uns e outros dizem." O viajante está sempre a meio caminho entre o oral e o escrito. Tucídides, ao contrário, está resolutamente engajado na escrita, a escrita conceitual, a que permite 'ver com clareza' o 'adquirido para sempre' (*ktêma es aieí*). Em vez dos ouvintes do momento, Tucídides exige um leitor que escaparia ao tempo e a suas surpresas; um leitor no espelho do livro perfeito, definitivo, imutável. A verdade do discurso eficaz, da história 'útil', é uma verdade escrita. Mas é também uma outra memória, ao abrigo dos rumores, purificada das falsificações do ouvir-dizer, a salvo das tentações do prazer de escutar e começar a contar.

Lendo Tucídides, caberia contar aqui a história de Nícias, de sua carta aos atenienses e de seu estranho discurso antes da derrota.[110] Dois episódios da expedição à Sicília onde o autor da *Guerra do Peloponeso*, a respeito do mesmo chefe militar, declara seu ódio à 'arqueologia' e professa um jansenismo da razão escrita. No verão de 414, Nícias quer informar a assembléia ateniense das dificuldades do corpo expedicionário. Seu relatório, escrito, é entregue a homens confiáveis que receberam instruções.[111] A carta tem um caráter excepcional. Tucídides recorda que Nícias tinha o hábito de comunicar os eventos um a um, enviando mensageiros por mar.[112]

> Escrever uma carta "era, a seu ver, a melhor maneira de fazer com que os atenienses, instruídos de seu sentimento, sem nada que o obscurecesse por um esquecimento do mensageiro, tomassem um partido com o aval da verdade".[113]

---

[110] Notável análise de O. Longo, 'Scrivere in Tucidide: communicazione e ideologia', em *Mélanges A. Ardizzoni*, Roma, 1978, pp. 519-44.

[111] Tucídides, VII, 8, 2-3.

[112] Ibid., VII, 8, 1.

[113] Ibid., VII, 8, 2.

Depois de haver interrogado os mensageiros de Nícias — e o "inverno começara"[114] —, o secretário encarregado faz uma leitura pública da mensagem diante da assembléia. Procedimento não usual cujas razões são consignadas por Tucídides: Nícias temia "que seus enviados, por falta de capacidade oratória ou por falha acidental de memória, ou por desejo, ao falar, de lisonjear o povo, não contassem as coisas exatamente como eram".[115] Não apenas a memória é fraca como também a palavra fica sujeita à tentação do prazer. Na *Guerra do Peloponeso* o verbo é sempre suspeito de buscar a plena satisfação de seu desejo, a *térpsis*.[116] Só há uma exceção: Péricles, a inteligência no Poder, "o único que podia dirigir-se a uma assembléia sem falar com o objetivo de proporcionar prazer".[117] Ceder ao prazer é, para Tucídides, esquecer o bem da cidade, obedecer a um motivo irracional ou, ainda, optar pelo imediato.[118] O prazer já não deve, portanto, interferir nem nas decisões da cidade nem na escrita da história. E a carta de Nícias termina com um elogio à escrita insensível à concupiscência da boca e do ouvido:

> Eu com certeza teria outras notícias mais agradáveis para vos dar, mas não mais úteis (...). Como conheço ao mesmo tempo o vosso caráter curioso a respeito da língua que vos dá, acima de tudo, o prazer de ouvir (*tà hḗdista akoúein*), mas também rigoroso na procura dos culpados quando o curso dos acontecimentos não corresponde às palavras, encontrei a forma mais segura de apresentar a verdade diante de vossos olhos.[119]

---

[114] Ibid., VII, 10.

[115] Ibid., VII, 8, 2.

[116] Cf. J. Latacz, *Zum Wortfeld 'Freude' in der Sprache Homers*, Heidelberg, 1966, pp. 174-219.

[117] Tucídides, II, 65, 8 (*hēdonḗ*).

[118] J. de Romilly, 'La condamnation du plaisir dans l'œuvre de Thucydide', em *Wiener Studien*, 79, 1966, pp. 142-8.

[119] Tucídides, VII, 14, 4.

A vista no lugar da audição, e à autópsia exigida pelo historiador responde, na sombra do escrivão lendo em voz alta a carta de Nícias, o leitor silencioso que sozinho merece o rigor da *Guerra do Peloponeso*.

O melhor para a memória é o mesmo que se diz para as mulheres: que se fale o menos possível sobre elas. Calar-se ou, ainda melhor, fingir que não existe. Há um aspecto delirante no primeiro estudo do livro apontado por Tucídides: é quando se volta contra as pessoas do país, dando prova de incontinência, deixando sua memória falar à vontade, contando as tradições que circulam sobre o passado, sem proceder a uma crítica! Isso deve aparecer, ainda que como um 'mal necessário', sob pena de truncar a 'natureza humana'. Na teoria das qualidades intelectuais do homem de ação, há uma memória que supera o medo e que permite a aplicação das lições aprendidas;[120] ela está a serviço do conhecimento prático e técnico (*epistémē*), auxilia a inteligência (*gnṓmē*) a fazer uma análise completa da situação.[121] É uma atividade mnemônica perfeitamente controlada e confiada a políticos acima de qualquer suspeita. No resto, a cidade, quando esta se chama Atenas, considera a memória supérflua, ao menos aquela dos 'monumentos' ou dos 'memoriais'. Isso é dito por Péricles na oração fúnebre:

> Única entre todas as cidades atuais, Atenas se revela, a toda a prova, superior à sua reputação (*akoḗ*) (...); nós fizemos o mar e a terra se abrirem diante de nossa audácia e, em todos os lugares, deixamos monumentos imperecíveis (*mnēmeîa... aḯdia*), lembranças de males e de bens.[122]

---

[120] Ibid., II, 87, 4.

[121] P. Huart, *Le vocabulaire de l'analyse psychologique dans l'œuvre de Thucydide*, Paris, 1968, pp. 229-30; pp. 304-10. Sobre a arte da memória e a ocasião, cf. M. de Certeau, *L'invention du quotidien I. Arts de faire*, Paris, 1980, pp. 156-67.

[122] Tucídides, II, 41, 3-4. No que tange aos problemas evocados pelo discurso fúnebre e pela idéia da bela morte, cf. N. Loraux, *L'invention d'Athènes*, Paris, 1981.

Não se trata de construções efêmeras, mas de ações, escolhas, decisões. A verdade dos atos (*érgōn... alḗtheia*)[123] é tão poderosa que não "precisa nem de um Homero para glorificá-la, nem de ninguém cujo estilo encante no momento, mas cujas interpretações venham a comprometer a verdade dos fatos".[124] Os mortos no campo de honra estão prevenidos: dando seus corpos à cidade, receberão por si mesmos "o elogio inalterável e a mais insigne das sepulturas".[125] Mas sua verdadeira sepultura, como a dos homens ilustres que têm toda a terra por túmulo, está mais profundamente enterrada nas memórias do que abandonada a estelas ou inscrições.[126] Memória estritamente ajustada à verdade dos atos, e incessantemente reativada pelas razões e pelas ações, sempre corretas, da cidade.[127] Uma memória que consegue ignorar sinais gravados como marcos monumentais, pois coloca-se de imediato além do 'ouvir-dizer', de onde este venha, de onde possa surgir.

Esta memória sem riscos, sem fracassos, é a contraparte exata do que revela o infortúnio do mesmo Nícias, vítima, desta vez, do discurso mais incongruente. Julguemos. A expedição da Sicília vai se consumar; os atenienses estão cercados; a única solução é travar a batalha no mar, mas em condições que deixam prever o desastre. Nícias está doente, desamparado. Vê o enorme perigo, mas já não é senão um derrotado, despojado da verdade dos atos e que se comporta de maneira estranha. Terminada sua exortação, em vez de passar à ação, eis que o generalíssimo recomeça a falar, mas na maior desordem.

> Dizendo-se, como acontece no momento das graves decisões, que eles não tinham levado a termo suas obrigações e que muitas

---

123 Ibid., II, 41, 2

124 Ibid., II, 41, 4.

125 Ibid., II, 43, 2.

126 Ibid., II, 43, 3: *ágraphos mnḗmē.*

127 Ibid., II, 43, 2: "Sua glória subsiste, para sempre, nas memórias, em cada ocasião oferecida, indefinidamente, pela fala e pela ação."

> coisas ainda precisavam ser ditas aos homens a respeito do que devia ser, ele recomeçava a interpelar individualmente cada um dos trierarcos, acrescentando a cada nome o de seus pais e o de sua tribo: exortando-os, pessoalmente, a que, se tivessem a chance de alguma façanha, não a traíssem e, com relação aos altos feitos de seus pais, que não lhes empanassem o brilho; invocando a pátria, livre entre todas (...) acrescentando tudo o que, num instante tão decisivo, estamos prontos a dizer, sem medo de parecer retomar propostas batidas (*arkhaiologeîn*), propostas que as pessoas invariavelmente apresentam em qualquer ocasião: fala-se das mulheres, das crianças, dos deuses da pátria, em suma, de tudo o que, no calor do momento, se julga útil invocar.[128]

É a queda do império ateniense, o fim do poderio marítimo da grande cidade: Nícias põe-se a dizer disparates. Tucídides só utiliza uma vez a forma verbal da 'arqueologia', mas esta única ocorrência é o suficiente para estabelecer o contra-senso que um título assim demonstraria no primeiro capítulo da *Guerra do Peloponeso*. Tucídides teve muito cuidado ao dizer 'disparate' onde seus contemporâneos — em particular aqueles que se fazem passar por 'historiadores', mas que não são, na verdade, senão logógrafos vulgares — dizem mais corriqueiramente 'discurso sobre a tradição'.[129] A incontinência verbal de um general senil desenha uma falha onde se descobre o avesso da memória dominada pela razão geminada do político e do historiador: o mundo irracional do 'mitoso'.

Da sedição insular à loquacidade senil de um chefe de exército derrotado, a ilusão mítica não pára de crescer entre os gregos. Mas o que a fortifica e sobretudo lhe confere sua plena maturidade é, em parte, a impetuosidade de Tucídides. O historiador das razões não tem mais nada em comum com os contadores de histórias, logógrafos ou similares aos poetas. Para delimitar os domínios do novo saber histórico, Tucídides deve demarcar o

---

128 Ibid., VII, 69, 2.

129 Cf. *infra*, pp. 161-3.

território do 'mito', mas em toda a extensão da fronteira que o liga, à sua revelia, ao país da memória. E, através do artifício dessa imensa muralha, que cerca sem o saber aquele que a edificou, a *Guerra do Peloponeso* põe fim à história desfiada, dispersa, do 'mito', esse fogo-fátuo que diverte Heródoto ou o recanto ideal para breves anátemas de Píndaro. A palavra dos outros torna-se um império, povoado por fábulas nômades, atravessado por grandes narrativas bárbaras, que percorrem em liberdade as evasões da memória fecundadas pelo vento, o vento das palavras que são palavras de vento. O 'mito' é sempre um resto, mas que se metamorfoseia numa descarga imensa onde os dejetos evacuados pelo zelo de um historiador higienista reúnem riquezas fabulosas: tudo aquilo que se canta em prosa ou verso, poetas e logógrafos misturados. Quando Tucídides evoca as obras da imaginação, pintadas pelos poetas e narradas para diversão pelos logógrafos, ele fala a mesma linguagem de Fontenelle — a do Iluminismo.[130] Com a diferença de que a história racional do século IV não pretende iluminar os caminhos do erro desde os primeiros homens até os contadores de histórias mais recentes. Também não quer explicar nem compreender do interior, mas aqui Tucídides comunga com o autor da *Origem das fábulas*. A memória antiga ameaça por todos os lados, é preciso exorcizá-la de pensamento vivo, excomungá-la do corpo político. As luzes conceituais, portanto, não serão deturpadas a fim de tornar legíveis as narrativas do ouvir-dizer. Não há lugar para nenhuma hermenêutica que tente pregar o bom uso do 'mito'. Assim como deve ficar pura de toda mitologia a religião 'monoteísta', sonhada recentemente por um missionário da Sociedade do Verbo Divino, a ordem das razões desejada por Tucídides só pode se afirmar, de imediato, 'além do mito', *mḕ muthôdes*: intacta, intocável, e nenhuma ficção, nada de maravilhoso, deve aflorá-la, até mesmo de sua sombra.

---

[130] Cf. *supra*, pp. 19-25.

Mundo obscuro e fechado onde devem vagar eternamente as ficções antigas, o 'mito', ao mesmo tempo que cessa de ser um lugar conhecido ausente de todos os mapas, transforma-se em nebulosa onde se confundem na mesma noite os 'arqueólogos', os poetas e os outros, ainda mais numerosos. Assim decidiu o historiador solitário que, para melhor se diferenciar dos logógrafos, razoavelmente com um verniz de escrita, lembra com regularidade sua qualidade de escritor autorizado, de *suggrapheús*.[131] Este nome, aliás, remete ao título oficial de 'redator' de projetos de leis,[132] cuja origem talvez tenha relação com o nome de um documento escrito, em uso no direito comercial do século IV: o contrato, *suggraphḗ*, que prevê expressamente as modalidades de execução.[133] *Prâxis* da escrita que garante o "adquirido para sempre", e que legitima, por sua natureza visual, a exclusão de toda memória 'patética', memória fundada na audição, o mais sensível dos sentidos, no dizer de Teofrasto.[134]

---

[131] P. Huart, *Le vocabulaire de l'analyse psychologique dans l'œuvre de Thucydide*, Paris, 1968, p. 167, nº 1: no lugar de *historía* e de *historeîn*.

[132] Tucídides, VIII, 67, 1. cf. G. Busolt-H. Swoboda, *Griechische Staatskunde*, 3ª ed., Munique, 1920, I, pp. 70-8; II, pp. 460-2.

[133] L. Gernet, *Introduction à Platon, Les lois* (I-II), Paris, 1951, CLXXXV-VI; a *suggraphḗ*, compromisso por escrito, nas *Leis* prevê *prâksin pâsan*.

[134] Teofrasto, F. 91 Wimmer.

SORRISOS DA PRIMEIRA INTERPRETAÇÃO

Para quem vai caçar sem temer a reação de uma caça tímida, é bom lembrar que, na primavera, antes que o perfume das flores perturbe o olfato dos cães, as pistas da lebre são claras, mas entrelaçadas.[1] Não por causa da astúcia que leva a lebre, quando teme ser perseguida, a se retirar pelos mesmos caminhos, intercalando saltos e colocando "caminhos em seus caminhos",[2] mas porque nessa estação, sobretudo, as lebres se acasalam e "vagando em grupos (...) fazem caminhos semelhantes".[3] Seja qual for sua perplexidade ao escolher entre a astúcia e o prazer vagabundo, o caçador de 'mito' não ficará surpreso de que, no país dos primórdios, nessa estação da história, os caminhos 'puros' — como diz *A arte da caça* — se misturem a outros, confusos e traçados tão discretamente que o assentimento, segundo o termo técnico dos caçadores, parece completamente apagado. Ficará igualmente menos surpreso com o fato de sua caça ter sua toca em regiões de ilusão.

Ao caminho longo e retilíneo, que corre das 'pessoas do mito' até os anátemas do racionalismo histórico, mistura-se um traçado sinuoso e mais cerrado no tempo em que a voz da primeira filosofia se alterna com o discurso da interpretação, quando este recorta um dos começos da escrita da história e das histórias.

---

1 Xenofonte, *A arte da caça*, ed. E. Delebecque, V, 5-6.

2 Id., ibid., V, 20.

3 Cf. n. 1.

Traçado menos visível que serpenteia entre Xenófanes, o filósofo de Eléia, e Hecateu, o logógrafo de Mileto, pois a palavra 'mito' aí se vê ausente, em sua forma explícita, mas percebida sob diversos sinônimos abrindo e balizando o campo da tradição. Uma tradição questionada, agredida às vezes, mas abordada igualmente por aqueles que a escrevem interrogando-a e transformando-a sempre, de acordo com as modalidades da interpretação e em função das novas práticas da escrita.

Dizer-se altamente escandalizado nunca valeu a Tucídides um lugar, mesmo modesto, no panteão dos precursores estabelecido pelo século XIX. É verdade que suas violências verbais, redemoinhos da razão, não o situam de imediato no grupo dos 'homens pios e ponderados' que experimentaram dolorosamente o divórcio entre a moralidade indispensável à Religião e as narrativas impudicas veiculadas pela tradição. Um bom século à frente de seu tempo, a filosofia afirmara um pensamento intransigente, o mesmo desde a cólera do eleata até os rigores austeros de *A República*. E foi junto a filósofos vigilantes que os mitólogos modernos foram pedir suas senhas, engajando com confiança o novo saber da ciência dos mitos nos passos redescobertos dos Antigos. Primeiro desses homens 'delicados e refinados', Xenófanes, filósofo e poeta, vindo da Ásia Menor para a Magna Grécia, apresenta todas as garantias da piedade refletida. E, sem esperar, pode-se acreditar, o tempo de sua maturidade, que nossa miopia cronológica situa por volta de 530 antes de nossa era. Com Xenófanes, começa-se, e isso é uma novidade, a criticar as histórias da tribo com ousadia, e num tom que atrairia toda a atenção de Friedrich Max Müller e seus contemporâneos.

> Homero e Hesíodo atribuíram às divindades tudo o que, entre os homens, é injurioso e reprovável: roubar, cometer adultério e enganar uns aos outros.[4]

---

[4] Xenófanes, F. 11 Diels-Kranz.

O caso é mais sério do que uma rivalidade banal entre um poeta do século VI e predecessores muito prestigiosos. Homero e Hesíodo nisso estão na vanguarda de uma chusma de narrativas não menos escandalosas e todas igualmente condenáveis. E Xenófanes posiciona-se claramente, quando faz o elogio à boa memória:

> De todos os homens, merece louvor aquele que, depois de beber, comprova um caráter nobre, utilizando sua memória e sua força para fins morais. Este é aquele que não canta nem os combates dos Titãs, nem as lutas dos Gigantes e dos Centauros, forjados pelos ancestrais (*plásmata tôn protérōn*), nem a violência das revoluções (*stáseis*) porque aí nada há de aproveitável. É preciso sempre uma boa intenção para os deuses.[5]

O tom não é mais o da invectiva. A melodia que sublinha estas palavras graves eleva-se em uma sala de banquete, descrita na primeira parte da elegia cantada por Xenófanes. Seria o banquete reservado a um tíaso filosófico?[6] O solo é puro, puras são as mãos e as taças; no centro o altar está coroado de flores: nenhuma mancha de sangue, nenhum cheiro de gordura, e do coração da sala emana o perfume do incenso.[7] É como em uma nova ágora, erguida sobre a primeira, para instruir o cerimonial de um novo saber, sem que haja uma renúncia ao mundo, à cidade ou a suas obras. Pois para Xenófanes trata-se do bom governo, da *eunomíē* interna do espaço político. "Nossa sabedoria, nossa *sophíē* vale mais que a força dos cavalos e dos homens."[8] É ela que enriquece

---

[5] Xenófanes, F. 1, 19-24 Diels-Kranz. A versão adotada — com algumas modificações na escrita — foi a de J. Svenbro, *La parole et le marbre. Aux origines de la poétique grecque*, Lund, 1976, 103 e n. 137.

[6] Cf. J. Defradas, 'Le Banquet de Xénophane' em *Revue des études grecques*, 1962, pp. 344-65. Críticas em M. Marcovich, 'Xenophanes on drinking-parties and Olympic Games', em *Illinois Classical Studies*, III, 1978, pp. 1-16.

[7] Xenófanes, F. 1, 1-12 Diels-Kranz.

[8] Xenófanes, F. 2, 11-2 Diels-Kranz.

os tesouros da cidade, e não a corrida vitoriosa de um atleta que parte rumo às fontes de Pisa, 'pequena felicidade' espreitada por uma comunidade que, nem por isso, passa a ser melhor governada.[9] Caberia ao filósofo ser alimentado no pritaneu e não o vencedor da luta ou do pancrácio, personagem insignificante dos aedos,[10] dos cantadores do triunfo insolente sobre a terra heládica, desde Olímpia até o mais obscuro povoado. A 'sofia', a sabedoria dos antigos com sua memória de violências e de guerras ímpias, eis o adversário, o inimigo do interior, o que ameaça a *eunomíē* da cidade e a ordem do mundo, o cosmo cujo único cartógrafo, doravante, é o filósofo.

Titãs, Gigantes, Centauros: Nobres de terra e de fogo, Guerreiros sempre adolescentes, Híbridos famintos de carne crua, inúmeras figuras representativas do descomedimento, da *húbris*, cantada numa tradição ao mesmo tempo épica e figurativa que exalta sem trégua a violência e a revolta.[11] Xenófanes não diferencia os 'cantos revolucionários'[12] da gesta dos Titãs ou dos Centauros. A tradição é una; ela unifica as revoltas do presente e as teomaquias do passado. Os anônimos dispersos pelas frisas dos santuários e pelos cantos esquecidos são convocados, chamados e reunidos sob os nomes de Homero e de Hesíodo, corifeus das histórias da tribo. Xenófanes, porém, não pretende homenageá-los por terem proporcionado aos gregos um panteão e uma teogonia, como fará Heródoto. Pois não representaram figuras de deuses ladrões, mentirosos e adúlteros? Entre os dois cúmplices, o verdadeiro culpado é o poeta da *Ilíada* e da *Odisséia*, pela própria razão alegada por Xenófanes: "Seu saber,

---

[9] Xenófanes, F. 2, 20-2 Diels-Kranz.

[10] Xenófanes, F. 6, 15 Diels-Kranz.

[11] Mesmo quando os Gigantes são vencidos, como os Titãs, pelos Olímpicos que fazem triunfar a ordem do mundo sobre o descomedimento de seus adversários: F. Vian, *La guerre des Géants. Le mythe avant l'époque hellénistique*, Paris, 1952, pp. 286-7.

[12] Cf. J. Svenbro, *La parole et le marbre*, Lund, 1976, 104, n. 138.

desde o início, os gregos o receberam de Homero.[13] Não tanto o Homero-autor, detentor de direitos imprescritíveis sobre suas 'obras', mas o nome próprio designando um modo de existência, de circulação e de funcionamento de certas narrativas no seio da sociedade grega.[14] Sem dúvida, por um lado Homero é recitado, 'palavra por palavra', nas panatenéias, inicialmente e, mais tarde, em Siracusa, onde foi introduzido por volta de 504,[15] pelo rapsodo Cineteu. Mas a essa narrativa, fixada por decisão da cidade que lhe dá forma escrita no centro de sua *paideía*, de seu sistema educacional, propondo-a aos pedagogos responsáveis pelo ensino privado do ler e do escrever, acrescenta-se o império exercido por um nome sobre a massa das histórias mais ou menos anônimas conhecidas por todos, por tê-las escutado desde sempre e por vê-las vivas diante dos olhos através de pinturas de vasos e das formas esculpidas, de métopes em frontões. Os bandos de Centauros e a tropa dos Gigantes unem-se aos poderosos do Olimpo e os Titãs erguem-se à sombra dos antigos deuses traídos. Já não seria uma heresia acreditar que um dos Olímpicos governa os outros como déspota?[16] E que dizer desses deuses assim representados, senão que têm a forma cavalar que lhes teriam dado cavalos hábeis em pintar ou em talhar o mármore?[17]

Seja qual for a verdadeira natureza de sua 'sofia', inscrita no espaço da cidade, Xenófanes de Eléia denuncia com brutalidade o caráter escandaloso da memória antiga. A tradição que corre na cidade, quer venha de Homero ou de outro qualquer, ameaça todo o corpo político como uma gangrena. Sem intervenção imediata, não existe bom governo, não há *eunomíē* possível. A

---

13 Xenófanes, F. 10 Diels-Kranz.

14 Cf. M. Foucault, 'Qu'est-ce qu'un auteur?', em *Bulletin de la Société Française de Philosophie*, 1969, pp. 73-104.

15 Cf. J. Svenbro, *La parole et le marbre*, Lund, 1976, pp. 81-2.

16 Cf. Xenófanes, 21 A, 32, Diels-Kranz.

17 Xenófanes, F. 15, Diels-Kranz.

cidade deve ser amputada de suas velhas histórias. E a figura de exclusão, traçada pelo discurso de Xenófanes entre os anátemas de ferro e o elogio da boa memória acompanha bastante fielmente os contornos do 'mito', tal como este surge na mesma época pelo acaso de um canto anacreôntico.[18] Uma mesma subversão está presente nas guerras civis que dilaceram a cidade e nos embustes dos deuses, nos combates dos Titãs, no descomedimento dos Centauros. A violência revolucionária nutre-se 'do que forjaram os antigos'. Reciprocamente, as ficções do passado alimentam no presente as palavras de sedição nas quais se reconhecem 'as pessoas do mito', como se dizia em Samos, quer se chamem Homero e Hesíodo ou se camuflem no anonimato de uma Batalha de Gigantes.

A piedade ponderada de Xenófanes inaugura a mais extrema severidade, e na recusa radical que a filosofia primordial opõe à cultura tradicional, difundida pelas 'pessoas do mito', condensa-se, de certa maneira, toda a história do primeiro itinerário entre a palavra-gesto lançada de Samos e o cerceamento furioso, decidido no preâmbulo da *Guerra do Peloponeso*. Com certeza Xenófanes teria adorado participar do espetáculo reservado a Pitágoras em uma Catábase da época helenística: "A alma de Hesíodo amarrada a uma coluna de bronze, uivando, e a de Homero suspensa a uma árvore e cercada de serpentes."[19] Um castigo justo que os esperava no Hades em virtude das blasfêmias que lançaram sobre os deuses. Mas decidindo apagar da memória dos cidadãos tantas histórias antigas e familiares, Xenófanes escolhe, de fato, uma posição revolucionária. E a réplica logo chega do meio social mais ameaçado, se não o mais reacionário: a confraria dos rapsodos homéricos. Réplica ainda mais viva já que o filósofo de Eléia lhes faz concorrência, recitando e rapsodiando suas próprias obras: suas Invectivas, suas Elegias, mas

---

[18] Cf. *supra*, p. 90.

[19] Hierônimo de Rodes, F. 42, Wehrli. Cf. M. Detienne, *Homère, Hésiode et Pythagore*, Bruxelas, 1962, p. 26.

também seus poemas sobre a fundação de Cólofon e sobre a colonização de Vélia, seguramente destinadas a um auditório eleático.

Seriam ficções essas grandes narrativas fundadoras? Indecentes, imorais, as aventuras dos deuses nos poemas declamados oficialmente pelos rapsodos-atores em meio a um grande assédio de gente? Da cidade de Régio, na Magna Grécia, os recitadores de Homero respondem às acusações de Xenófanes. Teágenes, seu porta-voz por volta de 510, é um dos primeiros apologistas da *Ilíada*. Seu sistema de defesa está fundado no que Porfírio chama de alegoria, mas que Platão designa como 'subentendido' (*hupónoia*). Quando Homero põe em cena deuses defrontando-se — Apolo e suas flechas emplumadas contra o senhor Posídon; Ártemis, a ruidosa, contra Hera — ele não quer dizer que os Olímpicos guerreiam entre si, divididos em dois campos rancorosos. Sua 'teomaquia' evoca um outro sentido; ela deve ser compreendida como uma maneira de exprimir a oposição entre elementos fundamentais reconhecidos pela filosofia da natureza: entre o seco e o úmido, entre o quente e o frio. Isso só pode chocar os ouvintes de Homero muito limitados para entender a narrativa 'ao pé da letra', em seu sentido primeiro, e pouco informados para os progressos da nova física que confundem ainda o ar com Hera ou a lua com Ártemis.[20] Contra-atacando no mesmo terreno de seu adversário, Teágenes não se limita apenas a comprovar sua habilidade, ele mostra como e onde se trava o debate encetado pela filosofia sobre o escândalo da tradição: em torno das 'ficções' mais oficiais, e melhor estabelecidas no espaço cultural e político da cidade. Pois a apologia de Homero, improvisada pelos rapsodos empenhados em defender seu ganha-pão, é feita mais no terreno da leitura do que no da audição. Os argumentos de Teágenes pressupõem um texto fixado pela escrita, o Homero

---

[20] J. Svenbro, *La parole et le marbre*, Lund, 1976, pp. 107-38. Nesse livro ele mostra a relação entre Teágenes e Xenófanes, fornecendo referências úteis.

oficial das cidades que, a exemplo de Atenas, confiam a cantadores mais talentosos a tarefa de recitar uma epopéia exatamente igual ao modelo escolhido pelas autoridades. E, entre os que Heráclito chama, com desdém, de 'cantadores de aldeia',[21] Teágenes representa o elemento letrado, o recitante dublê de intérprete. Afinal, na tradição grega, não é ele o primeiro dos 'gramáticos', pela atenção que dispensa tanto ao uso correto de um vocábulo[22] quanto aos dados de tipo biográfico[23] sobre a família, a época e as atividades do poeta narradas nas primeiras *Vidas de Homero*, compostas, antes do fim do século VI, pela piedade dos homéridas, entre Quios, Samos e Esmirna?[24] Mais do que a ouvintes, dos quais muito poucos se inquietariam escutando a narração dos combates a que se entregavam os deuses, Teágenes dirige-se a leitores, a outros letrados que, sem a materialidade de um texto escrito, não estariam em condições de distinguir o sentido segundo de um sentido primeiro, numa seqüência tão breve, no interior de uma obra cuja recitação poderia demandar três dias inteiros.

Neste debate, dois fatos se destacam no horizonte que escolhemos. Inicialmente, que ele se estabeleça em torno de Homero, enquanto a crítica de Xenófanes visa a memória antiga, todas as histórias da tribo. Sinal, entre outros, de que Homero, no século VI, ainda se mantém a meio caminho entre a auralidade comum e a alfabetização restrita a uma elite que descobre as delícias do sentido oculto. Em seguida, e isso é o mais importante, o escândalo que mobiliza a primeira filosofia impulsiona, sem pronunciar a palavra 'mito', o processo que vai desempenhar um papel determinante na elaboração da 'mitologia': a determinação de

---

[21] Heráclito, F. 104, Diels-Kranz.

[22] Cf. J. Svenbro, *La parole et le marbre*, Lund, 1976, pp. 110-1.

[23] Cf. B. Gentili e G. Cerri, 'L'idea de biografia nel pensiero greco', em *Quaderni Urbinati*, 1978, pp. 14-5.

[24] Cf. F. Lasserre, 'L'historiographie grecque à l'époque archaïque', em *Quaderni di Storia*, 1976, pp. 127-30.

interpretar. Agora, na escala da tradição, no sentido mais amplo: todas as velhas histórias, e outras mais recentes. É o terreno onde a escrita abre caminhos desconhecidos, através das técnicas de interpretação, inventa novos percursos, constrói registros inéditos.

Não existe um início absoluto para a interpretação. Mas seria pouco útil defini-la, por espírito de fidelidade a Aristóteles, pela simples razão de "dizer alguma coisa *de* alguma coisa".[25] Da mesma forma, reduzir tudo a uma violação de um 'princípio de pertinência', universal e imanente a todo enunciado produzido numa 'conversação', como propõem alguns,[26] seria fazer crer que tudo é igualmente interpretável, o que pode ser verdade, mas ameaça apagar a linha divisória entre as sociedades da memória aural e as civilizações da escrita.

Mais operatória parece a distinção proposta por alguns antropólogos entre exegese e interpretação.[27] Nenhuma cultura viva (e aí se inclui a nossa) se abstém de comentar, glosar, adicionar algo ao que é dito, à série contínua de suas ações e de seus feitos. A exegese é o comentário incessante e imediato que uma cultura faz de seu simbolismo, de suas práticas, de tudo o que a constitui como cultura viva. Palavra parasitária, apoderando-se de tudo o que pode evocar, a exegese prolifera de dentro; é uma palavra que nutre e desenvolve a tradição à qual se prende e de onde tira sua própria substância. Não existe tradição viva sem o marulho das exegeses a que ela se propõe e que a habitam, formando com ela um só corpo. A interpretação, por sua vez, surge quando há distância e perspectiva de fora para a tradição memorial. Uma distância que não se impõe através de qualquer enunciado, ao

---

[25] Cf. P. Ricœur, *De l'interprétation. Essai sur Freud*, Paris, 1965, pp. 30-1.

[26] À maneira de H. P. Grice, 'Logique et conversation' (1975), em *Communications*, 30, 1979, pp. 57-72, seguido por Tzvetan Todorov, *Symbolisme et interprétation*, Paris, 1978, pp. 25-7.

[27] Em particular, D. Sperber, *Le symbolisme en général*, Paris, 1974, pp. 29-62.

longo da conversação, onde a 'incoerência' convidaria a buscar a alusão e despertaria a atividade interpretativa. Para que a interpretação se institua, é preciso que se discuta, que se comece a criticar a tradição. Deixando de lado a censura implícita e inconsciente do grupo que se recusa a dizer e repetir,[28] a distância crítica não tem lugar na ordem memorial, no seio da tradição da boca e do ouvido. "Não discutimos os mitos do grupo", escreve Lévi-Strauss, "nós os transformamos, acreditando repeti-los."[29] Isso é, precisamente, o que muda para os contemporâneos de Xenófanes. Surge uma distância que é ora uma vontade de rejeição, ora um sentimento de ruptura, mas sempre a partir do que torna possível a crítica das histórias da tribo, ou seja, a escrita, como um alhures, como um outro lugar de onde se fala e se escreve o discurso sobre a tradição. Sob esse ponto de vista, as condenações lançadas por Xenófanes dependem da interpretação, do mesmo modo que a apologia de Homero, vinda da longínqua cidade de Régio.

Uma vez definida a distinção entre exegese e interpretação, torna-se necessária uma outra a fim de reconhecer os itinerários da hermenêutica, pelo menos em suas opções maiores que a situam entre uma distância radical e uma outra, mínima. No espaço onde se desdobra a atividade hermenêutica, a filosofia primeira escolhe a posição extrema: ela concede à tradição o estatuto de 'ficção', e obriga o intérprete-rapsodo a fazer o desvio pelo *outro* sentido, 'alegórico', se quiser salvar o discurso de Homero. Processo desdobrado no caso, e que a filosofia seguirá sozinha a partir do momento em que descobrir que uma das vantagens do sentido indireto é mostrar o caminho mais curto para o sentido primeiro, o sentido literal. Afinal, não se trata de voltar a seu próprio discurso em benefício da ignorância do outro, preso na armadilha de sua verdade desconhecida? Ao contrário do discurso filosófico, arrastado à alteridade agressiva como

---

28 Cf. *supra*, pp. 74-84.

29 Claude Lévi-Strauss, *Mythologiques*, Paris, 1971, p. 585.

penhor de seu próprio saber, existem formas de interpretação tão discretas que passam despercebidas. Uma hermenêutica da extrema proximidade, cuja única variação reside na escrita e se deve a sua eficácia espontânea.[30] É uma interpretação que se encontraria no limite da exegese se não trouxesse, nesse contexto cultural, a potencialidade de 'falar sobre', através da prática escritural. Hermenêutica discreta que começa com o costume, mas também com a decisão, quase contemporânea das violências de Xenófanes, de colocar por escrito, de contar escrevendo elementos da tradição. É aqui que se marca a distância mínima da escrita que os procedimentos adotados de um usuário a outro vêm de certa forma aprofundar.

Não se trata, de modo algum, de conferir à escrita um estatuto originário, como se, dotada de um anonimato transcendental, ela saísse progressivamente da ausência, surgisse do esquecimento ao qual uma repressão milenar e incensante a condenara. No país dos gregos, a escrita, em seus primórdios, exerce uma função crítica incontestável, mas apenas em alguns de seus caminhos. Por exemplo, nada significa quando encontrada em uma dedicatória sobre a base de uma estátua plantada num santuário ou sobre as bordas de uma taça e de qualquer outro vaso para beber. Ainda menos sob o estilete de um comerciante ocupado em registrar o carregamento de um navio ou nas tabuletas de chumbo que serviam como reconhecimentos de dívidas, já por volta de 500 antes de nossa era. Cabe aos pequenos grupos dos meios intelectuais — filósofos, médicos, logógrafos, prosadores — atualizarem as virtudes críticas da escrita. E é nas práticas delineadas

---

[30] Uma outra, mais escritural ainda, vem do Antigo Testamento, pelas razões lingüísticas de um texto consonântico cuja tradição — dos escribas — decide tanto o vocalismo quanto o sentido. Cf. J. Kœnig, 'L'activité herméneutique des scribes dans la transmission du texte de 'l'Ancien Testament', em *Revue de l'histoire des religions*, 1962, 2, pp. 141-74; Le texte de la Bible, em *Vérité et poésie e de la Bible* (obra coletiva), Paris, 1969, pp. 275-89; 'L'existence et l'influence d'une herméneutique sur la transmission du texte hébreu de la Bible', em *Bulletin de la Société E. Renan (Revue de l'histoire des religions*, 1974, pp. 122-5), pp. 8-11.

pelos 'fabricantes de narrativas' que se pode observar melhor a eficácia de uma atividade escritural onde a interpretação se mistura à narração, chegando a fundir-se nela. Os 'fabricantes de narrativas' (*logopoioí*) escrevem *lógoi*, e Tucídides os chamará de logógrafos,[31] enquanto Heródoto inclui entre eles, lado a lado, Esopo o 'fabulista' e Hecateu de Mileto,[32] o viajante e agrimensor da terra habitada em quem alguns dos modernos, em cumplicidade com outros Antigos, gostam de reconhecer um historiador, autêntico ou primeiro. Neles, há um terreno privilegiado para questionar, através dos procedimentos escriturais, certas divisões entre pensamento histórico, arte de contar velhas histórias e modalidades da hermenêutica.

Questões abertas pelo preâmbulo das 'Histórias' de Hecateu:

> Hecateu de Mileto fala assim (*mutheîtai*). Estas narrativas, eu as escrevo (*gráphō*) como me parecem ser verdadeiras. Pois as narrativas (*lógoi*) dos gregos, como aparecem diante de meus olhos, são múltiplas e risíveis.[33]

Esse narrador escritor não é um desconhecido na praça de Mileto, no finalzinho do século VI. Em 499, as cidades gregas da Jônia se revoltam contra os Aquemênidas, contra o império dos medas. Antes de envolver Mileto em uma rebelião que se ia consumar com a destruição da cidade em 494, Aristágoras, 'governador'[34] interino, aconselhou-se (segundo dizem) com seus partidários. "Todos apoiaram a revolta, menos Hecateu, o *fabricante de narrativas* (*logopoiós*)."[35] Hecateu é o único a desaconselhar a empreitada. Enumera inicialmente (*katalégein*) o conjunto de povos sobre os quais reina Dario e as forças de que dispõe o

---

31 Tucídides, I, 21, 1.

32 Heródoto, II, 134; V, 36, 125.

33 Hecateu de Mileto, *FGrHist*, 1 F 1 *a* Jacoby.

34 Heródoto, V, 30.

35 Ibid., V, 36.

Grande Rei. Em seguida, vendo que seu 'catálogo' não consegue demover os simpatizantes de Aristágoras de seu projeto suicida, o 'fabricante de narrativas' muda de tática, passa para o campo dos insurretos a fim de lhes dar um outro conselho, este de prudência: assegurar o domínio do mar. Os exércitos de Mileto são insignificantes, e se os milésios colocam a mão nos tesouros consagrados por Creso da Lídia no santuário dos Brânquidas, poderão contar com um poderio marítimo sem rival. Estranho conselheiro esse contador de histórias, influente o bastante para ter voz no episódio, mas sem ser de forma alguma um 'historiador oficial', personagem de quem a cidade grega, aparentemente, nunca precisou. Sua opinião não prevaleceu, observa Heródoto. Nada é mais banal para um conselheiro sábio do que não ser escutado. Menos banal certamente é argumentar de acordo com o saber que o singulariza como 'fabricante de narrativas', autor de *Genealogias* e também de uma *Periegese*.

Os jônios queriam revoltar-se? Perfeito, desde que consigam prata para as despesas: é preciso ter barcos, uma frota, assegurar o domínio do mar, se não quiserem sucumbir diante da coalizão dos inumeráveis povos com que conta o império terrestre de Dario. A solução de Hecateu, realista, é constituir um tesouro de guerra. Eis por que é preciso 'secularizar' as riquezas do grande templo de Apolo, utilizar com fins públicos as oferendas sagradas depositadas no santuário dos Brânquidas. Contudo, desviar o tesouro dos deuses a fim de aumentar o poder dos homens significa romper, sem alarde, sem ruído, com os valores mais tradicionais.[36] Essa ruptura é a mesma que torna tão insólito o primeiro argumento de Hecateu: um catálogo, uma longa lista de povos, recitado, não por um genealogista erudito, mas por um geógrafo que introduz repentinamente a cartografia em uma deliberação política. E Aristágoras, o homem forte de Mileto, logo aproveita sua lição: quando chega a Esparta com o intuito

---

36 O que foi visto por M. Vegetti, 'Nascita del scienziato', em *Belgafor*, 28, 1973, p. 647.

de obter uma aliança de Cleômenes e dos esparciatas, leva sob o braço "uma placa de bronze onde estavam gravados os contornos de toda a Terra (*gês... períodos*), todo o mar e todos os rios".[37] Um espaço a ser lido mas que só um viajante experiente e hábil, tanto para desenhar um mapa do mundo como para escrever uma *Periegese*, sabe narrar.

Ao longo desse breve interlúdio político, surge um homem novo que domina o espaço gráfico e, com isso, traz propostas inéditas, surpreendentes, a meio caminho entre o saber comum, tradicional, e uma nova forma de pensar, mais revolucionária, talvez, do que a rebelião dos jônios, surdos à argumentação do 'fazedor de histórias'. A aliança entre a narrativa e a escrita se consuma no preâmbulo de uma logografia que engloba uma *Periegese* e *Genealogias*, dois percursos aparentemente divergentes, posto que um parece depender da investigação geográfica e da curiosidade do navegador que costeia o litoral, descobrindo cidades longínquas, explorando os confins da terra habitada,[38] enquanto o outro se apresenta como uma série de narrativas tradicionais que vão desde o Deucalião, o primeiro homem depois do dilúvio, até os descendentes de Héracles, através do que chamamos de lendas heróicas.[39]

Trata-se, porém, do mesmo projeto cultural e narrativo: narrar escrevendo, escrever narrando. Dois processos que são explicitados no discurso introdutório onde se reúnem os verbos dizer (*mutheîsthai*) e escrever (*gráphein*). Discurso que traça o esboço de um determinado autor Hecateu de Mileto, passando da terceira pessoa à primeira, numa época em que se usava um enunciado em forma de 'assinatura', aposta, segundo o costume, no começo da obra e do livro: "Hecateu de Mileto fala assim (*mutheîtai*). Estas histórias eu as escrevo (*gráphō*) como me parecem ser

---

37 Heródoto, V, 49.

38 Hecateu de Mileto, *FGrHist* 1 F 36-359 Jacoby.

39 Hecateu de Mileto, *FGrHist*, 1 F 1-35 Jacoby.

verdadeiras."[40] É um selo, uma marca de propriedade.[41] Hecateu de Mileto é o fabricante, o *poiḗtēs* autorizado dessas histórias, como um ceramista fabrica uma taça e um poeta constrói um poema.[42] O 'eu' habita o nome próprio. E entre as narrativas anunciadas, o saber periegético pode desenvolver-se tão amplamente quanto a história genealógica. São discursos homólogos detidos por um mesmo cartógrafo, talvez com uma pequena diferença que permite explicar por que a *Periegese* cria a ilusão de um registro de palavra diferente daquele das narrativas das *Genealogias*: para 'catalogar' — no sentido grego, de recitar uma lista de maneira exaustiva —[43] as cidades e os povos da terra habitada, Hecateu não tira os olhos de um desses mapas, inventados por seu compatriota, o filósofo Anaximandro.[44] Preso ao curso circular do rio Oceano, o mundo, com seus continentes, rios e cidades, desdobra-se em um espaço orientado por relações de correspondência e de simetria: espaço gráfico cuja imagem visual informa da memória de Hecateu e permite ao geógrafo percorrer o mundo tanto escrevendo a série de nomes como

---

[40] Hecateu de Mileto, *FGrHist* 1 F 1 *a* Jacoby.

[41] Cf. G. Nenci, 'Il sigillo di Teognide', em *Rivista di Filologia e di Instruzione Classica*, 41, 1963, pp. 30-7.

[42] Cf. J. Svenbro, *La parole et le marbre*, Lund, 1976, pp. 186-209. Mas nada indica que essas narrativas estejam à venda como uma olaria, nem que esse discurso entre o 'ele' e o 'eu' brote de uma problemática da alienação. O *status* social do 'fabricante de narrativas' milésio nos escapa completamente.

[43] Do mesmo modo os sacerdotes egípcios enumeram os nomes de 330 outros reis, só que baseados num livro (*búblos*): Heródoto, II, 100. Os egípcios de Heródoto são, na época, dentre todos os homens, aqueles que melhor fazem uso de sua memória (II, 77) e os únicos a tomar nota (por escrito) da conta dos anos (II, 145).

[44] Cf. Charles H. Kahn, *Anaximander* and the origins of Greek cosmology, Nova York, 1960, pp. 81-4. Em Hecateu de Mileto, *FGrHist* 1 T 12 *a* Jacoby, a mesma frase pode ser traduzida de duas formas, em função da ambivalência de *gráphein*: ele (Anaximandro) ousou escrever a terra habitada numa plaqueta, ou melhor, teve a audácia de desenhar o mapa da terra habitada.

descrevendo os costumes ou as singularidades dos grupos humanos. Na narrativa do tipo genealógico, por sua vez, a cartografia se faz mais sutil, alojando-se na escrita da narrativa ao mesmo tempo que, sob o horizonte cronológico, toma a forma de um quadro onde os nomes próprios se organizam segundo um eixo vertical.

Em que sentido o genealogista é também um cartógrafo? A resposta é dada no preâmbulo de Hecateu, em seu projeto de *escrever* as histórias dos gregos: "Como se mostram aos meus olhos, são múltiplas (*polloí*) e risíveis (*geloîoi*)."[45] Nas narrativas que circulam na Grécia, os *lógoi*, Hecateu descobre a pluralidade.[46] Pluralidade não sob uma forma de um plural imanente a uma tradição que se conta e que não cessa de produzir variantes ou inventar versões sempre novas, mas como uma multiplicidade de ditos repentinamente visíveis por sua justaposição no espaço gráfico que os narra e que, ao mesmo tempo, os confronta. E o riso que se apodera de Hecateu, mais divertido que escandalizado, é a marca do trabalho de interpretação, ao qual se dedica em Mileto um 'fabricante de narrativas', a partir do momento em que começa a narrar por escrito as histórias de sua tribo.

No início do século III de nossa era, Eliano, o naturalista, reconhecerá em Hecateu, "um prosador de mitos à antiga", *múthon arkhaiōn sunthétēs*,[47] um reorganizador dos mitos de outrora. Deixando de lado o anacronismo da palavra 'mito', Hecateu certamente é um prosador que dispõe, lado a lado, pela primeira vez, histórias que não podem ser confrontadas sem que provoquem o riso. Um exemplo é a viagem de Héracles até o país

---

[45] Hecateu de Mileto, *FGrHist* 1 F 1 *a* Jacoby.

[46] O fenômeno da pluralidade das narrativas sobre o qual insiste G. Nenci ('Ecateo da Mileto e la questione del suo razionalismo', em *Rendiconti dell'Accademia Nazionale dei Lincei, Cl. Scienze, Moral, Stor. Filos.*, série VIII, vol. VI, pp. 1-2, 1951, pp. 51-8) não implica necessariamente que Hecateu procure a 'univocidade do mito'.

[47] *História dos animais*, XI, 23 (Hecateu de Mileto, *FGrHist* 1 T 8, Jacoby).

de Gerião para lhe arrebatar uma manada de bois, guardada por um cão de duas cabeças, tão perigoso quanto seu dono de corpo triplo. Hecateu fez um levantamento das diferentes versões: uma localiza a expedição no país dos iberos, outra numa ilha que se situaria além das 'colunas de Héracles'.[48] Evidentemente, estas são narrativas cuja contradição é perceptível desde que sejam justapostas na mesma tábua, encerradas no mesmo espaço gráfico. A interpretação, porém, não se esgota com um sorriso. Não se pode negar que as narrativas dos gregos são ridículas, pois se já é inverossímil imaginar Héracles transportando um rebanho desde a antiga Espanha até Micenas, ainda o é mais situar o rapto na Ilha Vermelha, a misteriosa Eritéia às margens do Oceano.[49] Não obstante, Hecateu não passa de um contador (*mutheîtai*), ele não repele semelhantes narrativas para distâncias fabulosas. Héracles certamente realizou a façanha que a tradição lhe atribui, mas é mais plausível pensar que ela tenha acontecido na terra da Ambrácia, onde Gerião reina sobre o povo dos anfílocos. Pois atravessar tantas reses, através das terras bárbaras do sul do Epiro, não é tarefa desprezível.[50] A 'verossimilhança' escreve uma nova versão que é acrescida à tradição, sem censurá-la, sem pretender apagar a narrativa de Hesíodo sobre Héracles, ambientada nas plagas nebulosas além do Oceano circular.

Escrita de interstícios, discreta como o sorriso daquele que ainda não é um logógrafo, mas um simples 'fabricante de narrativas', escrevendo histórias "como lhe parecem verdadeiras (*hṓs moi dokeî alēthéa eînai*)". A interpretação começa com o espaço gráfico que põe a nu a multiplicidade; depois, prolonga-se com a narrativa do verossímil. O 'eu' refere-se à opinião, ele nos remete à *dóksa* do milésio. Na pluralidade das histórias que são descobertas no interior da tradição, é preciso fazer uma escolha

---

48 Hecateu de Mileto, *FGrHist*, 1 F 26 Jacoby. A segunda versão é adotada por Hesíodo, *Teogonia*, 287-94.

49 Cf. Heródoto, IV, 8.

50 Hecateu de Mileto, *FGrHist*, 1 F 26 Jacoby.

exercer seu julgamento, decidir o que parece ser verdadeiro. Esta é a visão crítica aplicada às histórias da tribo grega: o narrador Hecateu pratica um saber conjetural da mesma natureza que a opinião prévia na deliberação política. E é novamente um dos trabalhos de Héracles que lhe dá a oportunidade de escrever uma 'narrativa de conveniência', um *lógos eikṓs*, como diz Pausânias no seu *Volta pela Grécia*.[51] No cabo Tênaro, vê-se uma estátua de Posídon erguida diante de um santuário em forma de caverna e é para lá, segundo alguns gregos — conta Pausânias —, que Héracles teria levado o cão de Hades. No entanto, não existe no antro caminho que conduza para haixo da terra e não é fácil se convencer de que os deuses tenham uma morada subterrânea onde se reúnem as almas dos mortos.

> Mas Hecateu de Mileto encontrou uma narrativa conveniente, segundo a qual havia uma terrível serpente que perseguia o cabo Tênaro, chamada o cão de Hades, pois sua mordida e seu veneno provocavam uma morte fulminante. E foi esta serpente, dizia ele, que Héracles levou até Euristeu.

Alguns anos depois, a descoberta de um papiro de Cairo restabeleceu o discurso indireto na primeira pessoa:

> Creio (*dokéō*) que a serpente não era nem tão grande nem tão monstruosa, mas mais venenosa que as outras. E seria por isso que a tarefa de levá-la de volta parecia tão impossível, aos olhos de Euristeu.[52]

Hecateu não pretende produzir um novo memorável que seria edificado, por exemplo, em torno do confronto das cidades jônicas e do poderio dos medas, ou, ainda, estabelecer sua origem em uma 'arqueologia' de Mileto. Ele escreve um discurso do

---

[51] Hecateu de Mileto, *FGrHist* 1 F 27 Jacoby (em *Pausânias*, III, 25, 4-5).

[52] *Pap. Cairo* 65741, em *Escólios de Antímaco*, col. II, 26, ss. ed. Wyss, p. 83. Anexado por Jacoby em *FGrHist,* suplemento do vol. I, 1957 (I. *Addenda*) 1 F 27, *b*.

verossímil no interior de uma na tradição memorial. E a opinião, a *dóksa*, é preciso lembrar, não é, para Hecateu e muito menos para Xenófanes, a palavra de ilusão ou as palavras da aparência.[53] Da mesma forma que, na ágora, de acordo com a fórmula introdutória do decreto, "ele pareça conveniente para o povo" (*édokse tôi dḗmōi*), Hecateu cuida que a versão da serpente venenosa convém melhor aos ouvidos e ao olho de seus contemporâneos do que a de um cão de cinqüenta cabeças, cuja voz brônzea apavora as sombras nas profundezas da terra. Escrever histórias de forma que pareçam verdadeiras é criar uma narrativa na qual os ouvintes de Mileto — curiosos tanto a respeito das aventuras de Héracles como das cidades invisíveis trazidas ao seu conhecimento pelos primeiros cartógrafos navais — acreditem.

Se a escrita, tornando visível a pluralidade das histórias, incita o novo 'fabricante de narrativas' ao trabalho da interpretação, ela não deixa de exercer sua função crítica sobre um outro ponto onde vai se engajar, de maneira decisiva, a discussão das histórias mais compartilhadas: será através da genealogia como modelo de pensamento e como modo de narrativa. Escrevendo *Genealogias*, onde os Argonautas viajam com Partenopeu e as filhas de Dânao, Hecateu adota um dos gêneros mais universais nas culturas onde a tradição está ligada à boca e ao ouvido. Genealogias dos heróis e dos deuses; dos príncipes e dos poderosos; das famílias e dos povos: litanias de nomes próprios dos quais alguns se perdem no baú da memória, enquanto outros desembocam em longas narrativas como epopéias ou na sábia arquitetura de teogonia. As casas nobres se reconhecem entre si através de suas genealogias, e cada um conhece os parentes do outro antes mesmo de ter ouvido seus grandes nomes veiculados pelas 'narrativas famosas dos mortais',[54] cantadas pelos aedos. A Diome-

---

[53] A. Rivier, 'Remarques sur les fragments 34 et 35 de Xénophane', em *Revue de philologie*, 30, 1956, pp. 37-61 (retomado em *Études de littérature grecque*, Gênova, F. Lasserre e J. Suiliger, 1975, pp. 337-67).

[54] *Ilíada*, XX, 203-4.

des, que pede sua identificação — "Quem afinal é você?" —, Glauco recita uma árvore genealógica de 66 versos onde narra as proezas maravilhosas de Belerofonte, seu avô, tão famoso quanto Sísifo, filho de Éolo, epônimo dos eólios.[55] E um poema como o *Catálogo das mulheres*, atribuído a Hesíodo, desfila um conjunto de tradições heróicas, disposto ao redor de genealogias locais: armorial de uma nobreza que mobiliza os nomes e as alianças visando prestígio e poder.[56] Entre os séculos VIII e V, o nascimento (*geneḗ*), dentro dessas narrativas, muda de sentido e de orientação: mais sincrônico na epopéia homérica, onde a geração designa o grupo dos contemporâneos, dos homens nascidos e nutridos juntos, com o 'tempo de vida' numa ordem horizontal, como diz Hesíodo, ele se torna, no fim do século VI, quando se insiste na verticalidade, a unidade de um cômputo onde cada nome próprio, em vez de evocar solidariedades misturadas a altos feitos, recorta no mesmo anonimato cronológico uma fatia de tempo, trinta ou 33 anos e meio de vida humana.[57]

Numa história como esta, Hecateu é, concomitantemente, testemunha e ator. Testemunha, inicialmente, da antiga prática de recitar sua genealogia. Heródoto, que evita agir com a mesma leviandade, conta, em suas histórias sobre o Egito, como Hecateu, de passagem por Tebas, expõe sua árvore genealógica diante dos sacerdotes de Zeus, "unindo sua família (*patriḗ*) a um deus apresentado como décimo sexto ancestral".[58] Após o quê, Heca-

---

55 *Ilíada*, VI, 145-211. Sobre uma memória genealógica nas sociedades ditas feudais, cf. G. Duby, 'Remarques sur la littérature généalogique en France aux XIe et XIIe siècles', em *Hommes et structures du Moyen Âge*, Paris, 1973, pp. 287-98; 'Mémoires sans histoiren', em *Nouvelle Revue de Psychanalyse*, 15, 1977, pp. 213-20.

56 Cf. J. Schwartz, *Pseudo-hesiodeia. Recherches sur la composition, la diffusion et la disparition ancienne d'œuvres attribuées à Hésiode*, Leyde, 1960, pp. 265-548; 629.

57 Cf. D. W. Prakken, *Studies in Greek genealogical chronology*, Diss. Columbia, 1943.

58 Heródoto, II, 143.

teu é polidamente introduzido no interior de um templo, vasto o suficiente para conter mais de 340 estátuas de madeira, cada qual representando um grande sacerdote. Os sacerdotes de Zeus, pacientemente, desfiam seus nomes para mostrar a seu hóspede de Mileto que cada um daqueles personagens é filho de um pai compreendido na série.

> Eles começaram pela do morto mais recente e percorreram toda a galeria até terem feito a demonstração de todos.[59] E quem antecedeu a estes homens no reino do Egito foram deuses vivos em sociedade com os homens... E o último desses reis teria sido Hórus, filho de Osíris.[60]

Para Heródoto, a confusão de Hecateu é compreensível; os egípcios, dentre todos os homens, são aqueles que exercem mais a memória, são os únicos a guardar de todos os tempos a conta dos anos e a anotar isso por escrito.[61] Para Hecateu, ao sair de seu passeio genealógico, ao longo de boas 340 gerações humanas, é evidente que sua própria genealogia está em contradição com a dos egípcios. Contradição ainda mais acentuada na medida em que é visualizada, ao mesmo tempo, pelo espetáculo de centenas de estátuas, alinhadas uma ao lado das outras, e pela revelação de um mundo onde a memória é inteiramente escrita nas pedras, nos muros e nos livros. Teria Hecateu achado graça de sua família de 16 ancestrais? Teria percebido, através da escrita memorial dos sacerdotes de Tebas, a ampliação daquilo que Heródoto chamou de "tempo da geração humana"?[62] Teria descoberto que o catálogo de nomes próprios poderia ser escrito

---

[59] Ibid., II, 143.

[60] Ibid., II, 144.

[61] Ibid., II, 77; 145.

[62] Ibid., III, 122. Cf. Pierre Vidal-Naquet, *Le chasseur noir*, Paris, 1981, pp. 81-2.

para trás tanto no tempo quanto no espaço?[63] Em todo caso, sua experiência tebana faz dele o ator essencial no processo de aritmetização das genealogias cujas marcas já são visíveis nas narrativas de Heródoto e que irão motivar os primeiros ensaios de cronologia sistemática entre os logógrafos do século V.[64]

Imagem nova do confronto onde a experiência visual recorta a prática da escrita, a genealogia define os limites ambíguos da modernidade de Hecateu: entre escrever e narrar, entre 'fabricar as narrativas' e desdobrar a tradição no espaço de uma escrita tão próxima ainda das histórias compartilhadas por todos que sua única crítica diante das versões múltiplas é dizer de sua preferência por uma ou por outra, de acordo com as modalidades de uma verossimilhança de situação. Em Hecateu, não há nenhuma ruptura deliberada com a tradição: aqueles que falam de acordo com a memória anônima são chamados a testemunhar que, antigamente, toda a *Hellás* era, por assim dizer, morada de bárbaros.[65] A escrita, nessa ocasião, narra a invenção da vinha em terras etólias através da filiação etimológica do Vinhateiro, nascido do Plantador, ele mesmo filho de pai Montanhês, cujos nomes revelam as verdadeiras motivações de cada um, agenciadas em uma narrativa escrita da mesma maneira que ela poderia ser contada.[66] Trata-se de organizar as histórias recentes com o sorriso divertido de quem reconhece sob seus olhos a multiplici-

---

[63] Cf. C. Préaux, 'L'élargissement de l'espace et du temps dans la pensée Grecque', em *Bulletin de l'Académie Royale de Belgique, Classe des Lettres, Sciences Morales et Politiques*, 5ª série, t. LIV, 1968, pp. 208-67.

[64] Cf. S. Mazzarino, *Il pensiero storico classico*, I, Bari, 1966, pp. 211-12. As cidades gregas adotaram muito lentamente um sistema cronológico fundamentado sobre os magistrados ou as sacerdotisas anuais: o arconte epônimo não está, obrigatoriamente, mencionado no cabeçalho de um decreto senão a partir do século IV a.C. Cf. D. Van Berchem, 'L'éponyme d'Idalion', em *Chypre: des origines au Moyen Âge*, Universidade de Genebra, Seminário interdisciplinar, 1975, p. 69.

[65] Hecateu de Mileto, *FGrHist*, 1 F 119, Jacoby.

[66] Hecateu de Mileto, *FGrHist*, 1 F 15, Jacoby.

dade, até então invisível, das histórias da tribo sem, no entanto, proceder a uma divisão irremediável entre o discurso verossímil e o resto, que seria condenado à ficção ou simplesmente denunciado como inverossímil. Pois Hecateu, exatamente como Xenófanes, não estabelece nenhuma distância entre seu próprio *lógos* e a ordem de um *mûthos.* A diferença entre os dois está no fato de que o saber do filósofo o autoriza a excomungar a memória dos outros, enquanto a opinião não leva jamais o modesto 'fabricante de narrativas' a se furtar a uma tradição, com a qual sua escrita já está acostumada, modelando-a à sua maneira.

Ao optar por um discurso discreto, a meio caminho entre contar uma história e escrevê-la, Hecateu parece conquistar apenas a indiscrição dos outros intérpretes, tanto dos modernos como dos antigos. Para uns, ele não é mais do que um 'novelista', um vulgar 'mitólogo', que não pode aspirar à mesma dignidade do historiador. Para outros, ele é o precursor de uma nova racionalidade, ou, ainda, um memorialista exemplar, um arquivista tão escrupuloso que sua escrita reproduz fielmente os antigos e primeiros memoriais. Esta estranha teoria é defendida no século I antes de nossa era por um historiador grego que fez carreira em Roma ensinando retórica: Dionísio de Halicarnasso, autor de uma *História das antigüidades romanas*, em vinte volumes, e também de um ensaio sobre Tucídides, onde expõe seus pontos de vista sobre os primeiros passos da historiografia.

> Antes da guerra do Peloponeso, os historiadores antigos eram inúmeros e oriundos de diversas regiões. Entre eles temos Euagon de Samos, Dioco de Proconeso, Eudemo de Paros, Dêmocles de Figélia e Hecateu de Mileto, bem como Acusilau de Argos, Caronte de Lâmpsaco e Ameleságoras da Calcedônia. Existiram outros, anteriores à guerra do Peloponeso e que ainda viviam à época de Tucídides: Helânico de Lesbos, Damasteu de Sigeu, Xenomedes de Ceos, Xanto, o lídio e muitos mais. Estes historiadores adotaram os mesmos princípios na escolha dos argumentos, e tinham mais ou menos o mesmo talento — uns, expondo as histórias dos gregos, os outros, as dos bárbaros — sem misturar as histórias, mas separando-as por povos e cidades e publicando-

> as, independentemente umas das outras, perseguindo um único e mesmo objetivo: *levar ao conhecimento de todos as tradições memoriais* (mnêmai) *que foram conservadas entre os indígenas, através dos povos e das cidades que se ocuparam da tradição escrita* (graphaí) *depositada em lugares sagrados ou em lugares profanos. Estas tradições-memórias escritas são levadas por eles (pelos historiadores) ao conhecimento de todos, exatamente como as receberam, sem tirar nem pôr.* E entre estas tradições havia algumas narrativas fabulosas (*mûthoi*), objetos de uma crença muito antiga, e alguns acontecimentos imprevistos, como vemos no teatro e que parecem bem pouco sensatos aos olhos de nossos contemporâneos.[67]

Espetáculo das origens, em dois quadros. Uma escrita monumental, distribuída eqüitativamente entre povos e cidades; uma memória toda escrita, transformada em tesouro nos santuários e nos lugares públicos, divulgada no espaço profano e exposta no espaço sagrado: arquivos locais que misturam 'mitos' muito antigos à narrativa de eventos cotidianos. E, circulando no meio dos indígenas, duas gerações de historiadores, entre Hecateu e Tucídides, que se consagram à publicação integral dos monumentos escritos, sem acrescentar nem suprimir nada, com a mesma disciplina de uma esquadra de epigrafistas, procedendo silenciosamente à impressão de documentos que não pediriam nem comentários nem conjeturas. Dionísio de Halicarnasso insiste neste ponto: essas histórias locais espontâneas participam ao mesmo tempo da memória e da escrita.[68] Memoriais escritos

---

[67] Dionísio de Halicarnasso, *Ensaio sobre Tucídides*, cap. VII, edição comentada, Palermo, Pavano, 1958, pp. 20-2. O trecho essencial foi grifado. Para uma leitura destes primórdios da história, cf. S. Gozzoli, 'Una teoria antica sull'origine della storiografia greca', em *Studi classici et orientali*, 19-20, 1970-71, pp. 158-211. Cf. também as notas do capítulo V redigidas pelo historiador W. Kendrick Pritchett, *Dionysius of Halicarnassus. On Thucydides*, Berkeley, 1975, pp. 50-5.

[68] De maneira tão exemplar como no Egito revelado a Sólon, de acordo com Platão, *Timeu*, 23 *a*, 1-15.

são tradições (*mnêmai*) idênticas àquelas "que as crianças recebem de seus pais",[69] só que no domínio da escrita (*graphaí*), ou seja, inteiramente narradas por escrito tal como saem da boca dos Antigos.[70] Nunca é demais assinalar que nenhum elemento de uma teoria como essa, sobre primórdios da história, é verificável. Até o presente, pelo menos, a Grécia arcaica não nos deu nem crônicas locais nem arquivos sacerdotais no modelo dos famosos anais pontificais de Roma.[71] Fustel de Coulanges, em *A cidade antiga*, podia sonhar com a existência de uma história local de origem religiosa e redigida por santos sacerdotes. É forçoso constatar, hoje em dia, que não há mais casta sacerdotal no mundo grego e que lá não se encontra crônica à moda romana ou arquivos no estilo dos mesopotâmios.[72] Uma das mais antigas 'crônicas de templo', a de Atena em Lindos, na ilha de Rodes, foi encomendada pela cidade, em 99 antes de nossa era, a dois

---

69 Dionísio de Halicarnasso, *Ensaio sobre Tucídides*, cap. VII.

70 Gramaticalmente, *graphaí* está aposto a *mnêmai*. E Dionísio não separa, no seu modo de ver, a tradição falada da escrita, contrariamente ao que sugere H. Verdin, 'Notes sur l'attitude des historiens grecs à l'égard de la tradition locale', em *Ancient Society*, I, 1970, pp. 199-200. Em *Leis*, V, 741 *c* 6-7, a fim de manter intacta a divisão inicial das terras da cidade, Platão manda colocar, nos santuários, as memórias (*mnêmai*) dos mortos, por escrito (*katagegramménai*) para a posteridade. Percebe-se aqui um deslizamento da tradição memorial para a escrita. No mesmo sentido, Calímaco, F. 75, pp. 54-5, ed. Pfeiffer, evoca o 'memorial mitológico' (*mnémē... muthológos*) no qual Xenomedes de Ceos, um dos historiadores da lista de Dionísio, conta a história de amor de Acôntio e Cidipe: uma história escrita com verossimilhança, sobre uma fundação ou uma arqueologia de sua cidade (F. Jacoby, *Fragmente der griechischen Historiker,* III, *b*, 1955, comentário sobre 442, pp. 288-90).

71 Cf. A. Momigliano, 'Tradition and the classical historian' (1972), em *Quinto contributo alla storia degli studi classici e del mondo antico*, I, Roma, 1975, pp. 23-5, e F. Lassarre, 'L'historiographie grecque à l'époque archaïque', em *Quaderni di storia*, 2, 1976, pp. 118-9.

72 É do lado do Oriente e de sua influência sobre a primeira historiografia dos gregos que S. Gozzoli procura comprovar a teoria de Dionísio ('Una teoria antica sull'origine della storiografia greca', em *Studi classici e orientali*, pp. 19-20, 1970-71, pp. 179-80).

eruditos locais: Timácidas e Tarságoras. Sob a vigilância do secretário encarregado, eles traçaram o catálogo das oferendas a partir do herói fundador, Lindos, e comemoraram as intervenções miraculosas da deusa, para a grande glória do santuário.[73] E se, em Mileto, a nomenclatura dos sacerdotes epônimos começa em 525-524, só pode ter sido gravada na pedra depois de 335-334;[74] no entanto, não passa de uma lista de nomes que não tem forma nem de uma narrativa, nem de uma crônica.

Dois traços da teoria exposta por Dionísio de Halicarnasso revelam sua característica atópica. O primeiro é a presença nas antigas 'memórias' de narrativas fabulosas, de 'mitos' tão insólitos para um leitor do século I a.C. quanto certas repetições de situação no teatro que lhe é familiar. Introduzidos por crenças muito antigas, os 'mitos', engastados na escrita memorial, têm sua autenticidade garantida;[75] eles vêm testemunhar que os indígenas os contaram à maneira das tradições que "as crianças recebem de seus pais". "Mitos do torrão natal", milagrosamente transmitidos, sem contar com qualquer pesquisa, com qualquer investigação sobre as velhas histórias:[76] uma arqueologia espontânea que seria naturalmente 'grafia',[77] sem medida comum, por conseguinte, com os primeiros 'mitos... locais' (*mûthoi... epik-*

---

[73] C. Blinkenberg, *Lindos. Fouilles de l'Acropole* (1902/1904), II, *Inscriptions*, Berlim e Copenhague, 1941, nº 2.

[74] Cf. F. Jacoby, *Atthis. The local chronicles of ancient Athens*, Oxford, 1949, pp. 180-1.

[75] As "invenções míticas" (*muthikà... plásmata*), explica Dionísio de Halicarnasso (*Ensaio sobre Tucídides*, cap. VII), são os produtos naturais da memória em todas as sociedades onde de pai para filho são transmitidas narrativas inseparáveis dos lugares e das cidades.

[76] Cf. *infra*, pp. 161-3.

[77] São admiráveis os primeiros historiadores que assumem a missão de conservar fielmente as tradições indígenas! *Sic*, H. Verdin, 'Notes sur l'attitude des historiens grecs à l'égard de la tradition locale', em *Ancient Society*, I, 1970, p. 200. Ele testemunha uma outra historiografia onde os gregos são "os deuses de nossa história" (M. de Certeau).

hṓrioi), que os poetas, no início do século III antes de nossa era, eram encarregados pela cidade de registrar por escrito (*gráphein*).[78] Conferindo à primeira história o privilégio de ter acesso a 'mitos indígenas', Dionísio de Halicarnasso contribui eficazmente para alimentar a ilusão, naturalizada grega de muito tempo, de que os mitos fazem parte da linguagem dos primórdios.[79] Mas na visão dessas narrativas fabulosas, dispostas por escrito exatamente como são pronunciadas, entra em cena o fantasma maior das origens da história: a possibilidade de uma perfeita continuidade entre a memória viva e a primeira escrita histórica. Uma tradição oral é desenhada sobre a pedra e se metamorfoseia em crônica como se, repentinamente, uma escrita silenciosa apreendesse e fixasse tudo o que se diz e se relata entre os homens, sem ruptura, sem descontinuidade alguma entre a escrita da história e a palavra autóctone. Este é o alto paradigma do Egito que, com seus sacerdotes eruditos dispondo ao mesmo tempo da memória mais exercitada e da escrita mais fiel por ser a mais antiga. Em seus templos, têm registros de tudo o que é belo, bom ou notável do mundo, e isso sem interrupção desde os tempos mais remotos. Ver tudo e tudo dizer, como um olho vivo que nunca pestaneja e cuja alquimia transforma em arquivos escritos tudo o que é registrado pelo olhar. Sonho de uma história total que uniria a voz e a presença na escrita, sonho tão insistente que uma descoberta fortuita o faz imediatamente renascer. Há alguns anos, exuma-se de Creta um documento estranho: meio decreto, meio contrato, no qual uma cidade, de 500 antes de nossa era, decide contratar os serviços de um especialista da escrita. Em troca da alimentação, isenção de impostos e grandes privilé-

---

78 Por exemplo, o decreto dos délios em honra ao poeta Demóteles, filho de Ésquilo de Andros, que escreveu os 'mitos do país' (*IG*, XI, 544, 7-8, em Dittenberger, *Sylloge*, 382, pp. 7-8).

79 Ao contrário, num outro percurso, Tylor vai pedir aos historiadores, peritos em 'fatos', que desembaracem os mitos da crônica, a fim de recortar, da história verdadeira, essa excrescência que é a mitologia (*supra*, pp. 33-4).

gios — como cinqüenta cântaros de vinho novo e o direito a 'dez postas de carne' nos banquetes coletivos —, um certo Espensítio será o arquivista da cidade "para as questões públicas, tanto dos deuses como dos homens": deve escrever em letras fenícias (*poinikázen*) e ser uma memória viva (*mnamoneûwen*).[80] Certamente, o caso é surpreendente e por mais de uma razão. Trata-se, aqui, de desentocar um 'escriba profissional' em exercício numa montanha cretense. Mas não se deixou de evocar na sombra desse escritor público, redescoberto, a figura do historiador guarda-livros dos acontecimentos,[81] e dedicado à tarefa — tão ingrata que Heródoto não obterá um contrato tão bom — de registrar e se lembrar de tudo o que, sem ele, cairia inapelavelmente no esquecimento.[82] Fantasia de uma história que oculta em sua escrita a maior parte da interpretação, de suas escolhas incessantes e do trabalho do escrever.

Um Hecateu arquivista, historiador irrepreensível? Dionísio de Halicarnasso não conseguiu convencer todo mundo. Para os modernos, mais numerosos, que concordam sobre a existência de um pensamento mítico, autônomo e homogêneo, cujo declínio se anuncia com o progresso de uma racionalidade das luzes, o destino do 'fabricante de narrativas' milésio oscila entre duas

---

[80] Cf. H. Van Effenterre, 'Le contrat de travail du scribe Spensithios', em *Bulletin de correspondance hellénique*, 1973, pp. 31-46. Em letras 'fenícias' ou em letras 'vermelhas'? Cf., a esse respeito, as discussões de P. Chantraine, 'À propos du nom des phéniciens et des noms de la pourpre', em *Studii clasice*, 1972, pp. 7-15, e de G. Patrick Edwards-Ruth B. Edwards, 'Red letters and Phoenician writing', em *Kadmos*, 1974-75, pp. 48-57.

[81] A. Momigliano, 'Tradition and the classical historian' (1972), em *Quinto contributo alla storia degli studi classici e del mondo antico*, I, Roma, 1975, pp. 30-1. É verdade que Momigliano marca, ao mesmo tempo, a distância: o historiador, que não é um funcionário público, só contabilizaria os eventos que escolhesse. Um julgamento mais cheio de nuanças do que o da nota seguinte.

[82] A. Momigliano, 'Storiografia su tradizione scritta e storiografia su tradizione orale' (1961-62), em *Terzo contributo alla storia degli studi classici e del mondo antico*, I, Roma, 1966, pp. 14-5 (elogio de Heródoto).

imagens. Por um lado, ele desbrava o caminho da desmitologização,[83] ensinando os gregos a reconhecerem em suas histórias, se não um passado próximo, pelo menos a parte dos homens mais verossímil do que a dos deuses. Muito antes disso, na mesma direção, Hecateu inaugura a investigação histórica, inventa a crítica racional das velhas genealogias, revela as luzes do primeiro 'espírito científico'.[84] Por outro, em contrapartida, é culpado de cumplicidade com a mitologia mais tradicional, ignorando o caráter histórico de sua própria genealogia, "de 15 gerações posteriores ao fim da época heróica". Em sua excursão tebana e em suas perguntas aos sacerdotes de Zeus, encontra-se inclusive a prova de que 'ele sai da história' — o que é deplorável no momento em que deveria nela entrar: na verdade, quando Hecateu busca saber em que data se inicia a história dos egípcios, não escolhe, como ponto de referência, Héracles e os heráclidas?[85]

Mas é sobre sua posteridade imediata que o sorriso de Hecateu exerce os efeitos mais legítimos. Não provoca ele o riso de um certo Heródoto de Halicarnasso — fato inteiramente desculpável já que ainda não foi informado de sua dignidade de Pai da História? Hecateu sorri, descobrindo a multiplicidade das histórias contadas pelos gregos mas, quando desenha o mapa do mundo e recita a lista dos povos tributários de Dario, ele é, indubitavelmente, sério. Ora, eis que por trás dele esgueira-se um outro cartógrafo que se põe a rir:

> "Rio", conta Heródoto no seu Livro IV, "ao ver que muitos já desenharam imagens do conjunto da terra (*gễs periódous grápsantas*), sem que ninguém ainda tenha feito um comentário

---

83 R. Drews, *The Greek accounts of eastern history*, Washington, 1973, p. 133.

84 K. von Fritz, *Die griechische Geschichtsschreibung, I: Von den Anfängen bis Thukydides*, Berlim, 1967, pp. 48-76.

85 F. Lasserre, 'L'historiographie grecque à l'époque archaïque', em *Quaderni di storia*, 1976, pp. 118-9.

> razoável (*eksēgēsámenon*); eles representam o Oceano envolvendo a terra com seu curso que seria inteiramente redonda, como se tivesse sido feita ao torno, imaginando-se a Àsia igual à Europa."[86]

O Oceano circular de Hecateu deixa-o seguramente em boa situação entre os exegetas insensatos que desenham e descrevem os contornos da Terra. Um cartógrafo não poderia cruzar com outro, sem rir? Mas há mais. Em suas narrativas sobre o Egito, por ocasião da cheia do Nilo, Heródoto ironiza o discurso desses gregos "que querem dar a si mesmos uma reputação de alto saber". Particularmente, explicar as inundações através do rio Oceano lhe parece depender do 'maravilhoso', mas de um maravilhoso privativo: excluído do campo da argumentação, derivando para longe do mundo das aparências. Esta é uma das duas ocasiões em que Heródoto recorre à palavra 'mito'[87] em sua *História*. Cinqüenta anos após a *Periegese*, Hecateu é, digamos assim, tratado de 'novelista', de vulgar *logopoiós*, como se diz no tempo de Teofrasto. Afinal, não é ele quem inventa frases e fatos tentando dar-lhes credibilidade?[88]

Hecateu sorria; já Heródoto se escandaliza. Discretamente, é verdade, mas Heródoto se resolve, enquanto o 'fabricante de narrativas' não sente nenhuma necessidade de dar a seu saber uma seqüência. A interpretação segue seu caminho e logo Tucídides se posicionará radicalmente fora do mito, condenando, nesta mesma linha de acusação, o pequeno logógrafo de Mileto e o historiador das guerras médicas. Severidade extrema, mas que reproduz, na ordem de um outro saber, a atitude de excomunhão adotada pelo filósofo Xenófanes. A única diferença é que, entre 530 e 420, a tradição memorial está enriquecida de novas histórias e que, às titanomaquias, vieram se juntar genealogias e

---

[86] Heródoto, IV, 36.

[87] Ibid., II, 20-3.

[88] Teofrasto, *Caracteres*, 8.

narrativas sobre os egípcios ou sobre as guerras entre os gregos e os bárbaros. Um filósofo furioso, um logógrafo que sorri, mas ambos estreitamente ligados ao processo da primeira interpretação; e a cólera de Xenófanes diante das ficções antigas é tão decisiva para dar à tradição memorial sua configuração, como os sorrisos de Hecateu fabricando narrativas em sua escrivaninha. Pois é realmente da escrita que se trata ao longo de todo este percurso hermenêutico. Para o filósofo, uma escrita de fora para dentro, denunciadora da violência revolucionária das 'tramas' que infestam a memória dos cidadãos, mas sempre a partir de um saber mais ou menos engajado em seu próprio rigor escritural. Escrita do interior, falando na plenitude da tradição que o estilete do logógrafo trabalha delicadamente, por ranhuras, aí inscrevendo as sutis tatuagens de verossimilhança, sem nunca ceder ao desejo de cortar ou mutilar. E é nesta atividade logográfica, entrelaçando o *mûthos* e o *lógos*, o escrever e o contar, que aparece mais claramente a natureza gráfica daquilo que, à época de Platão, será chamado de 'mitologia'. Antes de se falar, antes de se pensar, o 'mito' grego era escrito; e a mitologia que era considerada velha como os caminhos da memória é, ao contrário, jovem e nova, uma silhueta mal esboçada e tão frágil no final do século VI que precisará, para nascer e se desenvolver, do trabalho obstinado de Platão, parteiro insólito, embora próximo aos fatos e a dois passos do historiador Tucídides, este também furioso, mas por razões diferentes daquelas alegadas pelos 'homens piedosos e ponderados'.

A CIDADE DEFENDIDA POR SEUS MITÓLOGOS

Os responsáveis pela primeira Ciência dos mitos, ao evocar os homens 'delicados e refinados' da Grécia antiga — que se revelam seus precursores, ao reagir espontaneamente ao 'elemento estúpido, selvagem e absurdo' das histórias contadas desde sempre —, pensam mais no procurador de *A República* do que no velho de Cólofon e em suas invectivas distantes. As 'antigas ficções', fulminadas por Xenófanes, são longamente condenadas por Platão num inquérito que descreve minuciosamente a lista dos crimes dos quais são culpados todos os 'mitólogos' em exercício, poetas ou prosadores, de Homero ao mais modesto dos fabricantes de narrativas, descobertos na cidade, e até no silêncio dos pátios e das casas. Leitura retrospectiva, seduzida pelos anátemas dos guardiães de *A República*, mas leitura cuja parcialidade não pretende encobrir que os julgamentos morais do século XIX devem se autorizar mediante a justa severidade dos filósofos antigos. Severidade tanto mais razoável na medida em que parece preparar o duplo movimento de onde surge uma mitologia-saber: a consciência súbita que descerra os olhos para as abomináveis narrativas tradicionais e, em troca, a interpretação inauguradora do discurso da racionalidade necessária.

Na excursão genealógica em que o estatuto da mitologia engaja os problemas da tradição, da memória e da escrita, Platão ocupa uma posição estratégica. Primeiro, por razões de ordem semântica,[1] pois é o primeiro a fazer uso do termo *mitologia*. Em segundo lugar, porque a obra platônica marca o momento em que o saber filosófico, denunciando as narrativas dos antigos como ficções escandalosas, se dispõe a contar seus próprios *mitos* em um discurso sobre a alma, sobre o nascimento do mundo e sobre a vida no além. *Mitos* inéditos cuja sábia ficção vem servir à exigência de uma demonstração no lugar a ele designado exclusivamente pela vontade de saber do filósofo; *mitos* tão criteriosamente integrados no aparelho do diálogo filosófico, onde substituem uma ordem de razões autônoma que parecem não ter mais nada em comum com o discurso dos outros, em verso e prosa, o *mûthos*, contra o qual se afirma, sem hesitação, o *lógos* do filósofo. Pois há na filosofia platônica, em seu percurso mais visível, uma maneira de sancionar com exagero a divisão feita por outros, a partir do início do século V. Uma divisão, quase velada, que Heródoto e Píndaro estabelecem entre seu próprio discurso e o incrível, o absurdo e a mentira, estigmatizados pela palavra 'mito'; e outra, mais violenta e tão radical, que decide o historiador da *Guerra do Peloponeso* em nome de uma escrita que despreza a sedução do maravilhoso, a romper com tudo o que se trama de boca a ouvido, rumores e idéias preconcebidas que são obstáculos à memória dos gregos.

Em mais de uma ocasião, Platão recorre à palavra *mito* para designar, com um gesto, ao mesmo tempo cômodo e aceito, a tolice de um argumento ou o absurdo de um adversário. Quando um *lógos*, minado por suas contradições internas, se destrói a si mesmo e escorrega para o absurdo, na *alogíē*, será condenado como *mito*,[2] imagem desprezível de uma idéia preconcebida. É

---

[1] A investigação estaria prejudicada sem os materiais fornecidos pelo índice exaustivo de L. Brandwood, *A word index to Plato*, Leeds, 1976. As análises de Luc Brisson sobre *mûthos* e seus compostos no corpo platônico também foram de grande valia para este estudo.

[2] *Filebo*, 14 *a* 3-5. A mitologia está repleta de narrativas que se contradizem: *A República*, II, 380 *c* 3.

assim que a retórica em voga se tornará uma máquina de persuadir as massas contando histórias 'com o auxílio de uma *mitologia*', e não recorrendo ao ensinamento (*didakhḗ*).[3] E os sofistas que se produzem nas cidades, diante de grandes auditórios, serão como velhas mulheres que contam lindas histórias para os netos, apenas para seu deleite.[4]

> Vós lhes derramais nos ouvidos palavras encantatórias apresentadas por ficções faladas (*eídōla legómena*), fantasmas de palavras que lhes dão e ilusão de que o que ouvem é verdadeiro e de que aquele que fala sabe tudo melhor do que ninguém.[5]

Estas são práticas de exclusão, bastante banais, e que aliás não são sem conseqüência, uma vez que contribuem para dar um caráter profundamente heterogêneo à mitologia. Mas, se um historiador do presente, como Tucídides, é livre para cortar inteiramente com a tradição contaminada por aquilo que chama de 'mitoso', Platão, pela natureza de seu projeto, se vê forçado a tomar a seu cargo as narrativas incríveis, as histórias conhecidas de todos e, até mesmo, o menor rumor circulante na cidade terrestre.

"Acreditas que este *mitologema* seja verdadeiro?"[6] Pergunta de Fedro a Sócrates. Ambos estão caminhando ao longo do Ilisso e Fedro hesita entre duas versões sobre o rapto da ninfa Oritiia por Bóreas enquanto Sócrates faz o companheiro observar que o altar de Bóreas fica, de fato, um pouco mais distante, na direção do santuário de Agra. Há muito tempo, os incrédulos têm seus sábios, hábeis na interpretação do mais incrível e que sabem como 'resgatar a respeitabilidade' das figuras impossíveis, dos Hipocentauros, ou tornar verossímil a estranheza, a *atopíē* das

---

[3] *Política*, 304 *c* 10-*d* 3.

[4] *Hípias maior,* 286 *a* 1-2.

[5] *Sofista*, 234 *c* 4-7.

[6] *Fedro*, 229 *c* 4-5.

Górgonas e dos Pégasos. Talvez seja possível, à maneira de Sócrates, ignorar estas histórias estranhas e "confiar no que a respeito delas diz a tradição".[7] Mas, doravante, a incredulidade é cotidiana. O Bóreas evocado pelo altar que as pessoas de Atenas conhecem bem, o Bóreas que raptou Oritiia já não é mais um personagem familiar a respeito do qual a única expectativa seria a da seqüência de suas aventuras. Bóreas e a Quimera são exilados no incrível. Já não se acredita nas histórias da tribo, e o longo caminho que separa as figuras 'atópicas' e o cidadão simples de Atenas está livre para os intérpretes habilidosos, pessoas ociosas que se dedicam aos refinados prazeres da exegese. Miséria da interpretação que cresce como grama por entre os subentendidos, onde transparece o estado moral de uma sociedade isolada de suas crenças mais fundamentais.

> Como podemos sem ódio ser obrigados a afirmar que os deuses existem? Isto deve ser visto como algo intolerável e devemos odiar aqueles que, hoje como ontem, por não se deixarem persuadir pelos mitos que lhes foram contados desde a mais tenra infância — pela mãe e pela ama — nos obrigaram, e nos obrigam hoje, a desenvolver os argumentos que nos ocupam.[8]

É aqui que Platão inova. O projeto de reformar o governo dos homens impõe que dê grande atenção até à menor palavra dos outros — próximos ou distantes — de quem a filosofia outrora gostava de levantar o véu que encobre a aparência decepcionante.

Entre as tradições, existem aquelas decididas voluntariamente. Por exemplo, quando um punhado de homens, em uma pequena seita cristã, decide basear a autoridade dos livros na vocação canônica e mobiliza o testemunho dos antigos, dos presbíteros, dos que viram os apóstolos e conversaram com eles. Ante os gnósticos e contra aqueles que escolhem sua própria via de

---

[7] Ibid., 230 *a* 2.

[8] *Leis*, X, 887 *c* 8-*e* 1.

transmissão, militantes, vigilantes, preferem se ater àquilo em que se acreditou, em todo lugar, sempre e por todos. O triunfo deste grupo é ratificado quando a autoridade dos gestos, dos atos e das condutas familiares a todos substitui os discursos fundamentais do dizer e do redizer. O que o jansenismo chama *memória*, ou seja, a autoridade, base da religião e subjacente à razão. "Tantos meios conspirantes e permanentes que não se pode encontrar nada de mais certo na sociedade."[9] Ela é anônima e necessária, mas sem outra restrição que não a de ser o único modelo possível. Assim a imagina Platão, impotente diante dos incrédulos: e, no entanto, esses *mitos*, oferecidos ao bebê junto ao leite, as mães e as amas-de-leite contavam-nos "como encantamentos (*epōidaí*)".[10] Enquanto isso, as preces que acompanhavam os sacrifícios, repetiam-nos a seus ouvidos e seus olhos viam o espetáculo mais agradável de ser visto e ouvido por um ser jovem: os pais oficiando da maneira mais solene e dirigindo suas preces aos deuses como a seres cuja existência é a mais garantida de todas.[11]

Platão não transgride a regra segundo a qual falar da tradição pressupõe sempre uma referência ao presente.[12] Sem a crise da cidade e de seu sistema de valores, ele não seria obrigado a evocar, mais do que a *paideía* ou a transmissão escolar do saber, aquilo que se acredita verdadeiro (*tà nomizómena*), isto é, os costumes e os ancestrais (*tà pátria*), ou seja, o 'aural' (*akoḗ*), o que se transmite entre boca e ouvido, mas que vem dos antepassados.

> A verdade, eles é que sabem. Se fosse algo que fôssemos capazes de encontrar por nós mesmos, teríamos, ainda, de fato, alguma preocupação com as crenças da humanidade?[13]

---

[9] Pluche, *Le spectacle de la nature*, nova edição 1750, tomo VIII, 2ª parte, 348 (baseado em B. Groethuysen, *Origines de l'esprit bourgeois em France*, Paris [1927], 1977, 6).

[10] *Leis*, X, 887 *d* 4.

[11] Ibid., X, 887 *d* 5-*e* 1.

[12] Cf. J. Pouillon, *Fétiches sans fétichisme*, 1975, pp. 155-60.

Quer se trate de esboçar o modelo de uma cidade segundo a verdadeira filosofia ou de reformar o governo dos homens na sociedade de seu tempo, o projeto platônico faz com que se repense a tradição. E é aí que aparece, na língua e no pensamento gregos, o reino batizado 'mitologia' por seu descobridor que, deixando de ver nela um simples lugar retórico, se propõe a explorar suas planícies, seus picos e seus vales mais ermos. Porque se trata de manter um discurso sobre a tradição, mobilizando, no interesse da cidade futura, as técnicas mais eficazes de persuasão, a 'mitologia', terra de exílio, se transforma em uma vasta configuração de que convém, por razões de Estado, inventariar sistematicamente as formas, os tipos de narrativa, os gêneros maiores e menores. É a invenção da *mitologia* por um viajante audacioso que inscreve no rastro de seus passos os limites de um território desconhecido. E é no curso desta viagem desde a cidade contaminada pela peste que se enunciam, acerca da 'mitologia' e graças à lucidez de um filósofo, algumas palavras surpreendentes, subtraídas ao silêncio por uma reviravolta sem precedente: a vontade de tradição numa memória rompida.

Mitologia, com Platão, é uma palavra nova mas sem por isso ser um neologismo. O verbo 'mitologizar' (*muthologeúein*), atestado na *Odisséia* em uma única ocasião, lhe oferece um precedente que talvez sirva para desenhar seu horizonte semântico. Entre os feaces, onde o aedo Demódoco canta, na presença de Ulisses, seus altos feitos e o Cavalo de Madeira, o herói, pressionado por Alcínoo a se nomear, narra sua odisséia, contando como foi a sua volta de Tróia.[14] O Ciclope e Circe, o País dos Mortos, e os Bois do Sol, Cila e Caribde. Ponto por ponto, diz sua história (*mûthon... katalégein*),[15] é seu próprio aedo. Até o momento em que, de volta à morada de Calipso, cujo compromisso amoroso

---

[13] *Fedro*, 274 *c* 1-3.

[14] *Odisséia*, VIII, 550 e ss.

[15] Ibid., XI, 368.

ele mencionara ao chegar à Feácia,[16] Ulisses interrompe a própria narrativa com a seguinte fórmula: "Por que retomar a história de ontem? Por que 'mitologizar' (*muthologeúein*)?"[17] o que, parafraseado, significaria: quando a história é conhecida, detesto 'recontá-la' (*muthologeúein*). O já dito é o limite do desempenho aédico. Quando, entre os pretendentes reunidos, Fêmio, o aedo fiel, narra o retorno perdido e a viagem da morte, Telêmaco toma sua defesa diante de uma Penélope enlutada e lembra que, sempre, o sucesso festeja o canto mais recente.[18] Um bom aedo não se repete; os caminhos que ele toma ignoram a rotina; ele não aceita 'mitologizar'. Como se, no vocabulário dos cantores profissionais, o verbo *muthologeúein* já designasse aquilo que diversas vezes Platão apontará na tradição da boca e do ouvido: seu caráter de repetição, desde os antigos até nós. Histórias narradas desde sempre e repetidas sem cessar: todos as ouviram e as guardaram na memória — "elas eram contadas outrora e continuarão sendo contadas".[19]

Certamente, não é por acaso que a carta regulamentadora dos guardiães de *A República* começa falando sobre os *mitos* contados às crianças pelas amas e pelas avós,[20] primeira espécie dos fabricantes de fábulas, *muthopoioí*, no inventário sociocultural que vai desenvolver-se desde o início de *A República* até o fim das *Leis*. Os contos de amas-de-leite pertencem a um gênero ambíguo. São histórias que não têm pé nem cabeça. Insignificantes mas perfeitas para interessar àquele ser perpetuamente agitado que balbucia, choraminga, mas que é, assim mesmo, de todos os animais selvagens, o mais astuto e insolente.[21] Animal temível

---

16 Ibid., VII, 240-97.

17 Ibid., XII, 450-3.

18 *Odisséia*, I, 351-2.

19 *Política*, 268 *e* 4-10.

20 *A República*, II, 377 *a* 4-5.

21 *Leis*, VII, 808 *d* 5-8.

de domar pela excelência da 'fonte de razão' que, nele, ainda não está disciplinada. E precisamente porque os pequenos animais astutos vão se metamorfosear nos cidadãos da República, deverá se prestar a maior atenção a tudo o que as amas-de-leite e as velhas cochicham em seus ouvidos.[22]

Uma mitologia de base: histórias que vêm de lugar nenhum; narrativas anônimas que não existem senão através dos contadores intercambiáveis; histórias da sombra com que os eruditos não se preocuparam enquanto buscaram nos provérbios uma sabedoria ou mesmo uma filosofia do silêncio. Do lado oposto, e como no frontão do edifício 'mitologia', estão os artesãos do mito que Platão classifica como 'coletores'.[23] Não mais anônimos, mas grandes nomes próprios: Hesíodo e Homero. Mais do que autores-proprietários de textos fechados, são nomes-emblemas que reúnem de maneira exemplar cantos e narrativas. A história do Ciclope é uma 'mitologia',[24] mas tanto quanto o retorno de Ulisses ou o nome terrível e formidável do rio Estige, "que faz estremecer aqueles que o escutam".[25] Cúmplice de toda 'poesia', a mitologia engloba os gêneros literários, aliás tão diferenciados na cultura escrita como a tragédia e a epopéia, o ditirambo e a comédia, até as narrativas em prosa daqueles que os helenistas chamam com Tucídides de logógrafos, mas que não 'mitologizam' menos que os outros.[26] Um Território imenso nas dimensões de uma cultura, ao mesmo tempo já escrita e sempre falada onde, por comodidade, Platão em seu percurso dispõe algumas balizas, às vezes com o auxílio de classificações escolares e didáticas. Por exemplo, quando, em *A República*, depois de tantos anátemas proferidos contra os fazedores de mitos, ele se interrompe para

---

[22] *A República* II, 378 *d-e*.

[23] Ibid., 377 *d* 6.

[24] *Leis*, III, 680 *d* 3.

[25] *A República*, III, 387 *b* 8-*c* 3.

[26] Ibid., III, 394 *b-c*. Cf. Tucídides, I, 21, 1.

ordenar as cinco espécies de discursos (*lógoi*) que constituem a 'mitologia', classificando-os segundo o conteúdo, em função de um modelo hierárquico de origem cultual: deuses, demônios, heróis, habitantes do Hades, seres humanos.[27] Pois as narrativas sobre os homens em geral respondem ao discurso intitulado 'teologia', com seus tipos e seus modelos. A partir daí — e o horizonte alarga-se ainda mais —, o etnógrafo Platão traça ousadamente as alamedas que revelam grandes perspectivas no interior da tradição. Duas das mais importantes, a *genealogia* e a *arqueologia*, abrem-se com a narrativa feita por Crítias sobre a Atenas de nove mil anos atrás, do tempo da Atlântida, hoje submersa e quase apagada da memória humana.[28]

Um dia, aconteceu a Sólon, o mais sábio dos Sete Sábios, uma aventura singular. Era no Egito, no país de Amásis, um faraó amigo dos helenos.[29] Durante uma viagem de curiosidade, porém 'teórica', no sentido grego[30] — como um espectador que quer ver e compreender —, o eminente legislador, ocioso, não resistiu à tentação de conduzir, naquele terreno, uma investigação 'etnográfica'. Aqui não há nenhum anacronismo: seus informantes são os sacerdotes mais sábios e, como convém, Sólon quer levá-los a falar das 'coisas velhas' do que conhecem de mais antigo.[31] Cabe agora uma observação: não foi em Paris, em 1799, entre o Instituto e o Museu, que se constituiu a primeira Sociedade dos Observadores do Homem.[32] Evidentemente, foi na Grécia, cerca

---

[27] Ibid., III, 392 *a* 3-8. Cf. V. Goldschmidt, *Questions platoniciennes,* Paris, 1970, pp. 141-59.

[28] Duas versões: *Timeu*, 21 *a* 5-25 *e* 1; *Crítias*, 108 *c* 8-110 *b* 4.

[29] Heródoto, II, 178.

[30] Cf. K. Kerényi, *La religion antique. Ses lignes fondamentales*, tradução de Y. Le Lay, Genebra, 1957, pp. 98-117.

[31] *Timeu*, 22 *a* 1-6.

[32] *Aux origines de l'anthropologie française. Les mémoires de la Société des Observateurs de l'Homme en l'an VIII.* Textos publicados e apresentados por J. Copans e J. Jamin, Paris, 1978.

de 24 séculos antes. Sólon mal começara sua investigação, e um dos sacerdotes, dentre os mais idosos, o interrompia, tratando-o de 'garoto' e tentando explicar-lhe cortesmente por que os gregos são sempre crianças:[33] eles não possuem nem escrita nem tradição. O que poderiam conhecer sobre *mitologia*?[34] Desde os tempos mais remotos, os egípcios mantêm registro, em seus templos, de tudo o que é bom, grande e notável no mundo, e sem nenhuma interrupção, graças à posição privilegiada que lhes assegura o Nilo. Os gregos, por sua vez, como aliás todos os outros povos, são vítimas, a intervalos regulares, de cataclismos, quando os deuses decidem purificar a Terra com as águas do céu.[35] Outrora, conta o velho sacerdote, Atena e Hefesto, irmãos que receberam, em partilha, a terra ática, lá implantaram artesãos talentosos, homens virtuosos, autóctones e organizados em cidades. Mas, ao longo de dilúvios sucessivos, as cidades e os habitantes foram carregados pelos rios até o mar. Só escapam dos cataclismos ignorantes (*ámousoi*) e iletrados (*agrámmatoi*).[36] E na memória enevoada dos sobreviventes da montanha que são pessoas incultas, a única coisa que resta dos autóctones da planície, conta Crítias, são nomes próprios transmitidos pelos rumores e com os quais eles enfarpelam os filhos, sem nada conhecer das virtudes e das façanhas de seus antepassados senão narrativas bem vagas.[37] Tempos de indigência em que faltam todas as coisas necessárias à vida: têm o espírito voltado unicamente para a satisfação de suas necessidades, a ponto de lhes consagrar todos os seus discursos.[38] Nessa paisagem de monta-

---

[33] *Timeu*, 22 *b* 3-9.

[34] Ibid., 22 *b* 1-2: *muthologeîn* associado a *genealogeîn* e parafraseando *tà arkhaiótata légein* (22 *a* 6), ou seja, a *arkhaiologia* onde o sofista Hípias se destaca (*Hípias maior*, 285, *d-e*).

[35] Ibid., 22 *d* 7-23 *a* 5.

[36] Ibid., 23 *a* 9-*b* 1.

[37] *Crítias*, 109 *d* 6-*e* 1.

[38] Ibid., 109 *e* 3-110 *a* 3.

nhas onde inúmeros viajantes vão descobrir a memória viva e as antíqüíssimas sociedades intactas e quase imutáveis, Platão só consegue perceber o esquecimento e a deserdação. Uma tradição morta, e desse enorme cadáver subsistem, como ossadas dispersas e irreconhecíveis, apenas nomes descarnados, separados das genealogias vivas, que soldavam as narrativas dos altos feitos realizados pelos príncipes da planície.[39] Uma sociedade tão desamparada que, durante incontáveis gerações, os homens vivem e morrem incapazes de se expressar por escrito: mudos, 'áfonos' quanto às letras, aos sinais de escrita (*grámmata*).[40] Sob tais condições, compreende-se que, nos picos mais altos, "ninguém se ocupava com acontecimentos anteriores e histórias do passado".[41] De fato,

> (...) a mitologia e a busca das tradições antigas (*anazḗtēsis tôn palaiôn*) só penetram nas cidades com o ócio, e quando alguns particulares constatam que reuniram tudo o que era indispensável à sobrevivência. Nunca antes disso.[42]

A mitologia é um luxo que só pode ser desfrutado entre as pessoas alforriadas das necessidades materiais e capazes de conversar através de sinais escritos.

Sobre este último ponto, os sacerdotes do Egito não parecem ter nenhuma dúvida: "Vós, gregos, sois sempre crianças."[43] A lição de etnografia confunde Sólon, que havia começado a contar as mais antigas histórias conhecidas dos gregos.

> Ele lhes falou de Foroneu, aquele que é considerado o primeiro homem, de Níobe, de Deucalião e Pirra, contou — *muthologeîn* — sua vida e recitou a genealogia de seus descendentes (*genea-*

---

[39] Ibid., 110 *a* 6-7.

[40] *Timeu*, 23 *c* 3.

[41] Crítias, 110 *a* 2-3.

[42] Ibid., 110 *a* 3-6.

[43] *Timeu*, 22 *b* 4-5.

logeîn), esforçando-se para calcular a quantos anos todas estas coisas remontavam, rememorando a idade delas.[44]

De acordo com os sacerdotes egípcios, parece que não há verdadeira mitologia sem memória exaustiva ou um trabalho de escrita. Da narrativa de Crítias, que é, à sua maneira, um discurso genealógico,[45] deriva que 'mitologizar' começa além dos meros nomes próprios, e pode também tomar a forma de uma investigação sobre os acontecimentos de outrora ou sobre os tempos ancestrais. *Genealogia* e *Arqueologia*: os dois gêneros aos quais o sofista Hípias declara dever seus maiores sucessos como conferencista na Lacedemônia.[46] As famílias nobres se reconhecem entre si através de um armorial, cujas figuras são enriquecidas pelos aedos que relatam as proezas de uns e destinam, a outros, um lugar na descendência de heróis, de origem divina. É em torno das genealogias que se constrói toda uma parte da primeira interpretação dos logógrafos, com os diferentes elementos cuja unidade forma a geração.[47] Desde o tempo da colonização, à genealogia vão sendo acrescentadas narrativas sobre as origens ou sobre a fundação das cidades. Discurso de *arqueologia* que cidades inteiras fruem com o mesmo prazer sentido pelas crianças reunidas em torno de uma velha mulher para escutar alguma bela 'mitologia'. E Platão tem razões suficientes para suspeitar que o sofista arqueólogo seja, pelo menos, tão perigoso quanto uma ama-de-leite mitóloga.[48] O gênero 'arqueologia', parafraseado como 'busca das tradições antigas', é aquele em que se

---

[44] Ibid., 22 *a* 6-*b* 3.

[45] Em *Timeu*, 26 *e* 5-6, Sócrates reconhece um *lógos* da verdade e não um *mûthos* fictício, forjado (*plastheís*). O discurso de Crítias estabelece a autenticidade da narrativa de *A República*, contada, ao menos por um lado, comc um *mûthos* de lazer (II, 376 *d* 11-12; cf. *Timeu*, 26 *c* 9).

[46] *Hípias maior*, 285 *d-e*; Filostrato, *Vida dos sofistas*, I, 11, 3, também no T2 em *Sofisti*, Untersteiner, Florença, 1953, III, 40.

[47] Cf. *supra*, pp. 138-9.

[48] *Hípias maior*, 286 *a* 1-2.

afirma, mais claramente do que na genealogia, uma vontade de tradição, inédita mas ainda incerta, à qual se devem dar os meios a fim de fazê-la emergir da zona obscura do 'diz-que-diz' e dos rumores confusos. Nas cidades muito antigas, a *arqueologia* se instaura pela busca de uma identidade e pelos caminhos da investigação sobre um passado, quase sempre imediato. Há aqui uma memória ativa, ramificada nas novas práticas políticas. Em meados do século VII, a *Arqueologia de Samos* seria a obra do poeta Simônides, que teria desempenhado o papel principal na fundação de Amorgos por seus concidadãos de Samos.[49] E as 'arqueologias', irão suceder-se, em particular na historiografia dos atenienses,[50] que proporciona a essas narrativas o mesmo prazer que sente o povo de Esparta ao escutar Hípias.[51]

Ao lado das genealogias que se podem transformar em teogonias e das arqueologias, das velhas histórias, cujo estilo menor seria a canção da babá, o inventário platônico da tradição memorial não esquecem nem os provérbios nem o rumor. Os adágios fazem parte dos *mitos* e o legislador os convoca, nas *Leis*, em diversos regulamentos. Por exemplo, alguém reserva um tesouro para si próprio ou para seus descendentes: nem eu nem você temos o direito de tocá-lo. O lucro material que teríamos jamais se igualará à intensidade do lucro espiritual adquirido se não o tocarmos. "O famoso ditado 'não mover o inamovível' é, com efeito, justo em muitos casos, e, precisamente, aqui." Provérbio que se diz dos pilhadores de túmulos, mas ao qual o legislador

---

49 Simônides, T 97 West (*FGrHist* 543 T1 Jacoby). Cf. F. Lasserre, 'L'historiographie grecque à l'époque archaïque', em *Quaderni di Storia*, 2, 1976, pp. 113-42. E. Norden, em *Agnostos Theos*, Berlim, 1913, pp. 370-4, nos diz que os sofistas do século V fizeram dela um gênero centrado na história cultural.

50 Fanodemo é o único dos atidógrafos cuja obra se chama *Attikḕ arkhaiología*. Cf. F. Jacoby, *Atthis: the local chronicles of ancient Athens*, Oxford, 1949, pp. 83-4. As histórias antigas devem ser distinguidas dos mitos inventados (*mûthoi... peplasménoi*): Diodoro, II, 44, 3; 46, 6. Cf. também A. E. Wardman, 'Myth in Greek historiography', em *Historia*, IX, 1960, p. 408.

51 *Hípias maior*, 286 *a* 1-2.

acrescenta 'aquilo que repetimos', o *mito*, 'bem mal adquirido, não traz lucro'.[52] Esta advertência aplica-se também aos assassinos, culpados dos crimes mais ímpios, numa cidade onde sua presença não seria esperada. Para desviar os cidadãos de tais atrocidades existe um 'mito' (*mûthos*) ou uma tradição (*lógos*), ou qualquer outro nome que se queira lhe dar:

> Ele diz, claramente, pela boca dos antigos sacerdotes, que a Justiça vela para vingar o sangue dos pais (...) e decreta que o autor de tamanho crime sofrerá a mesma violência que infligiu aos outros.[53]

Neste mesmo registro da violência, os 'mitos ancestrais' sobre as almas sofredoras dos assassinados deveriam desestimular os cidadãos de se tornarem assassinos, mesmo involuntários:

> Diz-se que o homem atingido por morte violenta, se viveu livre e com orgulho, irrita-se, mal é enterrado, contra aquele que o matou; e ele próprio, tomado de medo e de terror em função da violência sofrida, não suporta ver seu próprio assassino viver como antes sem ser possuído pelo pânico; e o morto, perturbado, vem assustar o quanto pode seu assassino tomando, como aliada, sua memória, a fim de aterrorizá-lo em sua alma e em seus atos. Também é necessário que o assassino se retire diante de sua vítima por todas as estações de um ano e abandone todos os lugares onde se sentisse em casa, no recanto que fosse de sua pátria.[54]

Tradição antiga, que deve ser incluída no rol de histórias "que não cessamos de repetir e que obtêm o assentimento de todos".[55]

---

[52] *Leis*, XI, 913 *a* 3-*c* 3. O 'mito' aparece aqui, no plural (*hoi... legómenoi mûthoi*) e sob a forma 'os descendentes não usufruirão desses lucros'.

[53] *Leis*, IX, 872 *c* 7-*e* 4.

[54] Ibid., IX, 865 *d* 3-866 *a* 1.

[55] Ibid., IV, 719 *c* 1.

Como outras, mais suspeitas, feitas para assustar as criancinhas: à noite, certos deuses circulam, disfarçados como estrangeiros ou sob mil outras formas;[56] e Lâmia, que não conhece mais o sono, caminha entre as casas com seu desejo de rasgar o ventre das mulheres grávidas.[57] Histórias aterrorizantes que as babás e as avós não cansam de repetir, ameaçando chamar Lâmia, e que são aceitas por todos, da mesma forma que as famosas narrativas sobre Deucalião e o dilúvio. Pois há na 'mitologia' inventariada entre *A República* e as *Leis*, 'mitos' consagrados aos mortais,[58] e não apenas aos primeiros representantes da espécie humana, como Níobe e Foroneu.[59] Quem, na Ática, não conhece o 'mito' de Melânion, o caçador que se recolheu a uma longínqua montanha para fugir das mulheres e do casamento? "Eu mesmo o ouvi na infância", confidencia um velho que acredita ser a história eficaz o bastante para prontamente desalojar as mulheres instaladas na Acrópole.[60] Mas do campo entrincheirado logo chega, como réplica a seu Melânion, um outro 'mito', na versão das mulheres: havia um certo Tímon, sem casa, inacessível aos olhares. Retirou-se do mundo, por ódio, depois de haver lançado milhares de maldições contra a perversidade dos machos (*ándres*)... Nutria um ódio profundo pelos homens perversos, mas as mulheres, amava-as![61] O tempo de uma resposta, e uma história inventa outra: a misandria de Tímon não é menos 'mítica' do que a misoginia de Melânion e é exemplar o bastante para ser repetida, com prazer, aqui ou lá.

---

56 *A República*, II, 381 *e* 1-5.

57 *Escólios de Aristófanes, Paz*, 758; *Comm. anon. in Aristot. graeca*, XX, Berlim, 1892, 427, 1, pp. 38-40. Cf. Aristófanes, *As vespas*, 1.179.

58 Cf. *A República*, III, 392 *a* 9 (*perì anthrṓpōn...*); *a* 6 (*muthologeîn*).

59 Cf. *Timeu*, 22 *a* 7-*b* 1.

60 Aristófanes, *Lisístrata*, 781-94. Cf. Pierre Vidal-Naquet, *Le chasseur noir*, Paris, 1981, pp. 151-74.

61 *Lisístrata*, 805-20.

Evidentemente, a 'mitologia', descoberta por Platão e que se inventa à medida de seu périplo, não se parece em nada com o conjunto de imagens triviais, ao herborista cuidadoso do século XVIII, onde as aventuras dos heróis, sabiamente, tomam o lugar das histórias dos deuses. As figurações do 'mito' são inumeráveis: escapam a qualquer tentativa de denominação ou de classificação. Elas remetem às práticas da tradição memorial: práticas mudas, inconscientes e obstinadas, que Platão se esforça por descobrir *in loco* e escutar com atenção extrema. O mais suave murmúrio, o menor 'diz-que-diz' podem transformar-se em uma dessas histórias "que não cessamos de repetir e que obtém o assentimento de todos".[62] Como se uma das propriedades mais fundamentais do país da mitologia determinasse que lá todo rumor se metamorfoseasse em 'mito' pelo efeito misterioso da repetição.

Quando o ouvir-dizer se insinua tão francamente numa mitologia habitada pelas vozes mais anônimas, é a própria noção de cultura que muda de sentido. A *paidéia*, a cultura da educação, cuja transmissão é consciente e voluntária, é regulamentada por *A República*, na medida em que é indispensável aos guardiães da cidade. E suas normas, seus saberes hierarquizados, seu programa estrito, se referem a um sistema escolar experimentado. Contudo, se a tradição é mais vasta que a casa do pedagogo, se ela recolhe tantas vozes estranhas ao livro e à escrita, então já não bastará mais que os poetas-mitólogos, convidados pela vigilância da cidade, fabriquem poemas onde se reflete a imagem, o *ícone* da 'bela conduta'.[63] Pois,

> não é preciso temer que nossos guardiães cresçam em meio às imagens do vício, como em um pasto ruim, e que aí colham e sorvam todos os dias, em doses ligeiras mas repetidas, o veneno da erva daninha, e assim acumulem, sem disso se aperceberem,

---

[62] *Leis*, IV, 719 *c* 1.

[63] *A República*, III, 401 *b* 2.

> uma grande corrupção em suas almas? O que se deve fazer, ao contrário, é buscar os artistas dotados para seguirem à risca a natureza do que é belo e bem formado, a fim de que, semelhantes aos habitantes de uma terra saudável, os jovens tudo desfrutem, e que, de qualquer lado que os eflúvios das belas obras venham a atingir seus olhos e seus ouvidos, eles os recebam como uma brisa que traz a saúde de regiões salubres e os dispõe, insensivelmente, desde a infância, a amar e a se tornar semelhantes ao Belo, e a fazer um acordo perfeito entre eles e a Beleza.[64]

O cultural prende-se ao cultivado, e fazer crescer é educar, assim como impulsionar. Tem-se aqui, inicialmente, um regime alimentar: aquele do rebanho humano, do bando de jovens, colocados a pastar em um prado perfeito, onde não medra nem o joio nem o mato. O mesmo modelo é encontrado nas *Leis*: as instituições da cidade são como o trigo candial, mas é preciso conhecer seu efeito e emprego, bem como o que é bom para comer e sob que forma.[65] Com uma diferença, é que, em *A República*, em vez de nutrição cereal, trata-se de erva crua, produzida espontaneamente por uma campina excelente.

Mas a cultura não se reduz ao que se come. Ela é também o ar que se respira. As condições climáticas variam em função das águas e dos lugares, assim como ensinam os remédios hipocráticos. Há o hálito da terra e da água (*aúra*), tudo o que penetra e transforma o vivo pelos olhos e pelos ouvidos. A *paideía* não está apenas nos livros, e a mitologia não se restringe a um Homero do qual bastaria apagar (*eksaleíphein*) os versos censurados.[66] Assim como o ar ambiente, o cultural está em toda parte: na canção de uma velha, nos estribilhos, nos rumores que circulam. E se a cultura, como a tradição, se molda na transmissão pela audição e pela visão, os murmúrios de um ancião têm tanta importância quanto as genealogias de um Hesíodo.

---

[64] Ibid., III, 401 *b* 8-*d* 2.

[65] *Leis*, I, 638 *c* 5-8.

[66] *A República*, III, 386 *c* 4.

Quem quiser repensar a tradição e a memória comum deve legislar com toda a urgência sobre o rumor. Ou pelo menos questionar-se sobre o estranho poder do que os gregos chamam de *phḗmē*. "Ela também é uma deusa", diz Hesíodo.[67] E, efetivamente, tem seu altar em Atenas.[68] "Quando são numerosos os que a proclamam, nenhuma *phḗmē* morrerá completamente."[69] Poderosa, porque múltipla. Uma novidade que se espalha, o longínquo eco de um cortejo ou de uma batalha, o murmúrio elogioso faz nascer a façanha de Cléobis e Bíton, ou a voz invisível de um sonho e de um aviso profético, é sempre *phḗmē*. O Rumor está presente o tempo todo nas *Leis*;[70] é ele quem insinua que outrora Dioniso teve o juízo perturbado por sua madrasta e que, para se vingar, enviou aos homens o frenesi, as coréias convulsivas e, além disso, o vinho.[71] O diz-que-diz e as antigas tradições dependem de sua competência, desde a idade do ouro[72] até o castigo de Tântalo, o mais sofrido dos homens.[73] Mas, entre os rumores que se infiltram por toda parte,[74] existem os bons e os maus.[75] Os ditos malevolentes, os mexericos que apontavam Sócrates como um sofista, um meteorologista bisbilhotando os céus e o Hades como um ímpio;[76] o vão boato, contrário à verdade, segundo o qual os deuses do céu, os astros,

---

67 *Os trabalhos e os dias*, 764.

68 Pausânias, I, 17, 1. Cf. Voigt, verbete 'Phèmè', *Real-Encyclopädie der clasischen Altertumswissenschaft* (1938), col. 1954-55.

69 Hesíodo, *Os trabalhos e os dias*, 763-4.

70 Das 37 ocorrências no *corpus* platônico, 22 estão em *Leis*.

71 *Leis*, II, 672 *b* 3.

72 Ibid., IV, 713 *c* 2.

73 *Crátilo*, 395 *e* 5.

74 *Leis*, II, 672 *b* 3: *huporreîn*.

75 Ibid., X, 906 *c* 1.

76 *Apologia*, 18 *c* 1.

vagam lentamente no espaço.[77] Rumores das ralés[78] que se espalham e escorrem como areia. Uma vez dispersados, como a morte e as dolorosas doenças que Pandora deixou escapar do pote,[79] os rumores erram, inumeráveis, entre os homens, tagarelas silenciosos, e nunca se extinguem completamente. A boa *phḗmē*, por seu turno, vem dos deuses: sinal ou vozes sobrenaturais interpretados pelos profetas-adivinhos,[80] ou percebidos pelos antigos "que valiam mais do que nós e viviam mais perto dos Imortais".[81]

Elemento mais sutil do ar ambiente, o rumor é um componente fundamental da tradição. E na cidade nova, a *phḗmē* deve assegurar a unanimidade dos cidadãos: ela é o rumor das boas leis, dos bons *nómoi*.[82] Não é necessário ser legislador ou guardião da constituição para escutá-la. Para a maioria dos cidadãos, as leis penetram pelos olhos e ouvidos, como o ar que se respira na cidade. Mas o bom rumor evocado no último livro das *Leis* faz eco à *phḗmē* do preâmbulo. As *Leis* passam-se em Creta, ao longo de um itinerário percorrido por três velhos, desde Cnossos até o antro de Zeus e seu santuário.[83] E o ateniense que conduz o diálogo começa por evocar a origem de toda a legislação sobre a ilha. Um deus, sem dúvida, estabeleceu as leis: Zeus. Mas com

---

77 *Leis*, VII, 822 *c* 4.

78 Ou más-línguas, a língua das mulheres, *gunaikeîoi phêmai* (*Leis*, XI, 934 *e* 7-935 *a* 2), quando as megeras espalham injúrias, sem que tenha havido uma verdadeira discussão.

79 Deixar escapar, dispersar: *kataskedannûnai*, o mesmo verbo presente em Platão, *Apologia*, 18 *c* 1 e em Hesíodo, *Os trabalhos e os dias*, 95.

80 *Timeu*, 72 *b* 3. Cf. a *manteías phḗmē* (*Leis*, VII, 792 *d* 3).

81 *Filebo*, 16 *c* 8.

82 *Leis*, XII, 966 *c* 5. E as *phêmai*, as máximas fundamentais, são cantadas (*humneîn*) nos ouvidos das crianças: *A República*, V, 463 *d* 6-7. Em *Leis*, VII, 799 *e* 10-12, Platão joga com o duplo sentido de *nómos*: os antigos chamaram *nome* à melodia tocada pela cítara, ou seja, aos cantos executados por ocasião de gestos ou de práticas costumeiras (F. Lasserre, *Plutarque: de la musique*, Lausanne, 1954, pp. 22-7).

83 *Leis*, I, 625 *a-b*.

a ajuda de um mediador, modelo dos legisladores míticos, daqueles que, nos primórdios da humanidade, já haviam conseguido trazer a harmonia para a cidade. Esse *nomóteta* próximo dos deuses chama-se Minos:

> A cada nove anos, ele ia ao encontro marcado pelo pai, e estabeleceu as leis de vossas cidades, obedecendo aos *phêmai*, os rumores oraculares de seu pai.[84]

As *Leis* começam com um bom humor, ao mesmo tempo oracular e político: ele vem do alto e espalha-se pela cidade.

Toda a proposta das *Leis* se coloca sob o signo da *phḗmē*. Mas o legislador platônico não se ilude: mesmo que a inspiração seja dada pelos deuses, o bom rumor só seguirá seu caminho se o vigiarmos continuamente. Pois há na *phḗmē* um mecanismo simples que, no entanto, é muito delicado. No livro VIII, o velho ateniense preocupa-se com as paixões, e com a maior, o desejo amoroso, com suas violências, suas formas funestas, suas uniões com homens-mulheres ou mulheres-homens.[85] A selvageria de Eros é necessária à cidade: ela pode concorrer para o bem comum tomando a forma civilizada do desejo voltado, a um só tempo, para o corpo e para a alma. Mas como fundamentar isso numa lei?

> Sabemos que, mesmo hoje, para a maior parte dos homens, por mais perversos que sejam, existem casos em que se abstêm, fiel e rigorosamente, de quaisquer relações com seres belos, e isso não contra a sua vontade, muito pelo contrário. Isso acontece, por exemplo, quando o ser belo é seu irmão ou sua irmã. Esta é uma lei não-escrita, e ainda protege um menino ou uma menina tão eficazmente, que ninguém ousa transgredi-la, nem às escondidas, nem abertamente. E esta idéia nem ao menos passa pela cabeça da maioria dessas pessoas. Seria *uma simples palavrinha (smikròn rhêma)* o que apaga todos os desejos desse tipo, aquela que

---

[84] Ibid., I, 624 *b* 2.

[85] Ibid., VIII, 836 *b* 1.

designa tais atos como totalmente ímpios, odiosos à divindade, infames entre os infames? E a razão disso não seria o fato de ninguém, a esse propósito, falar outra linguagem, e que, recém-nascidos, cada um de nós escuta, em todo lugar, sempre, a mesma qualificação —, seja nas farsas, ou no sério onde ela aparece freqüentemente, o sério trágico onde se introduzem ou Tiestes, ou Édipos, ou Macareus que, mantendo com sua irmã um comércio clandestino, entre si, uma vez descobertos, castigaram-se com a morte por sua falta?

Isto é exato, diz o cretense, "tocaste o dedo no espantoso poder do rumor (*phḗmē*), quando ninguém se arriscaria sequer a respirar diferentemente do que manda a lei".[86] Existe, pois, um meio muito simples de reduzir à escravidão uma dessas paixões que dominam o homem por inteiro. Basta que o legislador consagre essa voz pública no espírito de todos:[87] escravos, homens livres, crianças, a cidade inteira. Assim, terá criado a mais garantida estabilidade para essa lei. Mas como fazer, retoma o cretense, para que todos lá em cima consintam em ter a mesma linguagem? É fácil imaginar uma cidade inteira onde só se faz amor, obedecendo à natureza, para procriar:

> Mas talvez vejamos erguer-se um homem jovem e forte, com uma semente fértil e que, ouvindo essa lei, comece a dirigir injúrias aos cantadores imbecis desses decretos impossíveis, enchendo a cidade com seus clamores.[88]

Eis por que o procedimento que parece o mais fácil também é o mais difícil.[89]

Seja como for, a dificuldade advém, essencialmente, do estado moral da cidade atual: a força de resistência da incredulidade,[90]

---

[86] Ibid., VIII, 838 *a* 4-839 *d* 2.

[87] Ibid., VIII, 839 *c* 4.

[88] Ibid., VIII, 839 *b* 3-6.

[89] Ibid., VIII, 839 *b* 7-*c* 2.

[90] Ibid., VIII, 839 *d* 4-6.

encarnada pelo jovem mancebo cuja violência verbal deixa falar um desejo que nada mais censura. Na cidade das *Leis*, felizmente, os cidadãos terão a alma bem desenvolvida. Desde a infância, exaltaremos a vitória sobre os prazeres, "em nossas narrativas (*mûthoi*), em nossos discursos (*rhḗmata*), em nossos cantos (*mélē*) e, com toda a certeza, nós os encantaremos (*kēleîn*)".[91] O rumor benéfico das *Leis*, seus mandamentos fundamentais, seus *phêmai* serão cantados pelos cidadãos como hinos nos ouvidos das crianças.[92] A melodia dos grandes príncipes ninará os bebês tão harmoniosamente que não será necessário nem mesmo dizer a menor palavrinha. Esta será trocada pelo dispositivo encantatório estabelecido pelo legislador, de modo que o rumor do Bom e do Belo circule continuamente como um bordão. O nomóteta das *Leis* repele a tirania, é um mestre de persuasão.[93] Todas as regras, os costumes, de práticas institucionais se apresentam sob a forma de um prelúdio ou de um proêmio, freqüentemente chamado *paramúthion*:[94] uma narrativa sedutora ou um encantamento que, de maneira aparente, remete a uma tradição, um provérbio, uma história antiga ou qualquer *mûthos* pelo qual se fará a economia de uma legislação escrita ou de regulamentos jurídicos.[95] Para o casamento, por exemplo, entre os 25 e os 35 anos, haverá apenas uma palavra de ordem, um *mûthos*: cada um

---

91 Ibid., VIII, 840 *b* 10-*c* 2.

92 *A República*, V, 463 *d* 6-7.

93 Cf. J. Jouanna, 'Le médecin, modèle du législateur dans *Les Lois* de Platon', em *Ktema*, 3, 1978, pp. 77-92.

94 "É preciso apor, a cada lei, um prelúdio apropriado" (*Leis*, VI, 772 *e* 2-3). E este preâmbulo, freqüentemente chamado *paramúthion* (*Leis*, VI, 773 *e* 5; IX, 880 *a* 7; X, 885, *b* 3; XI, 923 *c* 2) é entendido por Platão como "o mito que prefacia a lei" (*no prò toû nómou mûthos: Leis*, XI, 927 *c* 8-9).

95 Mitos antigos dos saurômatas para a educação das mulheres (*Leis*, VII, 80 *e* 4-5); narrativas sobre o espírito de vingança das vítimas de um crime involuntário (*Leis*, IX, 865 *d* 5-6); mito sobre o castigo que espera o assassino de seus pais (*Leis*, IX, 872 *d* 8-*e* 1); provérbio alegado para a proteção dos tesouros (*Leis*, XI, 913 *c* 1-3); história do Pátroclo sobre o abandono das armas (*Leis*, XII, 944 *a* 1).

deve pertencer ao partido que serve a cidade e não àquele de preferências íntimas. E, através de uma espécie de encantamento, em forma de exórdio (*paramûthia*), o legislador se esforça para levar cada um a se decidir pela união aprovada pelos Sábios. Prefere sempre como associado o partido ligeiramente inferior. A cidade lucrará com isso.[96]

Persuadir, enfeitiçar, encantar: esta seria a única política do mito na cidade dos filósofos.[97] De modo que a mitologia, encantada pelo legislador e difundida pelo rumor incansável que não cessa de invadir o Estado-modelo, se identifica, cada vez mais, com o projeto propriamente político. Projeto que vai se tornando claro, desde *A República* até as *Leis*, através de um mesmo grande 'mitologema': a narrativa da autoctonia fenícia ou sidônia. Em *A República*, que distingue a má imitação da boa *mímēsis*, Platão desenvolve a teoria da mentira necessária, *phármakon khrḗsimon*, a bela mentira útil.[98] Será preciso fazer com que os magistrados e depois, se possível, o resto da cidade, acreditem na narrativa fenícia "que já aconteceu em muitos lugares, como disseram e fizeram crer os poetas, mas que não acontece hoje, que talvez nunca aconteça e que é bem difícil de tornar convincente". É que existem três tipos de homens e três classes de cidadãos: ouro, prata e ferro misturado ao cobre. É preciso persuadi-los de que

> toda a educação e instrução que receberam de nós e da qual acreditavam experimentar e sentir os efeitos não passam de um sonho; que, na verdade, eles foram criados e educados no seio da terra de onde saíram com suas armas e seu equipamento; que, depois de tê-los inteiramente formados, a terra, sua mãe, os deu à luz e que, por isso, devem olhar a terra onde vivem como sua

---

96 *Leis*, VI, 773 *b* 4-6; *e* 5.

97 Cf. P. Boyancé, *Le culte des Muses chez les philosophes grecs*, Paris, 1936 (reeditado com suplemento, 1972), pp. 149-65.

98 *A República*, II, 382 *c*. Um exemplo: a história dos dentes semeados e dos hoplitas que nasceram deles — a Tebas de Cadmo.

mãe e sua ama, defendê-la se for atacada, e considerar os outros cidadãos como irmãos, oriundos, como eles, do seio da Terra.

Mas, acrescenta Platão, daremos uma versão corrigida desta 'mitologia', a da mistura. Pois pode acontecer que de um homem de ouro nasça uma criança que não se lhe assemelhe, um rebento de prata, ou ainda de ferro e cobre. É preciso fazer uma triagem a cada geração: promover uns, passar outros para a classe inferior. Existe um oráculo segundo o qual o Estado morrerá no dia em que for governado pelo ferro ou pelo cobre.

"Conheces algum meio", pergunta Sócrates, "para fazer com que se acredite neste *mûthos*?"Nenhum, responde o interlocutor, "pelo menos para a geração de que falas; mas talvez se consiga persuadir seus filhos, seus descendentes e os homens do futuro".[99] O tempo da persuasão ainda está por vir e o filósofo de *A República*, voltado para o paradigma "erguido no céu luminoso",[100] contenta-se em emitir um voto: "Deixemos nosso mito seguir seu caminho como bem convier ao rumor, *phḗmē*."[101] Provavelmente *A República* é demasiado geométrica para pretender legislar sobre o ar ambiente. Cabe às *Leis*, mais pedestres, cuidar do que é sério. Pois o legislador, que mencionou os 'rumores oraculares' de Minos se atribui a missão de atrair o maior número de adeptos à vida santa e justa. De imediato, sua tarefa, imensa, consiste em persuadir os habitantes da cidade de que a vida justa e santa é, de fato, a mais agradável. E a fim de dissipar as trevas que freqüentemente obrigam a admitir o contrário, ele dispõe de uma série de meios: louvores, argumentações, hábitos.[102] É chegada a hora de o legislador ter a audácia de cometer sua mentira mais útil, aquela que fará com que todos cumpram, sem constrangimento mas livremente, aquilo que é

---

[99] Ibid., III, 414 *c* 1-415 *d* 2.

[100] Ibid., IX, 592 *b* 3-4.

[101] Ibid., III, 415 *d* 6-7.

[102] *Leis*, II, 663 *c* 1-2.

justo.[103] E é aqui que se opera a reviravolta: o *mitologema* sidônio, por mais inacreditável que seja, é fácil de se fazer acreditar.[104] O incrível torna-se verossímil. Pois o legislador doravante sabe que tem o poder de fazer com que se acredite em tudo o que desejar incutir na alma dos jovens, impedindo que o primeiro rumor os faça esquecer ou reter um determinado 'mito'.

Colocando-se sob o signo do rumor, a política platônica da mitologia, enunciada nas *Leis*, separa-se radicalmente do projeto autoritário concebido em *A República*, onde funciona um modelo técnico e artesanal do mito que legitima a aplicação de um dispositivo de vigilância acoplado ao aparelho indispensável para a lapidação da mitologia de Estado. A cidade está infestada de 'fabricantes de narrativas', de *muthopoioí*. A começar pelas mães e pelas amas,[105] seguidas pelos velhos e pelas velhas,[106] tagarelas inesgotáveis[107] que se desvelam em torno dos recém-nascidos, reunindo crianças de pouca idade a seu redor, "derramando em seus ouvidos discursos sedutores", apresentando-lhes ficções faladas (*eídola legómena*), fantasmas de palavras que lhes dão a ilusão de que o que ouvem é verdade.[108] Toda uma mimética afetiva, arrastada por um enxame de 'mitos' e de belas histórias, apodera-se dos olhos e dos ouvidos da população mais jovem, enfeitiçada, fascinada por esses 'mitólogos' espontâneos: como os sofistas, eles fazem surgir falsos semblantes, crescer formas ilusórias das coisas e do mundo, inúmeras imitações que, iniciadas com a infância e prolongadas na vida, "transformam-se em caráter e em natureza, através do corpo, da voz e do pensamento".[109] Os fundamentos do edifício social são ameaçados por

---

[103] Ibid., II, 663 *e* 1-2.

[104] Ibid., II, 663 *e* 5-6.

[105] *A República*, II, 377 *c* 3.

[106] Ibid., II, 378 *d* 1.

[107] Cf. *Teeteto*, 176 *b* 7.

[108] Cf. *Sofista*, 234 *c* 4-7.

[109] *A República*, III, 395 *c* 8-*d* 3.

uma nuvem de 'mitoplastas' invisíveis, que participam subterraneamente da grande tarefa de sedução, semiteatral, semipictórica, onde as formas, os ritmos e as cores capturam aquela parte da alma na qual enlouquecem os desejos e as paixões, e atraem-na irresistivelmente rumo ao mundo do devir. Deixaremos que as crianças escutem o primeiro 'mito' que vier, moldado (*plastheís*) pelo primeiro desconhecido[110] que desfrutaria assim o imenso privilégio de modelar a alma de um ser 'jovem e tenro', "porque é neste momento que moldamos (*plắttetai*) e gravamos melhor o cunho (*túpos*) com o qual queremos caracterizar um indivíduo (*ensēmḗnasthai*)"?[111]

Inconscientemente, esses 'mitólogos' obscuros, ao narrar histórias para o prazer,[112] desenvolvem uma atividade que é, na verdade, de natureza técnica. A mitologia pertence a um domínio artesanal, hábil o suficiente para combinar em sua plástica a arte de moldar e a de imprimir.[113] Como se os fabricantes de narrativas criassem, de uma matriz, pequenas imagens que utilizavam à maneira de selos, cuja marca vazada redobrava a sedução do relevo. Os responsáveis por *A República* determinam o procedimento a ser utilizado em matéria de 'mitologia' em função deste modelo revelado por sua clarividência: caberá aos filósofos modelar os 'tipos', em conformidade com as leis,[114] segundo as quais, os artesãos de Estado, poetas oficiais, terão a missão de fabricar os 'mitos' destinados a serem estampados na alma dos futuros cidadãos. E a fim de que estas histórias exemplares marquem cada um de maneira "irreversível e imutável",[115] os velhos e as velhas serão obrigados a repeti-las para as crianças,

---

110 Ibid., II, 380 *c* 7-8.

111 Ibid., II, 377 *a* 12-*b* 3. Cf. *Teeteto*, 191 *d* 2-9.

112 Cf. *Hípias maior*, 286 *a* 1-2.

113 G. Roux, 'Le sens de *túpos*', em *Revue des études anciennes,* 1961, pp. 5-13.

114 *A República*, II, 378 *e* 7-379 *a* 4; 380 *c* 8.

115 Ibid., II, 378 *e* 1.

a derramá-las nos ouvidos dos bebês.[116] Do cume à base, do filósofo à ama-de-leite, os 'mitologemas', indispensáveis à saúde da cidade, serão ditos e repetidos. Graças a uma divisão de trabalho que faz cessar a confusão entre as diferentes operações implicadas na 'mitoplastia', e que regulamenta as relações hierarquizadas entre os três estágios da produção mitológica. A autoridade do saber filosófico não pode tolerar o poder noturno de um primeiro avô qualquer que, à maneira de Crítias no *Timeu*, repentinamente começa a contar para o neto boquiaberto uma história tão maravilhosa que fica gravada na memória da criança em 'caracteres indeléveis'[117] e a qual, sessenta ou setenta anos mais tarde, ressurge em todos os detalhes, numa narrativa fiel a ponto de passar por 'história verdadeira' na opinião de um 'ouvinte atento'.[118] Nas ruas e praças de *A República*, não haverá nem narrador ambulante nem mitólogo vadio. O único cuidado, a cargo dos responsáveis pela mitologia de Estado, consistirá em fiscalizar os 'mitoplastas' oficiais.[119] Por certo, lhes será imposto fabricar novas histórias, as grandes e as pequenas segundo um mesmo 'modelo', já que devem todas produzir o mesmo efeito.[120] Mas aqueles que contam histórias sobre o Hades, por exemplo, serão objeto de uma vigilância particular.[121] Mais tarde, haverá operações de censura; seqüências a suprimir,[122] desdobramentos a excluir, nomes a serem interditados como, por exemplo, os grandes nomes terríveis "que fazem estremecer aqueles que os ouvem".[123] Enfim, como último recurso, serão fisicamente expulsos os poetas indesejáveis.

---

[116] Ibid., II, 378 *d* 1-3.

[117] *Timeu*, 26 *b*; *c* 3-4.

[118] Ibid., 26 *e* 5-6.

[119] *A República*, II, 377 *b* 9-*c* 1.

[120] Ibid., II, 377 *c* 8-*d* 1.

[121] Ibid., III, 386 *b* 7-8.

[122] Ibid., III, 386 *c* 4; 387 *b* 2.

[123] Ibid., III, 387 *b* 8.

A máquina é perfeita. Mas, desde o primeiro 'mitologema', revela-se ineficaz, inútil. Não existe nenhum meio de fazer com que acreditem no 'mito' fenício das três classes de cidadãos. O aparelho de moldar uma mitologia de Estado servirá, talvez, 'para os homens do futuro'. Para o presente, é pura ficção, o sonho de uma maquinaria institucional onde tudo fora ajustado como se o rumor todo-poderoso não passasse de um mero boato. E é subitamente que o filósofo de *A República* abandona, caprichosamente, o mito incrível.[124] Gesto sem ilusão, onde se reconhece o revés de uma política autoritária da mitologia.

Todavia, se nenhum poder é capaz de reger, de cima, o exercício da tradição memorial nem de decidir soberanamente sobre o conteúdo das histórias da tribo, então é preciso rever o paradigma egípcio que confia aos sinais escritos e ao trabalho do escriba o privilégio de produzir uma mitologia autêntica. Pois a terra do Egito representa o lugar consagrado da memória arquivada: todas as informações convergem a este ponto central, onde são conservadas as mais antigas tradições.

> Tudo o que se realizou de belo, de grande e de notável, seja entre vós, seja aqui, seja em qualquer outro lugar, e do qual ouvimos falar, tudo está escrito aqui, de longa data, em nossos santuários e salvo do esquecimento.[125]

Protegidos pelo Nilo, sacerdotes gozam de um saber inaudito: eles têm, diante dos olhos, narrativas sagradas cuja continuidade nunca interrompida funda uma cronologia absoluta. Um livro imenso, sem lacunas: "Vossas proezas, Atenas das origens, estão escritas aqui."[126] Um livro para ser lido palavra por palavra e que narra cada coisa, cada evento, escrupulosamente:

---

[124] Cf. *supra*, p. 174, n.101.

[125] *Timeu*, 23 *a* 2-3.

[126] Ibid., 24 *d* 7.

> O detalhe preciso de tudo isso, uma outra vez, com calma, nós os percorreremos passo a passo, sem interrupção (...) mas este percurso exaustivo nós o faremos com os textos em mãos (*tà grámmata labóntes*).[127]

Uma memória toda escrita, como imagina Dionísio de Halicarnasso, em uma Grécia à espera de seus primeiros historiadores, mas que vem aqui, pela voz de Sólon, informar aos gregos o quanto sua mitologia pós-dilúvio é insignificante, o quanto sua arqueologia, à moda de Hecateu de Mileto, é infantil. Descendentes de iletrados que lhes deixaram como herança alguns nomes próprios advindos de narrativas vagas, os concidadãos de Sólon estão condenados à investigação incerta e cega que se obstina em construir um saber sobre as antigas tradições a partir de alguns traços semi-apagados. Saber impossível, saber inacessível, uma vez que está encerrado nos santuários egípcios, e que os sacerdotes, em sua sabedoria, só revelam alguns trechos escolhidos em intenção dessas crianças que são, e sempre serão, os gregos.

Mas esta mitologia de escrita exemplar, por se encontrar tão distante, está acima de qualquer suspeita? Pois a memória dos sacerdotes egípcios, se nada deixa escapar, registra, declaradamente, aquilo que ouviram falar, o que conhecem de ouvido, por ouvir-dizer, por *akoḗ*.[128] E é ainda pela via aural que as tradições sobre a Atlântida chegam aos atenienses através de três narrativas: aquela ouvida por Sólon, em sua confusão;[129] a que ele confidenciou a seu amigo Crítias; e a última, que um outro Crítias, com quase noventa anos, contou um dia ao neto, que tinha então, no máximo, dez. Uma longa tradição oral cujo ponto culminante é um concurso de narrativas, de rapsódias, aberto às crianças por ocasião da festa das *Apatúrias*, quando os pais

---

[127] Ibid., 23 *e* 7-24 *a* 1.

[128] Ibid., 23 *a* 2-3.

[129] Ibid., 21 *a* 7.

introduzem os novos adolescentes na fratria.[130] E no meio dos rapsodos infantis, um homem muito velho se põe a contar a história da Atlântida, do que acontecera outrora, que Sólon aprendera no Egito, o episódio tão maravilhoso que, se dispusesse de tempo para compô-lo e dar-lhe uma forma acabada, Sólon, sem dúvida alguma, teria se tornado maior do que Homero e Hesíodo. Não só a história da primeira Atenas, a tradição de uma sociedade orgulhosa de seus ancestrais, são confiadas a um rapazote que as aprende da boca de um velho, o que lança a dúvida, se não o descrédito, sobre a mitologia 'arqueológica' cultivada nas cidades, mas só existe mitologia escrita e legível palavra por palavra em um Egito fantástico, rodeado desde sempre pelo rumor da boca e do ouvido. A empreitada 'arqueológica' dos logógrafos é um engodo; a vontade de tradição fracassa ao se consumar no exercício de escrita que lhe parecia o mais propício. Uma mitologia não se pode escrever nem nos templos, nem em plaqueta alguma, muito menos ser instituída por decreto de um poder tirânico; investigar laboriosamente velhas histórias não passa de sintoma de uma falta, impossível de preencher.

O legislador encanecido das *Leis* é quem concebe o projeto assombroso de dirigir o rumor, organizar seu curso, fazê-lo circular por milhares de canais. Ele se esforçará para que a comunidade exprima sem cessar sobre o mais útil, assim que possível, "uma única e mesma voz, ao longo de toda a sua existência, através de seus cantos (*ōidaí*), suas narrativas (*mût-hoi*), e seus discursos (*lógoi*)".[131] Com este fim, os velhos nomótetas, em sua sabedoria, instituem três coros, que vão dirigir seus encantamentos às almas dos cidadãos quando estes são jovens e tenros. Encantar

> conservando todos os belos discursos que enunciamos e sempre enunciaremos, mas insistindo no essencial: afirmaremos que, aos olhos dos deuses, a vida mais agradável é também a melhor, e

---

[130] Ibid., 21 *b* 4-5.

[131] *Leis*, II, 663 *e* 8-664 *a* 6.

> assim todos juntos diremos a verdade pura, e melhor do que por qualquer outra forma de exprimi-la, persuadiremos aqueles a quem queremos persuadir.[132]

Uma única e mesma voz e três coros em uníssono, correspondentes a três faixas etárias, a fim de fazer com que o bom rumor irrigue em profundidade todos os membros do corpo social. As crianças, consagradas às Musas, cantarão em público as grandes máximas, de maneira solene e para a cidade inteira. O segundo coro, composto pelos cidadãos com menos de trinta anos, invocarão Apolo Peã, para tomá-lo como testemunha da verdade dos grandes princípios e para atrair sobre a juventude sua graça e sua força persuasiva. Os terceiros coristas serão os homens de idade madura: entre trinta e sessenta anos.[133] Mas nesse concerto comunitário, os velhos se reservam o papel mais discreto e mais fundamental: como homens acima de sessenta anos que "não são mais capazes de suportar o peso do canto", eles contarão as histórias sobre os grandes princípios e sobre os comportamentos admiráveis; serão os 'mitólogos' da cidade, "inspirados por um rumor vindo dos deuses (*theía phḗmē*)".[134] Este é o mesmo que invade o antro cretense, evocado no preâmbulo das *Leis*, quando Minos, primeiro nomóteta, escuta a voz oracular de seu pai, o rumor de Zeus, a cada nove anos. Os velhos que já ultrapassaram a idade de cantar atingiram a da mitologia. Eles são os dialéticos do silêncio em quem a sabedoria e a experiência atenuam a voz para que, através deles, só se ouça o rumor vindo dos deuses, o grande rumor incessante do Bom e do Belo. Mitólogos, eles assumem para a cidade inteira a função secreta e essencial que as velhas assumem, espontaneamente, junto aos bebês.[135]

---

[132] Ibid., II, 664 *b* 4-*c* 1.

[133] Ibid., II, 664 *c* 4-*d* 2.

[134] Ibid., II, 664 *d* 2-4.

[135] Não existe discriminação entre os velhos e as anciãs em *A República* (II, 378 *d* 1), ao passo que em *Leis*, malgrado a maiêutica, não existe ama-de-leite dialética.

Confiando aos velhos o cuidado de administrar a memória comum, Platão redescobre uma função natural da velhice: contar histórias ou fazer o papel do mitólogo.[136] Ao mesmo tempo, e contra as suspeitas dos procuradores de *A República*, ele reabilita a relação privilegiada que a mitologia alimenta entre o velho e a criança. Pois é a idade mais jovem, com a ajuda das Musas, que vem assumir a palavra mitológica na cidade e se encarregar do canto. Paradoxalmente, a política do rumor mobiliza as duas idades extremas da cidade: provavelmente, os mais distantes no tempo da vida humana e que se mantêm, de certo modo, alheios ao espaço político, participando apenas imperfeitamente da atividade dos cidadãos. As crianças, porque são 'incompletas', não inscritas no registro de estado civil; os velhos, porque, 'eméritos', estão livres de toda obrigação política.[137] Como se a fruição conjunta do ócio os qualificasse para ampliar, na penumbra de um semi-silêncio, o rumor mitológico sem o qual a cidade não poderia ser bem-educada. E durante todo o percurso em que as *Leis* vão se narrar e se instituir uma após a outra, o trio de anciãos que caminha conversando em direção ao antro de Minos lança mão de um dispositivo que se fia inteiramente no encanto da narrativa e que, de narrativas sedutoras (*paramúthia*) em palavras de encantamento (*epōidaí*), instala-se como uma brincadeira infantil, um divertimento (*paidiá*) voltado para a melhor educação (*paideía*), mas cujo único objeto permanece aquele ser 'incompleto', tão próximo, é evidente, dos homens acima de sessenta anos. Aliás, o que é a educação, na sua essência, senão o ato de levar a alma dos nossos jovens a concordar com a dos mais velhos,[138] a realizar esta harmonia combinada (*sumphonía*)[139] com a ajuda de sortilégios encantatórios (*epōidaí*) que, pela

---

[136] Aristóteles, *Retórica*, II, 21, 1395 *a*.

[137] Aristóteles, *Política*, III, 1, 5, 1275 *a* 14-19.

[138] Platão, *Leis*, II, 659 *d* 1-4.

[139] *Leis*, II, 659 *e* 3.

incapacidade de uma alma tenra de atingi-la pelo lado sério (*spoudḗ*), transformam-se, de nome como de fato, na prática, em divertimentos (*paidiaí*) e cantos (*ōidaí*).[140] O prazer aceito dos olhos e dos ouvidos entre o narrador e aqueles que o escutam autoriza a transmissão dos costumes ancestrais, das regras não escritas,[141] dos costumes obedecidos por pais e filhos, de tudo aquilo que, desde uma remotíssima antigüidade,[142] constitui, como a 'palavrinha' jamais pronunciada, a carpintaria do edifício social, "o que o sustenta em seu centro mas permanece oculto à vista".[143] Não há educação eficaz sem prazer de contar ou alegria de escutar, de modo que, à força de se extasiarem eles próprios com o encanto dos 'mitos' os anciãos sucumbem à sedução que exercem seus próprios encantamentos e transformam-se em crianças. Abandonando-se a um 'sábio divertimento' (*paidià émphron*),[144] jogando o jogo das leis que convém a sua idade avançada (*perì nómōn... paidiàn presbutikḗn*),[145] os legisladores se descobrem "crianças da terceira idade" (*paîdes presbûtai*),[146] como se autodenominam. O encantador torna-se o encantado, e graças ao encantamento exercido pela 'mitologia', escutada, contada, desaparece toda a distância entre as duas idades fronteiras da cidade. Uma mesma palavra circula incansável no círculo das gerações, sem jamais se alterar nem experimentar a ameaça do futuro. E se as *Leis*, em sua totalidade, constituem, como dizem os velhos, uma vasta 'mitologia',[147] é porque procede à maneira de um encantamento cujo poder é tão espantoso que a cidade

---

140 Ibid., II, 659 *e* 1-5.

141 Ibid., VII, 793 *a* 10-*b* 1.

142 Ibid., VII, 793 *b* 7.

143 Ibid., VII, 793 *c* 1-2.

144 Ibid., VI, 769 *a* 1-2.

145 Ibid., III, 685 *a* 7-8.

146 Ibid., IV, 712 *b* 2.

147 Ibid., VI, 752 *a* 2.

encantada faz ouvir uma única e mesma voz, ao longo de sua existência, da criança ao velho, cuja cumplicidade, que raia a identidade, parece abolir o intervalo entre a boca e o ouvido.

Na figura unitária que lhe descobrem a palavra e a escrita de Platão, no momento em que, na cidade doente, se transforma no incrível, a mitologia ocupa inteiramente o campo do político. Não haverá cidade nova sem que se invente uma política inédita da mitologia, política que vise menos retidão da cidade interior, reservada ao filósofo de *A República*,[148] do que o saber compartilhado pela comunidade de pensamento, indispensável ao funcionamento harmonioso da cidade das *Leis*. A mitologia não é o império mudo do qual um certo pensar filosófico, de acordo com o saber histórico, pretendesse demarcar as fronteiras sob pretexto de ali encontrar os demônios de seu próprio discurso. E é ilusório buscá-la na epopéia de Homero ou surpreendê-la nas aventuras dos deuses e dos heróis. Pois ela pertence à tradição silenciosa que ressoa entre os provérbios e os ditos anônimos, por fora da escritura incapaz de traduzi-la, e além de toda pesquisa voluntária do passado. A busca de uma tradição que deve permanecer oral, e onde se aloja a 'palavrinha' impronunciável, imagem muda da autoridade, é empreendida por Platão como uma viagem à extremidade da memória cujo último círculo se fecha sobre a imobilidade de uma criança de cabelos brancos que vem engolir a cidade inteira, com todas as suas vozes confundidas, num rumor sem idade.

De maneira paradoxal, caberá a um filósofo, mais lúcido do que outros, revelar que o mundo da ilusão era habitado pela memória e pela tradição e assim inventar, na mais completa solidão, uma mitologia sem medida comum com a imagem adversa de uma argumentação racional que durante muito tempo dominaria o pensamento dos mitólogos modernos.

---

148 *A República*, IX, 591 *e* 1-2.

GREGO DE DUAS CABEÇAS

Na abertura anual do curso 'Instruções de etnografia descritiva', destinado a administradores ou a colonos desprovidos de formação profissional,[1] Marcel Mauss, o sobrinho de Émile Durkheim, não deixava de lembrar que "o jovem etnógrafo que sai em campo deve saber o que já sabe, a fim de trazer à tona o que ainda não se sabe".[2] E em conformidade ao saber já sabido, sem o qual ninguém poderia manter um diário de viagem nem preencher, uma após outra, as 'fichas descritivas', o novo eleito da Sociedade dos Observadores do Homem era convidado a fazer uma ampla coleta de 'representações religiosas', classificadas, como convém na fisiologia social, de acordo com a estética, "ainda muito material",[3] mas acima do econômico e dos fenômenos jurídicos e morais que a regem. O ideal, dizia Mauss, seria que uma missão não partisse sem o seu geólogo nem sem o seu botânico — peritos indispensáveis. Todo etnógrafo, felizmente, nasceu mitólogo. Sendo assim, não lhe bastaria apelar para a intuição cultural? Claro está que

> (...) nossa maneira de conceber a mitologia, bem ilustrada em *Orphée aux enfers*, é apenas uma das formas possíveis, não a única: trata-se de saber como pensam os indígenas.[4]

---

[1] M. Mauss, *Manuel d'ethnographie*, Paris, 1949, p. 9.

[2] M. Mauss, op. cit., p. 5.

[3] M. Mauss, op. cit., p. 10.

[4] M. Mauss, op. cit., p. 200.

Portanto, nada de precipitação e, sobretudo, nada de se remeter, para um inventário desse tipo, à lista das categorias que circula nas classes de filosofia. Os 'seres individuais' que formam a população da mitologia distribuem-se em 'espíritos': existe a alma dupla, o espírito do outro mundo que está entre os vivos, o espírito protetor, a alma da voz, a figuração do duplo, a alma dos olhos. Uma vez na posse desses repertórios de seres individuais, apresentados de todas as maneiras possíveis, "poder-se-á escrever a mitologia de cada deus",[5] pois o mito, como sabemos, é uma história do deus. Fábula, apólogo, moralidade, com certeza, mas diversamente da lenda — acredita-se nela sem que isso tenha necessariamente conseqüência — ou da fábula — ninguém é obrigado a nela acreditar —, o mito faz parte do sistema obrigatório das representações religiosas. "Tem-se a obrigação de se acreditar no mito."[6] Objetos de crença, os mitos se passam no eterno. Negligenciar sua coleta e, por conseguinte, seu registro escrito, acrescentava Mauss, é grave, muito grave: pode levar a deformar a fácies de uma religião.

Tão claras instruções, enunciadas com autoridade, sem dúvida tornavam urgentes a coleta e a escrita da mitologia. Nenhum observador, digno desse nome, admitiria a hipótese de voltar de seu campo ou de abandonar o território a ele confiado, sem ter preenchido 'cuidadosamente' a seção 'mito' do capítulo IX das *Instructions*, *sub verbo*, 'fenômenos religiosos, *stricto sensu*'. E, a cada ano, as bibliotecas das grandes nações colonizadoras, responsáveis pelo crescimento da etnografia, registravam as novas 'mitologias' que, classificadas ao lado das antigas, vinham confirmar o saber que todos já sabiam, mas cuja natureza específica continuava a ser objeto de disputas, mais ou menos corteses, entre peritos, entre aqueles que o século XVIII chamaria de 'mitologistas', para distingui-los dos 'antiquários', dedicados ao

---

[5] M. Mauss, op. cit., p. 202.

[6] M. Mauss, op. cit., p. 203.

inventário dos documentos exumados.[7] Concomitantemente, parecia evidente que a colheita dos mitos, ainda que fosse praticada de maneira intensiva, não permitia "trazer à superfície o que ainda não se sabe". Os etnólogos se impacientavam e, em 1929, Mauss declarava, confidencialmente, à Sociedade Francesa de Filosofia: "Não nos basta descrever o mito. Seguindo os princípios de Schelling e dos filósofos, queremos saber que ser ele traduz."[8] Em outras palavras, sendo a questão de natureza filosófica, é da filosofia que deve vir a resposta. Schelling já havia percebido há muito tempo: a filosofia da mitologia é a verdadeira ciência da mitologia. E a empreitada de Cassirer (em *La philosophie des formes symboliques*, publicada na década de 1920)[9] homenageia as intuições de *L'introduction à la philosophie de la mythologie* (1856). O idealismo especulativo soube descobrir na mitologia uma orientação originária do Espírito, um processo necessário da consciência, estranho a qualquer invenção. Era preciso reconciliar o monoteísmo da Razão e o politeísmo da imaginação dentro de uma mitologia racional. O homem originário devia ser aquele que supõe Deus por sua natureza, e o processo mitológico, o único caminho consciente pelo qual Deus se manifesta progressivamente como o verdadeiro Deus. A esta teogomia do Absoluto, construída e recitada por Schelling, a filosofia crítica de Cassirer opõe, respeitosamente, a necessidade de partir do 'dado'[10] dos fatos empiricamente construídos e verificados na consciência cultural, ou seja, dos materiais e das informações arquivados pela mitologia comparada e pela história das religiões a partir da metade do século XIX.[11] Os inúmeros

---

[7] Cf. J. Starobinski, 'Le mythe au XVIIIe siècle', em *Critique*, nº 366, 1977, p. 979.

[8] M. Mauss, *Œuvres*, II, Paris, 1969, p. 161.

[9] E. Cassirer, *La philosophie des formes symboliques* (vol. II, 'La pensée mythique') (1924), tradução francesa J. Lacoste, Paris, 1972.

[10] E. Cassirer, op. cit. p. 27.

[11] E. Cassirer, op. cit., p. 39.

coletores de mitos são recompensados por seu trabalho e a filosofia neokantiana põe termo aos tormentos de Mauss: ela se encarrega de enunciar a 'essência pura'[12] da função mítica.

Se a unidade das produções míticas não suscita dúvidas entre os etnólogos em geral, ela deve permanecer um enigma, escreve Cassirer, enquanto a consciência mítica não for reconhecida como uma ordem de conhecimento autônomo, um modo particular de formação espiritual da espécie humana, um pensamento soberano com suas categorias de tempo, de espaço e de número. Forma original do espírito, o mito é um pensamento da 'concrescência', cujas intuições temporais e espaciais são concretas, qualitativas: um pensamento que amalgama e reúne os membros da relação que ele propõe. Seduzido pela intuição, é um pensamento fascinado pelo universo da presença sensível imediata, cujo encanto é tão poderoso que nenhum outro pode se exercer. Prisioneiro do conteúdo da intuição, ele ignora a representação e se mantém estranho à ação conceitual. O eu do pensamento mítico, assaltado pelo terror ou pelo desejo de cada impressão momentânea, balbucia diferenças; separa, distingue, sem jamais se prender realmente à intuição indiferenciada e original. E as forças que dominam a experiência mítica em seu estado fetal não passam de sombras de poderes que ainda estão para nascer.

Sob essa forma, ao mesmo tempo rica e confusa, a mitologia reúne em si as virtudes originais do falar e do acreditar. Através das imagens que cria, o pensamento mítico é homólogo à linguagem primordial, e na crença que fundamenta a unidade de sua experiência, a mitologia já é um pensamento religioso. Como a linguagem, o mito é uma forma determinada do ver, e a imagem mítica, maneira intuitiva de figurar, um produto da realidade que fabrica um universo de sentido. Assim como cada fonema tem um significado em si, cada imagem traz consigo o deus do instante que prefigura os poderes claros e ativos das grandes mitologias familiares. Mito e linguagem, escreve Cassirer, são

---

[12] E. Cassirer, op. cit. p. 29.

duas modalidades "de uma única e mesma pulsão de configuração simbólica".[13] E o panteão sonoro das palavras e das frases edifica-se sobre os mesmos alicerces espirituais que os vastos palácios da mitologia. Além disso, a intuição mítica não funciona sem uma crença, mais patética do que lógica, porém, ativa em meio aos afetos. Desde o começo, o mito é uma religião em potencial, e, em suas formas mais rudimentares, o pensamento mítico esconde todas as riquezas que antecipam os ideais mais elevados, aqueles que se impõem mais lentamente em nossa história, visto que a religião não surge com o eu individual se reconhecendo na sujeição absoluta ao divino; ela já estava presente por inteiro na experiência mítica. Concomitante à linguagem e à religião, a mitologia se vê encarregada de uma função central na teoria do espírito humano: ela é a terra natal de todas as formas simbólicas. Nela estão reunidas, originariamente, a consciência prática, a consciência teórica, o mundo do conhecimento, da linguagem, da arte, do direito, da moralidade, compreendidos aí os modelos fundamentais da comunidade e do Estado. Quase todas as formas da cultura enraízam-se no pensamento mítico: "Todos estão como que vestidos e envolvidos por alguma idéia saída do mito."[14]

Nessa região onde ninguém é inventor, tampouco indivíduo ou povo, a "terra materna autêntica da mitologia",[15] descoberta por Schelling, transforma-se, para a filosofia crítica, na nebulosa matricial onde já estão reunidas, como almas impacientes para encarnar, todas as modalidades de existência e os múltiplos saberes ainda por nascer na ordem da história. Enunciando, dessa forma, a 'essência pura' da mitologia, Cassirer retomava conscientemente uma das propostas dominantes da sociologia durk-

---

[13] E. Cassirer, *Langage et mythe: à propos des noms des dieux* (1924), tradução francesa de O. Hansen-Love, Paris, 1973, pp. 110-1.

[14] E. Cassirer, *La philosopie des formes symboliques* (vol. II, 'La pensée mythique') (1924), tradução francesa, J. Lacoste, Paris, 1972, pp. 8-9.

[15] E. Cassirer, op. cit., pp. 20-1.

heimiana: que o 'mito' exprime a totalidade do ser natural na linguagem do ser humano e social. A mitologia, ou melhor, a religião, escreve Durkheim em 1899,[16]

> (...) contém em si desde o princípio, mas num estado confuso, todos os elementos que, dissociando-se, determinando-se e combinando-se de mil maneiras, consigo mesmos, deram origem às diversas manifestações da vida coletiva: são mitos e lendas nascidos da ciência e da poesia; as artes plásticas vêm das ornamentações religiosas e das cerimônias do culto; o direito e a moral nasceram de práticas rituais. Nossa representação do mundo e nossas concepções filosóficas sobre a alma, sobre a imortalidade e sobre a vida só podem ser compreendidas se conhecermos as crenças religiosas que foram sua forma primeira. O parentesco começou sendo uma ligação essencialmente religiosa; a pena, o contrato, o dom e a homenagem são transformações do sacrifício expiatório, contratual, comunitário, honorário etc. Além do mais, podemos nos perguntar se a organização econômica é alguma exceção e deriva de uma outra fonte. Mesmo que não pensemos nisso, concordamos que a questão merece reservas.

Onze anos mais tarde, como conclusão de *Les formes élémentaires de la pensée religieuse*, Durkheim reafirma a natureza da religião e da mitologia: ela é globalizante, o pensamento dos pensamentos. Ao mesmo tempo ela mesma e mais que ela mesma. E não há nela nada de misterioso, de alógico, de específico, que seria um indizível.[17] Pois basta "erguer o véu com que a imaginação mitológica as cobriu"[18] para que surjam enquanto tais as realidades que servirão mais tarde como objetos de reflexão para os especialistas. "O pensamento científico nada mais é do que uma forma aperfeiçoada do pensamento religioso."[19] Sem

---

[16] *L'année sociologique*, II, 1899, prefácio, pp. IV-V.

[17] É. Durkheim, *Les formes élémentaires de la pensée religieuse*, Paris, 1910, pp. 612-23.

[18] É. Durkheim, op. cit., p. 612.

[19] É. Durkheim, op. cit., p. 613.

dúvida, Durkheim explica a natureza pelo social, privilegiando a dedução sociológica das categorias em detrimento da dedução transcendental que permite a Cassirer ligar, circularmente, no pensamento mítico, a totalidade do ser natural e a linguagem do ser humano e social. Contudo, ambos concordam em conferir à mitologia, ou à religião mitológica, o poder de engendrar as noções fundamentais da ciência e as principais formas da cultura. E isto se faz sobre o modo do desvelamento, sem que haja fratura do pensamento matricial ou a menor fenda entre uma mitologia que nunca é de natureza alógica e os pensamentos investidos por uma racionalidade que alguns considerariam inédita.

O sociólogo e o filósofo são ainda melhores cúmplices. Ambos se voltam, espontaneamente, para a Grécia e para seus pensadores. De fato, se a vida lógica, imanente às formas elementares da religião, supõe evidentemente que o homem sabe, ainda que de maneira confusa, que existe uma verdade, distinta das aparências sensíveis, para chegar a conceber "todo um mundo de ideais estáveis, lugar-comum das inteligências", foi preciso, em nosso mundo ocidental, que surgisse, "com os grandes pensadores da Grécia", a clara consciência da verdade destacando-se acima das impressões fugidias da experiência sensível.[20] Sem eles e, sobretudo, sem Platão, o reino da Verdade não teria visto a luz[21] e a existência de um universo de conceitos ou de um império do intelecto teria se mantido no estado de sentimento obscuro e velado.[22] É graças à filosofia dos gregos que o pensamento científico se torna, como diz Durkheim, uma forma mais perfeita do pensamento religioso ou da mitologia.

Ao *intermezzo* discreto que a sociologia durkheimiana reserva aos gregos, encarregados do grande Esclarecimento, a filosofia de Cassirer é substituída pelo diálogo jovial onde os pensadores da Grécia deliberam, entre si, não mais exclusivamente sobre as

---

[20] É. Durkheim, op. cit., pp. 622-3.

[21] É. Durkheim, op. cit., p. 624.

[22] É. Durkheim, op. cit., p. 623.

condições de uma eventual superação da mitologia, mas sobre a melhor política a seguir quanto à 'essência pura' do pensamento mítico. Diálogo encenado desde que se coloca o problema de uma 'filosofia da mitologia' na introdução ao segundo volume de *La philosophie des formes symboliques*.[23] E aí Platão dirige sua réplica a Parmênides. O filósofo de Eléia inaugura o pensamento do Ser, e seu idealismo vigoroso exige que as narrativas da antiga mitologia sejam relegadas ao deserto do não-ser: a filosofia só consegue ser ela mesma quando se mantém isolada do mito; e a mitologia, transformada em aparência, designa aquilo de que o pensamento do ser deve se abstrair, o *nonsense* visível do não-ser. Uma política arrogante à qual o Platão de Cassirer opõe uma sabedoria duplamente admirável. Primeiramente, recusando as práticas alegóricas dos 'sofistas', a *sophíē* dos rústicos, em busca de um sentido outro que não o literal. Mas sobretudo quando se mostra suficientemente perspicaz para descobrir na mitologia um primeiro conteúdo conceitual: que o mito é a linguagem adequada para falar sobre o mundo do devir. É a intuição, redescoberta por Schelling, que a interpretação justa da mitologia toma à via 'tautegórica': o sentido do mito está naquilo que se conta, não pode estar em outro lugar.

Homenageando a lucidez de Platão, que tanto se aproxima da sua, Cassirer pretende justificar a necessidade da filosofia de analisar o pensamento mítico em si. Sem dúvida, por seu próprio movimento, a filosofia deve abstrair-se da mitologia, separar-se do mito que sempre foi seu adversário, ao mesmo tempo que seu contexto mais íntimo. Mas, mais do que isso: o saber filosófico se exporia a um perigo mortal tratando o mito como ilusão, enquanto a mitologia não é apenas um modo particular do processo de formação espiritual, a consciência mítica traz em si a origem de todas as formas fundamentais da cultura espiritual.[24]

[23] E. Cassirer, *La philosophie des formes symboliques* (vol. II 'La pensée mythique') (1924), tradução francesa J. Lacoste, Paris, 1972, pp. 16-7.

[24] E. Cassirer, op. cit., p. 8.

O destino de uma está tão estreitamente acoplado à sorte da outra que a filosofia só consegue se reconhecer *dominando* a consciência mítica.[25] Domínio de um saber que conhece seu dever: "A superação autêntica do mito deve se alicerçar sobre seu conhecimento e seu reconhecimento."[26] Inconsciente seria a filosofia que tomasse por uma sombra a forma do espírito onde se reúnem sua origem e sua primeira alteridade, onde o obstáculo fundamental que ela enfrenta no alvorecer se confunde com a fonte inesgotável de todos os saberes. Existe aí como que uma cena primitiva, contada e representada por um filósofo das Luzes, certo de ter um ponto de vista 'histórico' e que, sem ceder à tentação de questionar o que ele chama de a evidência grega, não cessa de afirmar com o mesmo rigor:

> A filosofia só chegará a esclarecer o seu próprio conceito e conscientizar-se de sua tarefa própria confrontando-se com o pensamento mítico.[27]

A essência pura da mitologia só é perceptível na relação de extrema proximidade, proposta e formulada pelos pensadores da Grécia. Os grandes filósofos gregos não são mais os figurantes do discurso, sustentados pela sociologia; eles são os protagonistas da verdadeira Ciência da mitologia, os primeiros a reconhecer, no mito, um pensar, ao mesmo tempo, rico e confuso, cujo saber próprio, voltando-se para sua face obscura, só assegura seu domínio e sua superação, conceitualizando a verdade dissimulada no pensamento mítico. Schelling enxergou certo, na exata medida em que um outro filósofo, um século mais tarde, reabilita o olhar familiar para a cultura ocidental, olhar que os mestres do *lógos* haviam dispensado outrora sobre seu *mûthos*. A partir daí, o círculo está fechado: aos etnólogos, que vão buscar nos confins

---

[25] E. Cassirer, op. cit., p.11.
[26] E. Cassirer, op. cit., p. 12.
[27] E. Cassirer, op. cit., p. 15.

do arcaísmo narrativas míticas fiando-se apenas em sua própria intuição, os filósofos, graças às suas luzes, revelam o sentido de um pensamento originário do qual são tributárias as formas fundamentais de toda cultura, sem excetuar a filosofia e o pensamento científico. A unidade das produções míticas se consuma no discurso teórico da filosofia. Um discurso que restabelece a Razão em seus direitos históricos e se orgulha de restaurar a alteridade do pensamento mítico. De maneira radical, pois a mitologia, pura de qualquer invenção, não possui nem data nem lugar de nascimento.[28] Ela começa em lugar nenhum; e, enquanto pensamento sobre as origens, não deixa de caminhar até o lugar onde se transforma, se supera, dizem uns, vem morrer, pretendem outros, ou seja, precisamente ali onde nasce a filosofia e se instaura o pensamento positivo. Diversamente do mito, a racionalidade dispõe de um estado civil; consciente de suas origens, pode assim falar do Outro, sem ser interrompida ou jamais contrariada, senão por si mesma.

Recentemente, os responsáveis pela ciência dos mitos, pressionados por altas exigências morais, determinavam gravemente as medidas de inclusão necessárias: devolver a mitologia a sua pertinência primitiva, deslocá-la para as raças inferiores, remetê-la aos Povos da Natureza. Ou ainda, quando tinham vocação de 'reformadores', confiavam-se mutuamente a missão de demarcar as crenças grosseiras passadas em sua sociedade sob forma de 'superstições deploráveis'.[29] Doravante, é a filosofia que passa a mandar no jogo, é ela que concebe as estratégias, que impõe as escolhas. Ou bem a mitologia tem um sentido, ou bem não tem, já que — com Cassirer — a idéia filosófica condena a tentação idealista de confinar o mito na ilusão e na aparência; ela não tolera o *nonsense* que seria um pensamento insensato. Mas a filosofia tampouco quer recair nas aporias, já denunciadas por Platão, de uma mitologia onde o sentido 'outro' seria a porta

---

[28] E. Cassirer, op. cit., p. 20.

[29] Cf. *supra*. p. 45.

aberta para as aventuras do alegorismo. Por conseguinte, se o pensamento mítico tem um sentido para o qual, aparentemente, não tem olhos devido ao excesso de sua própria riqueza, ele deve ceder à filosofia a missão de desdobrá-lo e interpretá-lo, revelando seus modos de conhecimento, suas formas de lógica, seus tipos de classificação. Pensamento dos pensamentos, à mitologia não escapa o entendimento, seja falando o que escuta (*entende*) é a opinião dos que seguem a via 'tautegórica', seja dizendo mais do que pode compreender a estrita razão — hipótese dos simbolistas.[30]

É em torno do paradigma grego que se elaboram, no pensamento antropológico, as grandes teorias que, de Lévy-Bruhl a Lévi-Strauss, decidem do estatuto da mitologia no campo intelectual. Quando *O pensamento selvagem* (1962) se propõe a mostrar que o conhecimento nas sociedades arcaicas procede pelas vias do entendimento, como na nossa, com categorias e com o auxílio de oposições, julga oportuno recordar o processo oposto de *Les fonctions mentales dans les sociétés inférieures*. De 1910 a 1938, Lucien Lévy-Bruhl tenta provar, de fato, que o pensamento dos Primitivos, regido por uma lei de participação que o torna indiferente à lógica da 'terceira pessoa excluída', define-se por um clima mental diferente do nosso, dominado pela afetividade e pelo misticismo.[31] De certa maneira, a descoberta do pré-lógico entre os Povos Inferiores soluciona o problema levantado pelo escândalo de um elemento selvagem na mitologia e no pensamento dos Povos Superiores. O pensamento dos Selvagens está radicalmente separado do nosso: nem causal nem lógico, ele estabelece as razões que justificam seu isolamento. Isolamento discreto e, na verdade, pouco seguro se observarmos que se sustenta por uma letra: o *s* que diferencia *místico* de *mítico*.[32]

---

[30] Cf. G. Van Riet, 'Mythe et verité', em *Revue philosophique de Louvain*, 58, 1960, pp. 15-87.

[31] Testemunhas e análises reunidas em 'Centenaire de Lucien Lévy-Bruhl', *Revue Philosophique*, 4, 1957.

[32] Carta inédita de M. Leenhardt, datada de 6 de fevereiro de 1944, e publicada por R. Dousset-Leenhardt em *L'Homme*, 17, 1977, p. 113.

Para traçar a fronteira do pré-lógico, é preciso redefinir as coordenadas da mitologia, sua posição em relação à experiência mística e em face do pensamento racional. Nas primeiras páginas de *La mythologie primitive* (1935),[33] Lévy-Bruhl formula a questão fundamental da diferença grega:

> Admiro a perspicácia de Fontenelle, que soube desembaraçar os traços comuns e deles destacar as semelhanças, surpreendentes em tantos pontos. [Uma conformidade espantosa entre as fábulas dos americanos e as dos gregos][34] (...) No entanto, seria permitido apoiar-se nesse parentesco para admitir que o que é verdadeiro para os mitos clássicos vale também para os dos primitivos?

Questão nova, voltada para nossas categorias: nossa idéia de mito deve coincidir com a concepção dos australianos ou a dos papuas? Mas, em seguida, isso servirá para afirmar o valor do paradigma grego e a necessidade de distinguir entre dois tipos de mitologia: uma, primitiva, a outra, desenvolvida. Inúmeros etnólogos observaram, as mitologias primitivas estão recheadas de incoerências.

> Se aproximarmos umas das outras as lendas de todas as descendências totêmicas de Dobu, escreve o doutor Fortune, obteremos um sistema extremamente ilógico.[35]

Aliás, acrescenta o mesmo observador, um dobuano nunca se deu o trabalho de compará-las entre si. Mas Lévy-Bruhl não acredita que se trate apenas de preguiça intelectual. Mesmo que os primitivos se dispusessem a comparar as diferentes versões, não veriam nelas as contradições: sua fé inabalável nos mitos está insenta de exigências lógicas.[36] À incoerência congênita dos

---

[33] V-VI.

[34] Fontenelle, *De l'origine des fables* (1724), edição crítica de J. R. Carré, 1932, pp. 30-1.

[35] *Sorcerers of Dobu*, pp. 30-1, citado por Lévy-Bruhl, *La mythologie primitive*, VIII-IX.

[36] *La mythologie primitive*, XI.

mitos primitivos acrescenta-se sua incapacidade de falar em termos etiológicos.[37] As narrativas dos primitivos não respondem a um desejo de explicação: o reconhecimento intuitivo da presença e da ação do mundo sobrenatural dispensa qualquer pesquisa sobre causas secundárias. O mito primitivo não explica, legitima.[38] Verdadeiro, real, de uma realidade transcendente e imperecível, ele não pode explicar a natureza, já que sua função é descrever o sobrenatural. Esta segunda enfermidade, tão congênita quanto a primeira, impõe, por um lado, que se corrijam as fronteiras da religião e, por outro, que se faça uma revisão na própria categoria de mito. Inseparável de uma experiência mística, a mitologia dos primitivos estabelece-se a partir de uma realidade não apenas pré-lógica, mas pré-religiosa.[39] Ela é dominada pela crença em formas, em influências e em ações imperceptíveis ao sentido e no entanto reais. Por sua vez, a religião surge e se instaura quando a natureza se torna inteligível, e se oferece como presa à conceitualização: só então se torna pensável a sobrenatureza, rejeitada no campo do transcendente.

A divisão operada por Lévy-Bruhl entre o pré-religioso e a religião não é nem mais nem menos arbitrária que outras traçadas, nesse mesmo período, entre os mitos e a religião: por A. Lang, segundo quem o elemento irracional e escandaloso domina na mitologia, enquanto a ordem racional surge com a religião;[40] ou por M.-J. Lagrange, que vincula o campo da religião à "exigência moral".[41] Para Lévy-Bruhl, o corte se faz entre os gregos e os demais, os Primitivos, cuja mitologia está marcada por dois traços negativos, referidos de maneira explícita à positividade do modelo grego. Não é evidente que a sociedade em que emerge a

---

[37] Ibid., pp. 176-8.

[38] Ibid., pp. 180-6.

[39] Ibid., pp. 217-22.

[40] *Mythes, cultes et religions (1898)*, tradução francesa, Paris, 1896, p. 307.

[41] *Études sur les religions sémitiques*, Paris, 1905, p. 7.

filosofia da natureza já não se submete à dominação da categoria efetiva do sobrenatural? E como a civilização que nos deu o princípio do 'terceiro excluído' poderia ser insensível à incoerência e à contradição? Com seus deuses, sua hierarquia de poderes, seus templos, seus cultos, a Grécia está dotada de instituições que a colocam no primeiro escalão das sociedades mediterrâneas, a milhares de léguas dos "centros locais ditos totêmicos".[42]

Em 1910, com *Les fonctions mentales dans les sociétés inférieures* (9ª edição, 1951), Lévy-Bruhl pretendera refletir sobre o mito enquanto categoria a fim de "considerar a distância que separa os povos da Antigüidade de sociedades como as tribos da Austrália e da Nova Guiné".[43] Paradoxalmente, as sociedades 'mais rasteiras' (papuas e australianos) vivem sob o reinado da raridade mitológica. Enquanto dura o tempo da simbiose mística, os mitos são a um só tempo pobres e pouco numerosos. Indigência, aliás, que é o avesso de uma outra riqueza: a plenitude da comunhão com o mundo não deixa, em princípio, nenhum espaço para a mitologia. A participação ocupa todo o campo: realmente vivida, ela não precisa ser pensada nem representada. Os estados mentais coletivos são de uma extrema intensidade emocional. E aquilo que lemos como palavras, nas narrativas dos primitivos, são, na verdade, realidades místicas, cujo campo de força é determinado por cada uma: "A simples audição do mito, do ponto de vista emocional, tem um significado, para eles, diferente do que tem para nós."[44] A mitologia selvagem é inicialmente experiência e pensamento místicos. É a História Santa das sociedades inferiores.[45] É preciso esperar a mitologia desenvolvida para que se libere a forma do mito e o seu conteúdo positivo, ou seja, tudo o que nos interessa, primordialmente, o encadeamento

---

[42] *La mythologie primitive*, pp. 218-21.

[43] Ibid., VI.

[44] *Les fonctions mentales dans les sociétés inférieures*, pp. 434-5.

[45] Ibid., p. 436.

dos fatos, o fio da história, as aventuras do herói, só se torna perceptível com o recuo da participação, quando a comunhão mística cede lugar à representação do vivido.[46] O mito enquanto enredo é uma imagem da mutação entre o pré-lógico e o racional. Posição que revela seu enraizamento na única civilização onde se efetua esse descolamento: nem na Índia, nem na China, mas na Grécia.[47]

O problema da transformação mental e lógica que se parece operar nessa parte do mundo não é expressamente enfrentado por Lévy-Bruhl em lugar algum. Sem dúvida, é verdade que ele recusa a perspectiva genética que condenaria a psicologia dos primitivos a um estado de infância, a um estágio menos avançado mas pelo qual toda inteligência passa em seu desenvolvimento.[48] Um sistema não exclui o outro.[49] E o caso grego é exemplar. Em suas criações intelectuais, nas obras de seus novos saberes, reconhecemos um clima mental igual ao nosso: a obediência à lógica e a exigência de verificação e de experiência. Contudo, na tradição mitológica dos gregos subsiste uma espécie de desejo de participação. Para triunfar, o pensamento lógico não exige que desapareça todo vestígio de pensamento pré-lógico.

A singularidade dos gregos está em ainda habitar a fronteira. Testemunha única da passagem em direção a uma nova racionalidade, a mitologia desenvolvida assegura uma função de mediação. Sob o efeito da religião, de sagrados, os mitos transformam-se em profanos.[50] Mas, se as histórias contadas na mitologia 'greco-romana' perderam sua credibilidade nas civilizações re-

---

[46] Ibid., p. 435.

[47] Ibid., p. 449.

[48] Louis Bréhier, 'Originalité de Lévy-Bruhl', em *Revue Philosophique*, 1949, pp. 385-8.

[49] Esta será a interpretação escolhida por G. Van der Leeuw, *L'Homme primitif et la religion: étude anthropologique*, Paris, 1940; e M. Leenhardt, *Do Kamo: la personne et le mythe dans le monde mélanésien*, Paris, 1947.

[50] *La mythologie primitive*, p. 222.

lativamente evoluídas, o fabuloso e o incrível que veiculam continuam ainda bem próximos das narrativas e da experiência dos Primitivos:[51] a meio caminho entre a realidade mística e a pura ficção. Trazemos esta ambigüidade conosco, interiorizada até na capacidade de fazer reviver a lembrança de uma simbiose longínqua entre os animais e os humanos. Além e através de nossa linguagem natural que, no entanto, se compromete em suas categorias, a um esboço de classificação zoológica. Aristotélicos e filhos de Lineu, temos em nós algo que nos faz simpatizar com antigas histórias de lobisomens.[52]

Para Lévy-Bruhl, o benefício que extraímos da mitologia grega se mede em unidades de prazer. O prazer do mito é diretamente proporcional ao caráter inofensivo da escuta: a uma boa distância do pré-lógico, onde, sem perigo de ver o mundo primitivo invadir a realidade, podemos usufruir, na mais completa quietude, dos restos de um pensamento estranho ao nosso, mas que, ainda assim, nos parece sedutor.[53] Por certo, a mentalidade mística tornou-se o incrível, devido ao "caráter racional da civilização que a Antigüidade clássica estabeleceu e nos legou".[54] Mas a racionalidade, ancorada nas leis da natureza e do pensamento, nunca deixou de ser uma via difícil, nem de exigir uma disciplina estrita, fundada no controle e na verificação. Disciplina necessária, declara Lévy-Bruhl, para nos ajudar a realçar a tendência sempre viva em nós, de encarar a parte mística da experiência não só como real, mas como a única positiva. Todavia essa 'opressão', essa 'violência', torna ainda mais 'voluptuoso' o prazer de abandonar a atitude racional por certos instantes, quando, dando ouvido às fábulas e aos contos, nos colocamos para uma breve audição "numa atitude ancestral".[55]

---

[51] Ibid., p. 290.

[52] Ibid., p. 302.

[53] Ibid., pp. 314-5.

[54] Ibid., p. 317.

[55] Ibid., pp. 317-8.

Vemos então reviver, diante de nós, o mundo fluido e misterioso dos mitos mais antigos. "Se *Pele de Asno* me fosse contado, sentiria um prazer extremo": estas palavras fecham *La mythologie primitive*, que se dispõe a ver os mitos das sociedades inferiores com novos olhos.[56]

A mitologia cultivada merece bem seu nome. Território limiar entre o grande 'Esclarecimento' pela invenção do conceito e a experiência mística englobando a narrativa mítica, a Grécia de Hesíodo e Platão também é o país natal de um saber fronteiriço, um *lógos* que discorre sobre o *mûthos*, cujo modelo é tão bem delineado, tão habilmente construído pelos indígenas, que parece impossível se desfazer dele, independentemente da vontade engajada. O que Lévy-Bruhl vem testemunhar quando, distinguindo a mitologia desenvolvida da primitiva, levanta a questão do 'texto' mítico subjacente à idéia de um mito que não seria o mesmo para nós e para os papuas. E, também, quando tenta livrar-se dos gregos — o que lhe rendeu a admiração de Louis Bréhier —[57] recusando-se a seguir o processo de interpretação, comum a partir de Xenófanes, que reduziria a mentalidade dos outros a um estado de ilusão, denunciado do bastião da racionalidade. Bastante lucidez, mas que se condena ao fracasso a partir do momento em que os gregos se concedem o privilégio de um espaço mitológico autônomo, organizado sobre seu próprio modelo e, em função do qual, o 'místico' de Lévy-Bruhl seria padronizado. Quando Louis Bréhier anuncia a originalidade de Lévy-Bruhl, que teria escolhido a estrutura em vez da gênese, e quando reconhece a excelência do intérprete solitário que descobriu, na psicologia dos primitivos, uma estrutura diferente, "sem pretender reduzi-la como ilusão a partir de sua racionalidade, à maneira dos gregos", ele só esquece, parece, uma coisa: todo empreendimento do pré-lógico, que seria assim uma leitura 'tautegórica',

---

[56] Ibid., p. 319 e o projeto anunciado, p. VII.

[57] L. Bréhier, 'Originalité de Lévy-Bruhl', em *Revue Philosophique*, 1949, pp. 385-8.

interioriza o antigo modelo filosófico do *lógos* em confronto com o *mûthos.* Pois o *místico* é sempre um *mûthos* deslocado para a frente ou para além.

O sistema de Lévy-Bruhl o incitava a desconfiar das hipóteses que pretendiam explicar a produção dos mitos por uma atividade lógica e psicológica, "semelhante à nossa, ainda que a suponhamos pueril e irrefletida".[58] Não havia mais uma unidade pensável entre as narrativas, das quais umas eram enredos roçando a ficção, no sentido em que a entendemos, e outras, contos totalmente incríveis, surgidos de eventos insignificantes em sociedades facilmente impressionáveis.[59] Certamente, Lévy-Bruhl, pressionado, responderia negativamente à pergunta que seria levantada por Claude Lévi-Strauss e por seus antagonistas: a mitologia depende de uma explicação única?

Por volta da década de 1960, a questão tornou-se banal. Qualquer que seja sua natureza lógica,[60] a unidade do pensamento mítico é adquirida no momento em que Lévi-Strauss se pergunta se não é preciso buscar nas histórias da mitologia mais do que "algumas das leis da atividade mental numa sociedade".[61] Redescobre assim, mais além de Cassirer, a tradição maussiana sobre a mitologia enquanto pensamento social de caráter obrigatório, mas pertencente ao nível inconsciente.[62] Foi Mauss, com efeito, em 1903, quem afirmara que a mitologia se vale de um

---

[58] *Les fonctions mentales dans les sociétés inférieures*, p. 438. É o caminho das comparações entre primitivos, crianças e alienados, traçado por G. Van der Leeuw, *L'Homme primitif et la religion: étude anthropologique*, Paris, 1940, pp. 145-6.

[59] "Por exemplo, depois de uma geração, um idiota não subsistirá na memória do povo, senão como um *Dema*", *La mythologie primitive*, XXVIII.

[60] "Lógica do ambíguo, do equívoco, da polaridade", J.-P. Vernant, *Mito e sociedade na Grécia antiga*, Rio de Janeiro, José Olympio, 1992.

[61] M. Mauss (1903), em *Œuvres*, II, Paris, V. Karady, 1969, p. 269.

[62] Cf. M. Mauss (1903), em *Œuvres*, II, pp. 269-72; (1908) ibid., pp. 206-11.

pequeno número de combinações, que o ilogismo aparente da narrativa mítica é o sinal da sua lógica própria. "Um mito é uma malha em uma teia de aranha e não um verbete de dicionário."[63] Símbolo mediante o qual a sociedade se pensa e de onde procedem, nas civilizações arcaicas, a moral, os ritos e a própria economia, a mitologia delimita o império das idéias inconscientes e ativas; ela se identifica com o sistema simbólico que permite a comunicação e nos põe em sintonia com formas de atividade, ao mesmo tempo, nossas e outras. Contrariando Lévy-Bruhl, era preciso insistir numa mesma origem voluntária da razão nas sociedades mais arcaicas e nas formas marcadas pela ciência e pela filosofia.[64]

Desde o começo, o projeto de Lévi-Strauss de estudar o funcionamento do espírito incita a comprovar que os mitos enunciados em terra grega, dois milênios antes das narrativas americanas, engendram, da mesma forma, uma imagem do mundo já inscrita na arquitetura do espírito. Em 1955, a hipótese encontra sua fórmula: "O mito é linguagem." Uma pequena frase em *Antropologia estrutural*[65] que, uma vez pronunciada, se vê presa na rede interlocutora posta em cena, alguns anos depois, em torno da lingüística: a única ciência do homem chamada, com justiça, de geral.[66] A empreitada semiótica, orientada para uma gramática narrativa, precipita o caráter unitário da mitologia onde A. J. Greimas reconhece uma 'metalinguagem natural',[67] ou seja, uma linguagem cujas diversas significações secundárias —

---

[63] M. Mauss (1939), em *Œuvres*, II, Paris, V. Karady, 1969, p. 165.

[64] M. Mauss, 'Mentalité primitive et participation' (1923), em *Œuvres*, II, Paris, V. Karady, 1969, pp. 125-31.

[65] *Antropologia estrutural*, 2ª ed., Rio de Janeiro, Tempo Brasileiro, 1985.

[66] Cf. N. Ruwet, 'Linguistique et sciences de l'homme', *Esprit*, novembro de 1963, p. 565.

[67] 'La mythologie comparée' (1963), reproduzido em *Du sens*, Paris, 1970, pp. 117-34.

no caso, os 'mitemas' — se estruturam, servindo-se de uma linguagem humana já existente. A partir de 1966, esboça-se uma narratologia onde o mito é definido como um tipo particular de relato, cujas unidades narrativas parecem detectáveis ao fim de um reexame das pesquisas de Vladimir Propp sobre a estrutura do conto popular.[68] A convicção leva à conclusão de que a distância existente entre o mito e o conto, em uma mesma sintaxe narrativa, é reduzida à mera variação figurativa dos 'actantes': nos mitos, atores-personagens; no conto, objetos mágicos.[69]

O paradigma grego está em ação.

> O historiador, nota A. J. Greimas, em 1963, pode observar como a filosofia pré-socrática emerge da mitologia. É apaixonante seguir a mitologia [no caso, Georges Dumézil; mais tarde, Lévi-Strauss] na realização de uma tarefa parecida, ver como a interpretação dos mitos faz surgir uma nova linguagem ideológica, ou seja, uma metalinguagem, com seus modelos e conceitos.[70]

O semiótico ocupa a mesma posição que o historiador durante uma experiência de emergência: o trabalho de interpretação sobre o pensamento mítico a que o mitólogo se dedica revela-se homólogo àquele que a filosofia pré-socrática desenvolveu com relação à mitologia. A única diferença é que o mito, meio de emergência para o discurso filosófico, não o é mais, acredita-se, para os modernos mitólogos. O pressuposto principal do saber mitológico — também a nível semiótico — de acordo com o qual a filosofia está associada à natureza do mito, vem, aparentemente, da parte dos gregos.

---

[68] Cf. o prefácio escrito por A. J. Greimas, 'Les acquis et les projets', em J. Courtès, *Introduction à la sémiotique narrative et discursive*, Paris, 1976, pp. 5-25.

[69] Foi para responder a G. Dumézil, declarando, em 1970, que jamais compreendem a diferença entre o mito e o conto, que A. J. Greimas propôs esta solução (*Sémiotique et sciences sociales*, Paris, 1976, pp. 210-3).

[70] 'La mythologie comparée' (1963), retomado em *Du sens*, Paris, 1970, pp. 117-8.

Nas *Mythologiques* de Lévi-Strauss, o modelo grego é explícito e sem reservas. O final de *Du miel aux cendres*[71] retorna à Grécia, quando se descobre a complexidade dos mitos americanos, estabelecendo correspondências entre inúmeros códigos, explorando desvios diferenciais que são ora exprimíveis em termos geométricos, ora transformáveis através de operações já algébricas. Um pensamento mítico a caminho da abstração e contando apenas consigo, tirando dele mesmo a força para 'se superar', e contemplar, além das imagens e do concreto, "um mundo de conceitos... cujas relações se definem livremente". Ora, sabemos, escreve Lévi-Strauss, onde se situa tal reviravolta: "nas fronteiras do pensamento grego, lá onde a mitologia desiste em prol de uma filosofia que emerge como a condição prévia da reflexão científica". Paisagem fronteiriça, com um duplo movimento: desistência da mitologia no momento em que esta se supera; emergência do pensamento filosófico cuja atividade conceitual prepara o futuro da ciência. Um pouco mais tarde, em 1972, o mesmo modelo repele sua limitação, por ocasião de um ensaio que leva a pensar que a mitologia dos antigos gregos se assemelha singularmente à dos outros.[72] A etnologia não deve simplesmente constatar que se acha em presença de formas comuns a culturas antigas e a outras impropriamente chamadas de primitivas. Há algo mais:

> Os antigos parecem ter percebido e pensado sua mitologia nos termos de uma problemática de certo modo análoga à que os etnólogos utilizam, atualmente para isolar o espírito e a significação dos mitos dos povos sem escrita.[73]

Fascínio por descobrir que o grego é duplo, e que o mitólogo hesiódico é o gêmeo, verdadeiro, homozigoto, do filósofo arcai-

---

[71] Paris, 1966, pp. 407-8.

[72] C. R. de M. Detienne, *Les jardins d'Adonis: la mythologie des aromates en Grèce*, Paris, 1972, publicado em *L'Hommenu*, XII, 4, 1972, pp. 97-102.

[73] Claude Lévi-Strauss, *L'Hommenu*, XII, 4, 1972, p. 97.

co, pensando o seco e o úmido, o alto e o baixo, bem como o ser e o não-ser.

> Os gregos faziam, eles mesmos, a análise estrutural de sua mitologia: o trabalho que a análise realiza com os mitos selvagens surge à flor da pele, por assim dizer, nos mitos gregos.[74]

Os gregos 'etnólogos' são os precursores, bem como os êmulos, da etnologia estrutural. Sua cultura surpreendente oferece o espetáculo de um pensamento mítico que, superando a si mesmo, acede a uma lógica das formas, a partir da qual o grego, obcecado pelo conceito, se dispõe a pensar sua própria mitologia, sobre o modo da interpretação.

O quadro desses caminhos teria sido logo reconhecido por Tylor, apesar da distância. Mas, nesse ínterim, o espectador se deslocou, recuou: a nova antropologia, livre dos preconceitos civilizadores e missionários, contempla o nascimento do pensamento filosófico cujo rigor conceitual inaugura as virtudes da ciência. E lá onde uma certa miopia cultural, comum a Durkheim e a Cassirer, acreditava enxergar o advento único e maior de nossa história, Lévi-Strauss distingue uma imagem dentre outras, esquecidas ou desconhecidas, da progressão autônoma do pensamento mítico em direção à abstração. Sem dúvida, os gregos são exatamente como os outros, mas com uma ligeira diferença que não é, na verdade, sem importância: possuem duas cabeças. Mais do que gêmeos, irmãos siameses que mantêm entre si uma perfeita cortesia. Cada um reina sobre suas terras e o primeiro não parece de forma alguma perturbado pelo discurso do segundo. Além disso, a cabeça filosófica não manifesta nenhuma intenção de dominar o vizinho mitólogo. Nem tensões nem conflitos. Lévi-Strauss evoca a 'desistência' da mitologia em prol da filosofia como se, superando-se, o pensamento mítico encon-

---

[74] Claude Lévi-Strauss, em palestra proferida no verão de 1972 com R. Bellour, publicada em *Claude Lévi-Strauss: textes de et sur Claude Lévi-Strauss*, coligidos por R. Bellour e C. Clément, Paris, 1979, pp. 175-6.

trasse sua consumação nesse outro pensamento cuja emergência, antes de preparar o futuro da ciência, vinha lhe oferecer a imagem refletida de seu saber imemorial. A presença de um pensamento em outro não requer explicação alguma. Assim como Fontenelle, em *De l'origine des fables*, não discutia que os americanos, povo bastante recente quando foi descoberto pelos espanhóis, teriam sido capazes de pensar tão racionalmente quanto os gregos, se lhes tivesse sido dado o tempo necessário.[75] Isto significa, acrescenta, com uma impertinência negligente, contar as mesmas tolices que os pretensos filósofos, aos quais damos tanta importância. Mas a Razão das Luzes subordinava o fabuloso à ignorância, ao passo que, a partir de Cassirer, o mítico, devolvido à sua qualidade de pensamento autônomo com sua lógica e seu modo de experiência, tornou-se a terra natal onde a filosofia toma consciência de si mesma à medida que consegue se abstrair; e seu discurso 'abstrato' é suficiente para realizar a passagem, tornando-a evidente e necessária.

Superação, desistência, abstração, emergência, metamorfose, reconhecimento, metáforas que se esquivam à questão da mudança, inevitável para outros espíritos, mais historiadores, que criticam a escola sociológica francesa e sua análise conceitual dos sistemas míticos em sociedades tão diferentes quanto a chinesa e a grega. O sinólogo Marcel Granet e o helenista Louis Gernet têm em comum a hipótese, teorizada por Émile Benveniste, de que a língua veicula as noções dando elas mesmas forma às instituições. Modelo de uma sociologia lingüística, esboçada por Antoine Meillet: as palavras, os vocábulos, devem se definir no conjunto das combinações e em suas estruturas particulares; o vocabulário é menos um léxico do que um sistema conceitual; ele se organiza em torno de noções que remetem os modos de vida, as relações sociais, os processos de linguagem e de pensamento[76] a instituições, ou seja, a esquemas diretores presentes

---

[75] Fontenelle, *De l'origem des fables*, J. R. Carré (ed.), pp. 31-2.

[76] Cf. É. Benveniste, *Le vocabulaire des institutions indo-européennes*, I, Paris, 1969, p. 9.

nas técnicas. E o traço dominante dessas instituições é que se mantêm vivas malgrado os séculos e as mudanças de vida, constituindo uma espécie de inconsciente histórico. Historiadores do longo prazo, que praticam uma semântica polarizada pelas categorias fundamentais, Granet e Gernet privilegiam igualmente o modo de pensamento que chamam de mítico, mítico-lendário ou mítico-religioso. Este pensamento mítico é, em ambas as civilizações, apreendido de forma ambígua: depositário das estruturas fundamentais de um pensamento antigo, ele é legível em monumentos textuais, mas através dos estilhaços dos fragmentos, dos vestígios e das ruínas freqüentemente reutilizadas em outras construções. Trabalho de arqueologia, de proto-história, atento aos meios sociais onde se enraízam 'temas míticos' transformados em lendas e que, por sua vez, na China antiga, são travestidos em discursos históricos ou narrativas de cronistas;[77] mas também investigação com intuito de resgatar o fundo comum a fatos rituais, jurídicos, a modelos filosóficos. Portanto, um pensamento esclarecido mas unitário, global antes de ser disseminado, dispersado mais do que verdadeiramente arruinado. No que tange à China, Granet encontra seus pontos de ancoramento na fabulação de dramas rituais e de danças religiosas, em torno de longínquos domínios que tecem os esquemas diretores, forjam as articulações lógicas e inventam as grandes imagens, princípios de pensamento e de ação, advindos de séculos de distância.[78] Na Grécia, as festas dos camponeses e os antigos reinos são colocados no centro da 'leitura atenta' de Gernet, voltada para os temas míticos ligados a enredos de festas: de um lado, toda uma base terrena de crenças e práticas sobre a qual as pessoas festejam, consomem alimentos, unem-se em matrimônios, enfrentam-se em competições; do outro, as tradições de soberania e de poder real com imagens de dom, de desafio, de tesouros, provas e

---

[77] M. Granet, *Danses et légendes de la Chine ancienne*, I, Paris, 1926, pp 36-7; 41.

[78] M. Granet, op. cit., I; 51.

sacrifícios.[79] Dados míticos onde se encontra depositada uma "boa parte do inconsciente social",[80] e onde o sociólogo se vê tentado a ler uma sociedade real, cujo mito refletiria a imagem sem turvá-la,[81] enquanto o historiador dos 'comportamentos pré-históricos', voltado para uma memória social transmissora dos símbolos e seu valor emocional, inquieta-se ao descobrir aí o germe de noções religiosas e jurídicas que proliferam na cidade. Em 1948, Gernet reconhece na mitologia uma espécie de linguagem onde existem conexões entre os elementos, onde cada imagem evoca uma série similar.[82] Linguagem em ato, pois a imaginação mítica se insere diretamente nas condutas humanas e até mesmo em certas atitudes do corpo. Mas também é uma linguagem global, um pensamento total "que se interessa ao mesmo tempo por economia, religião, política, direito, estética",[83] funções diferenciadas mais tarde, mas que então são mais ou menos confundidas. Uma outra Grécia se descobre através de uma experiência mítica primordial, uma linguagem unitária onde estão guardadas todas as imagens maiores da vida social e espiritual,[84] como se esperassem, dentro do curso da história e da sucessão dos eventos, a conjuntura favorável para vir à tona e para desvelar progressivamente os modos de pensamento laici-

---

79 L. Gernet, *Anthropologie de la Grèce ancienne*, Paris, 1968, pp. 21-61; 93-137.

80 L. Gernet, op. cit., p. 185.

81 L. Gernet, op. cit., p. 185, nº 23: "No nível em que tomamos o pensamento mítico, admitimos, sem mais, que ele tem uma relação direta com os dados sociais."

82 L. Gernet, op. cit., p. 100.

83 L. Gernet, op. cit., p. 131.

84 Cf. as observações de J.-P. Vernant, em *Bulletin de la Société Française de Philosophie*, 56, 1963, p. 17: "A linguagem, no quadro da qual o mito se constitui e se formula, ultrapassa o domínio da atividade mítica; exprime a totalidade da experiência social; é, ao mesmo tempo, instrumento, veículo e manifestação de uma cultura global." Isso significa que devemos reservar um lugar ao mito futuro no pensamento mítico, essa linguagem total?

zado, o direito, a filosofia, a história ou a política, fundamentos vindos das profundezas e despertados de um sono profundo por uma mudança acidental: a 'cidade' ou o 'direito'.

No interior mesmo do helenismo, a paisagem modificou-se estranhamente, sob os efeitos do sismo provocado por Durkheim. E a imagem mais legível dessa reviravolta aparece, hoje em dia, na obra de Hesíodo, que muda, radicalmente, de posição e de *status* entre John Burnet (1892) e Francis M. Cornford (1912 e 1952). Para o primeiro, testemunha de *L'Aurore de la philosophie grecque*,[85] a razão científica emerge no final de uma longa noite, povoada por contos bizarros, atravessada por histórias selvagens e relatos chocantes sobre a origem das coisas.[86] Não obstante, quanto mais remontamos ao passado da Grécia, mais vemos que a velha mitologia, que mereceu do prudente Homero o silêncio, é uma construção predestinada à ruína.[87] É uma visão primitiva do mundo, feita de peças e pedaços e "pronta para desabar ao menor sopro da brisa fresca de uma experiência mais ampla e de uma curiosidade mais afoita".[88] Paradoxalmente, é Hesíodo, agitado pelos pesadelos do homem grego, quem decreta o declínio da antiga mitologia, precisamente por se dedicar, na *Teogonia*, a um trabalho de sistematização. Pois o mito, coisa essencialmente local,[89] atrofia-se; ele definha quando arrancado do húmus cultural: "Um sistema é necessariamente fatal a uma coisa tão arbitrária como a mitologia."[90] Contista fantástico e poeta autodestrutivo, Hesíodo vem claramente dar lugar aos cosmologistas da Jônia, aos homens de ciência de Mileto que cessam de ser 'maoris', decidindo, uma bela manhã, que não

---

[85] *Early Greek philosophy* (1892), tradução de A. Reymond, Paris, 1919 (reedição 1952).

[86] Ibid., p. 6.

[87] Ibid., p. 7.

[88] Ibid., p. 2.

[89] Ibid., p. 4.

[90] Ibid., pp. 7-8.

escreveria mais contos sobre o que era quando ainda nada era, mas doravante trataria do que todas as coisas são na realidade, agora.[91] O realismo da ciência começa com a decisão de desfazer-se do fabuloso e do sonho. Para Cornford, ao contrário, a construção teogônica de Hesíodo, amplamente apoiada nas teologias do Oriente Próximo e, por isso, enraizada em grandes rituais, designa o lugar nodal de um pensamento mítico, homogêneo, rigoroso, coerente. À sua maneira, o mitólogo Hesíodo é tão racional quanto os filósofos de Mileto.[92] Em função disso, Cornford foi criticado por dar a impressão de que os filósofos da aurora contentavam-se em repetir em uma linguagem diferente aquilo que o mito já dizia no silêncio da noite.[93]

Retrocesso completo que significa, inicialmente, a vontade de alguns de conceder ao pensamento mítico direito cívico no país grego onde, no final das contas, ele estaria em casa, a se acreditar nos filósofos e sociólogos. Desde então, longe de permanecerem como espectadores mudos de uma reviravolta tão grande, por que os historiadores não buscaram os modelos sócio-históricos capazes de explicá-la? Para George Thompson, fiel a um marxismo de estrita obediência, o fator determinante da mutação intelectual do mito em direção à razão e à filosofia é a invenção da moeda, a prática do comércio e a descoberta do econômico. A moeda introduziu a abstração da qual a filosofia vai fazer uso, tanto para

---

91 Ibid., pp. 10-1. Outro destino de uma obra: Hesíodo, felicitado por W. Jaeger por haver contribuído da maneira mais últil para identificar o conteúdo filosófico do mito e para dar à mitologia sua dimensão religiosa (*Die Theologie der frühen griechischen Denker* [1947], Stuttgart, 1953, p. 23). Para o humanismo cristão de Jaeger, os gregos são as testemunhas de uma teologia natural: religião dos filósofos "que durará enquanto houver homens sobre a Terra".

92 *From religion to philosophy*, Londres, 1912; 'A ritual basis for Hesiod's *Theogony*, (1941), em *The unwritten philosophy and other essays*, Cambridge, W.K.C. Guthrie, 1950 (Paperback, 1967), pp. 95-116; *Principium Sapientiae: the origins of Greek philosophical thought*, Cambridge 1952.

93 J.-P. Vernant, *Mito e pensamento entre os gregos*, Rio de Janeiro, Paz e Terra, 1990. Cf. *As origens do pensamento grego*, 3ª ed., São Paulo, Difel, 1981.

o melhor quanto para o pior. Para Jean-Pierre Vernant, sociólogo e historiador, mais atento às mediações, a política é o elemento capital no advento do pensamento positivo, quando a cidade grega inventa as regras de um jogo intelectual do qual a racionalidade nova recebe seus princípios fundamentais. Mas ambas as hipóteses, qualquer que seja a distância que as separe, tentam explicar a passagem, ou a mudança para uma forma de pensamento, econômica ou política, cujo discurso teórico sobre a mitologia repete, a partir de Durkheim e Cassirer, que ela já está contida, ao menos implicitamente, no mítico original. Não seria o sinal de que estas soluções, como as precedentes, estão restritas aos limites de um mesmo campo fechado e que, se parecem fazer intervir do exterior uma história social e econômica, permanecem, na realidade, prisioneiras da clausura erguida pelo discurso da racionalidade filosófica, fora da qual todo 'pensamento mítico', divorciado de princípio unitário, estaria privado de qualquer forma de existência?

A essa via tautegórica que se esgota ao soletrar os tipos de lógica, operados pelo pensamento mítico, em seus diferentes níveis, e segundo seus registros, responde, na mesma alternativa do sentido, o caminho escolhido pelo simbolismo. De Frobenius, em 1904, a Griaule, confidente do cego Ogotemmêli em outubro de 1946, as expedições que se lançaram nas profundezas do continente negro colhem em suas redes figuras fabulosas das mitologias em pirâmides edificadas pela sociedade do Níger e do Sudão.[94] Enquanto Malinowski, irritado pelo 'herodotismo' dos que reservam sua curiosidade às excentricidades primitivas do homem, confina a mitologia à organização social da qual ela é a lei pragmática, o código necessário mas não autônomo, Frobenius, em Frankfurt, e Griaule, em Paris, consagram vidas inteiras a percorrer os dédalos de grandes sistemas simbólicos com seus

---

[94] Cf. M. Griaule, 'Connaissance de l'homme noir', em *La connaissance de l'homme au XXe siècle* (Rencontres Internationales de Genève), Neuchâtel, 1952, pp. 11-24; 'Réflexions sur les symboles soudanais', em *Cahiers Internationaux de Sociologie*, 1952, pp. 8-26.

jogos de correspondências por etapas, maravilhados pelas galerias de espelhos dos palácios intermináveis que lhes revelam iniciações em pedestais e em portas secretas. Périplos sem fim dos mundos labirínticos, por onde o etnólogo, voltado para a descoberta de uma sabedoria outra e mais antiga, se deixa guiar e conduzir pelos sábios indígenas em direção à mitologia, onde se abre, vertiginosamente, o poço interior do pensamento negro.[95]

Mas, em contrapartida, também do pensamento branco, pois a partir da década de 1920, a fenomenologia designa nos grandes mitologemas o lugar de percepção de uma realidade originária; o que ela chama símbolos são as figuras da imaginação transcendental, revelando a Presença. Revelação de uma linguagem simbólica que faz pensar sem se dar conta, pois é habitada pela hierofania, o mitologema, sinal da Presença, transforma-se no verbo noturno onde se enuncia uma metafísica primeira, anterior e fundadora do que o Ocidente chama, desde Aristóteles, "o que vem depois da física".[96] Sabedoria, 'sofia', diz Griaule, a mitologia é, na realidade, a fabulação voluntária de idéias mestras que não podem ser colocadas à disposição de todos, a qualquer momento. Primeira metafísica, tão fascinante para o pensamento existencial que este acabaria considerando sua própria metafísica como uma mitologia segunda. A 'superação', evocada por Cassirer a partir da razão kantiana, desaparece e a filosofia se humilha diante da experiência mítica, da plenitude de sua vitória e de seu privilégio infinito de revelar uma realidade que penetra cada ser a ponto de a ela conformar todo o seu comportamento.

---

[95] Uma vez iniciado, o etnólogo, embora colhedor de uma rica safra, nada mais tem a dizer sobre a sociedade dagon, além do que os próprios dagons falam sobre si mesmos (P. Smith, 'La nature des mythes', em *Diogène*, nº 82, 1973, p. 96).

[96] Síntese de leituras existenciais da mitologia, em G. Gusdorf, *Mythe et métaphysique? Introduction à la philosophie*, Paris, 1953. Cf. M. Dufrenne, 'La mentalité primitive et Heidegger', em *Les études philosophiques*, 9, 1954, pp. 284-306; P. Ricœur, 'Le symbole donne à penser', em *Esprit*, 27, 1959, pp. 60-76.

Começa uma longa subida em abismo que parece escapar inexoravelmente à antiga razão dos filósofos e à sua fixação sobre uma mitologia morta,[97] mas que revela melhor a impossibilidade de escapar aos pressupostos do mesmo discurso sobre o pensamento mítico quando, em um de seus percursos extremos, o simbolismo leva a buscar a essência do mito no ponto mais central do pensamento claro: na maturidade onde se equilibram, inseparavelmente, o conceito racional e a imagem do mito. Por volta da década de 1970, sem renegar as experiências teofânicas, cuja totalidade nasce da relação imediata com o divino, um historiador das religiões genebrinas, Jean Rudhardt, se pergunta se a mitologia, em sua forma mais pura, não é perceptível nas sociedades onde coexistem e medem forças um pensamento conceitual e um outro mítico;[98] ou seja, à parte das civilizações sem escrita onde o mito é pouco elaborado, onde ele usufrui a liberdade sem limites e onde cada um dos pensamentos toma consciência de sua natureza específica. Retorno deliberado em direção ao país de origem da única problemática pensável: a Grécia, onde a mitologia nunca deixa de se confrontar com o pensamento racional. Mas retorno cuja singularidade, em relação a outros, é querer questionar a concomitância do mito e da filosofia na mesma cultura, longe dos modelos da superação ou do perecimento.

Partir da incoerência, a mais antiga tatuagem da mitologia, ainda que se recusando, à maneira de Lévy-Bruhl, a ver nela uma

---

[97] Aquela dos manuais antigos, como a *Biblioteca* do pseudo-Apolodoro ou a narração ordenada do *mûthoi* de Protágoras, onde as grandes realidades do mundo espiritual são esquecidas. K. Kerényi, *La religion antique: ses lignes fondamentales*, tradução de Y. Le Lay, Genebra, 1957, p. 20; 42.

[98] J. Rudhardt, 'Une approche de la pensée mythique: le mythe consideré comme un langage', em *Studia philosophica*, 1966, pp. 208-37; 'Images et structures dans le langage mythique', em *Cahiers Internationaux de Symbolisme*, 1969, pp. 87-109; 'Cohérence et incohérence de la structure mythique: sa fonction symbolique', em *Diogène*, 77, 1972, pp. 19-47; 'La fonction du mythe dans la pensée religieuse de la Grèce', em *Il mito greco*, Roma, B. Gentili e G. Paioni, Roma, 1977, pp. 307-20.

experiência mística ou alguma forma de pensamento pré-lógico, não traz nenhuma inovação de imediato. Buscar a coerência atrás de sua negação, através das imagens simbólicas que significam algo que não pode ser designado ou conhecido senão através do símbolo que o exprime, nada mais é do que dar espaço às 'mensagens', recusando qualquer submissão a uma linguagem codificada. Será dupla a especificidade do mito considerado como uma linguagem. Por um lado, suas imagens, seus conceitos, seus esquemas orientam o espírito em direção a um significado que se situa além das representações e dos conceitos, veiculado pelas formas lingüísticas. Por outro, a pluralidade dos relatos no interior de uma mitologia recebe sua verdade de uma coerência interna onde cada história faz referência a uma outra, todas correndo para um sentido último, informulável, rumo ao qual o sistema inteiro orienta o espírito — primeiro, o dos gregos e, depois o nosso. Em outras palavras, as imagens têm por função exprimir uma parte da experiência vivida, fundamental a ponto de ser repetida, reproduzida e assim resistir à análise intelectual que visaria desmembrar sua unidade. O percurso teria pouca novidade se apontasse no pensamento mítico a utilização conjunta das imagens cósmicas, biológicas, psicológicas e sociais sob a forma de uma experiência unitária, ao contrário do que a atividade conceitual distinguirá mais tarde, aí separando um mundo físico, uma realidade psíquica, uma atividade biológica e uma relação social. A estranheza da solução explorada por Rudhardt está em querer reconhecer no mito grego uma forma de razão, privilegiando a subjetividade, única capaz de reencontrar o sentido religioso da experiência do mundo através das imagens simbólicas: uma razão afirmando-se outra e mais ampla que a inteligência conceitual, o *lógos* hábil para distinguir, proceder por divisões, mas amnésico em relação à totalidade significante. Trata-se de fazer dialogar a coerência e a incoerência numa mesma estrutura mítica, no interior de um pensamento tão elevado e tão profundo que permita à razão conceitual escutar as razões da experiência mítica. Ao privilégio outrora reconhecido à grecidade de ter elaborado os primeiros esboços da ciência ocidental acrescenta-se então outro, mais singular, de ter compreendido e aceitado a vocação própria ao pensamento mítico. Não, como acreditava Cassirer, destinando ao mito o mundo fluente do futuro, mas afirmando a total paridade, em uma mesma cultura, da inteligência racional e da sabedoria mitológica. Mais do que nunca, o grego ergue suas duas cabeças, sinal de sua evidente superioridade sobre a turba dos monocéfalos. E, desta vez, o eleito percorre com seu olhar duplo toda a extensão do campo visual, desprezando o horizonte truncado de um Hermes de duas faces que se ignoram eternamente. A antropologia estrutural se apraz em contemplar seu reflexo no espelho do filósofo heleno que discorre sobre a mitologia: dividida entre a surpresa de sua descoberta e o prazer narcisista que sente nisso, mas convencida de que este espetáculo anunciava o advento de uma autêntica gramática do mito. Por sua vez, um historiador de Genebra, fiel à inspiração simbolista, convida todos à conversão: para entender, atualmente, o sentido e a mensagem do mito, para tomar consciência de nossa natureza bicéfala, não basta escutar a mitologia a fim de vivê-la, já que, a despeito do cristianismo, que nunca deixou de trabalhar para sua perda, a experiência fundamental onde ela se enraíza será sempre a nossa?

"Trata-se de saber como pensam os indígenas", repetia Mauss aos novos recrutas da etnografia. Certamente, esta era a questão prejudicial a toda tentativa de coleta em campo ou de análise de gabinete. Seria preciso, em primeiro lugar, colocá-la aos autóctones, representando a ciência dos mitos e se perguntar como a mitologia é pensável e pensada por aqueles que falam dela, do alto de suas cátedras, a partir de 1850. A resposta, escrita em toda a tradição ocidental dos 'mitologistas', é, como dantes, formal: não existe mitologia pensável sem uma referência, implícita ou indireta, ao discurso sustentado pelos gregos. Pois o desejo tão vivo de conhecer a essência pura da função mítica ou de saber que ser é traduzido pelo mito só pôde ser procedido por Mauss e seus herdeiros numa sociedade intimamente convencida da evidência primeira da mitologia. As pessoas tornam-se botânicas ou geólogas, mas nascem mitólogas.[99] Isso não deveria ser ignorado pelo jovem etnógrafo que sai em campo, pois se ele "deve saber aquilo que já sabe", não podemos mais lhe esconder que a Ciência dos mitos, desde que grassa, modela-se de acordo com as fôrmas gregas. São os grandes homens do panteão filosófico que garantem o confronto necessário com um pensamento mítico, figura contrária à racionalidade instada a provar seu domínio pelas vias da abstração. Do mesmo modo, são os primeiros pensadores, obrigados a explicar a si mesmos crenças tão obscenas, que autorizam o movimento de escândalo de onde nasce a exigência de um saber sobre o mito. Falar de mitologia é sempre falar grego ou a partir da Grécia, à sua revelia talvez, mas com o risco de ser condenado a morar perpetuamente nesse lugar onde as ilusões dos modernos sobre a mitologia redobram os fantasmas e as ficções produzidas pelos primeiros 'mitólogos'.

---

[99] Levando-se em conta, naturalmente, as reservas colocadas por Maurice Leenhardt quando, a partir da Nova Caledônia, a mitologia reencontra sua significação primeira, um século após o início da evangelização e do comércio santificado do livro. Eis aí o mito surpreendido no seu 'frescor', num mundo primitivo, e "tudo nele vibra ainda pelo acontecimento ou pela emoção que provoca". Leenhardt deplora isso: os etnólogos não estão preparados para observar as formas míticas que encontram (*Do Kamo: la personne et le mythe dans le monde mélanésien*, Paris, 1947, p. 9). O grande mito clássico esconde "a palavra no sentido de Verbo", a 'realidade interior' experimentada pelo espírito na mitologia vivida. Mas trata-se também de integrar uma 'mentalidade mítica' na racionalidade da espécie humana. E o pastor protestante se esforça para nos ensinar onde começa a religião e onde termina a mitologia: a relação de Moisés com seu deus é religiosa; a sarça ardente, em si, é mítica. A passagem, dessa vez, se faz em Israel, quase uma ilha de monoteísmo, onde o pensamento se emancipa da mitologia, inventando o 'mito interior' (carta inédita de M. Leenhardt, 6 de fevereiro de 1944, publicada por R. Dousset-Leenhardt, em *L'Homme*, 17, 1977, 1, pp. 113-4).

O MITO INACESSÍVEL

Se *Pele de Asno* nos fosse contado, experimentaríamos com isso, realmente, um prazer extremo, nós que nos tornamos leitores de mitos? Não se mistura a isso, de longa data, o desprazer de sermos obrigados a escutar uma palavra exilada no campo da escrita e a descobrir com os olhos narrativas que não são mais contadas senão nos livros? Há, no Ocidente, uma consciência negativa da mitologia, a partir do momento em que os românticos se convenceram de que a experiência primeira do espírito implica uma linguagem primitiva, a do mito, ao mesmo tempo canto e palavra, oriundos da familiaridade e do contato imediato com o mundo. E logo se chocam com a mitologia oriunda do mundo greco-romano: a mitologia inimitável, envolta pelo resíduo textual de tratados cujo gênero erudito vem de uma tradição letrada que vai desde a idade helenística até o século XVIII passando por Bocácio e Noël Conti[1] no Renascimento. No momento em que a palavra viva de um povo ou de uma nação encontra sua plenitude e sua unidade no verbo mitológico, toda marca escritural que lhe é imposta parece mutilá-la. A grafia altera o brilho da oratória, deforma a voz do mito, desfigura a revelação mito-

[1] Natalis Comes, *Mythologiae,* Veneza, 1551 (cf. J. Seznec, *La survivance des dieux antiques,* Paris, 1980, pp.199-228). Mas Fontenelle o lia, entre os jesuítas, na versão francesa publicada em 1611, em Rouen: Noël Conti, *Mythologie,* isto é, *explicação das fábulas, contendo as genealogias dos deuses, as cerimônias de seus sacrifícios, seus gestos, aventuras, amores e quase todos os preceitos da filosofia natural e moral.* Cf. Fontenelle, *De l'origine des fables* (1724), Paris, J. R. Carré, 1932, pp. 41-2.

lógica. Entre um estado de oralidade primordial e a forma escrita da mitologia tristemente chamada clássica, é preciso assinalar as falhas, contabilizar os estragos, mas também eliminar os obstáculos, levantar o mapa dos atalhos secretos. Trabalhos pacientes que absorvem os intérpretes do século XIX, após o desaparecimento daqueles que esperavam com Hölderlin o nascimento de uma nova mitologia "vinda das profundezas do espírito".[2]

Para os adeptos de uma história que valorize apenas os traços de escrita, o discurso da oralidade original tornou-se, no país grego, tão inaudível que chega a ser quase ilegível mesmo onde se transmite através dos sinais escritos. Inacessível, a mitologia já não mostra senão a máscara estática que lhe modelaram, quando os obscuros artesãos da mitografia a embalsamaram em manuais, na era da erudição alexandrina. Uma escrita de morte, impotente aliás para se esquivar das contradições do que nada mais é do que um resto, um despojo. E estas incoerências se revelam incômodas tanto para os sábios modernos quanto para os espíritos rigorosos da Antigüidade: Xenófanes, Heródoto ou Plantão.[3] Os gregos, ao que parece, asseguraram com tanta eficácia o triunfo da razão, do *lógos*, que arruinaram o antigo sistema de pensamento, a ponto de não restarem deste senão fragmentos, frases ininteligíveis. Não se pode transpor a distância entre a linguagem vivida do mito e a tradição escrita.

Para outros, mais numerosos, e sem dúvida mais ativos, nem todas as vias de acesso se interromperam. Existem caminhos esquecidos ou trilhas apagadas que conduzem à fronteira do país dos mitos. Algumas estratégias são propostas para reduzir a distância entre nós e o falar mítico original. A arqueologia da

---

[2] Cf. J. Starobinski, 'Le mythe au XVIIIe siècle', em *Critique*, nº 366, novembro de 1977, p. 996. 'Não nos é permitido ter nada de *idêntico* aos gregos': Hölderlin enlutado, a vertigem, a ruína do imitável. Do buril de Lacone-Labarthe, 'Hölderlin et les grecs', em *Poétique*, 40, 1979, pp. 465-74.

[3] Esta é, por exemplo, a posição de M. I. Finley, *Les anciens grecs*, tradução de M. Alexandre, Paris, 1971, p. 47.

linguagem apresenta a primeira: a gramática comparada urde uma ciência infalível da mitologia. Na teoria de Max Müller, o sistema de sonoridades, regido pelo mecanismo da flexão, está enraizado na voz humana, cujos primeiros sons, emitidos sob o efeito do assombroso espetáculo da natureza, dão origem a uma série de tipos fonéticos, tão poderosos que agem sobre o pensamento da primeira humanidade, o enganam e o induzem ao erro. É aí que a mitologia surge: nasce como uma ilusão; cresce dentro de uma abundância de significações que escapa ao domínio da palavra e onde tomam forma frases estranhas, aberrantes, e muitas vezes incongruentes. As regras rigorosas da ciência lingüística explicam a formação do discurso mítico. Em sua essência, a primeira mitologia é a seqüela de uma doença parasitária da linguagem, cujos traços ainda são visíveis na superfície escrita das sociedades mais racionais. A gramática comparada leva direto ao país dos mitos, mas descobre nele as estranhas miragens que a linguagem desperta no pensamento: fantasmas, ficções que atormentam os primeiros emissores; um enxame de mentiras no lugar da verdade transparente dos primórdios do espírito.[4]

Outra estratégia elaborada na mesma época e que por sua vez envereda pela trilha genética, mas valendo-se do auxílio da história e da geografia: para Karl Otfried Müller (1797-1840), pioneiro nesse campo, a mitologia é uma produção essencial do espírito humano, necessária e inconsciente.[5] É uma forma de pensamento característica da ingenuidade e simplicidade dos primeiros tempos; mas ela se constrói lentamente sob a ação de eventos e circunstâncias, umas exteriores, outras, externas. Aceder à mitologia significa reencontrar a paisagem primeira, reco-

---

[4] Cf. *supra*, pp. 28-31.

[5] *Prolegomena zu einer wissenschaftlichen Mythologie*, Göttingen, 1825. Sobre K. O. Müller, cf. H. Pinard de La Boullaye, *L'Étude comparée des religions*, Paris, I, 1925, pp. 268-76, e B. Bravo, *Philologie, histoire, philosophie de l'histoire: études sur J. G. Droysen, historien de l'Antiquité*, Varsóvia, 1968.

nhecer as modalidades de sua enunciação em determinado território, descobrir por sucessivas demarcações o fundo da realidade que, entre dois cumes montanhosos ou em um vale escondido, repentinamente tirou o espírito da sonolência e o levou a estabelecer e articular relações sob a forma de ações ordenadas em uma narrativa cujo foco é, na maioria das vezes, um nome próprio. A história permite demarcar um limite bem preciso para a faculdade mitopoética; por volta do ano 1000 antes de nossa era, ela mostra sinais de esgotamento, mesmo com uma retomada da atividade trazida pela febre da colonização. A erosão começa com a escrita, em particular com a dos prosadores, que contribui para apagar as imagens da tradição primitiva e para desagregar os laços locais. O surgimento da escrita em si nada mais é do que um aspecto de um movimento mais vasto que, com a filosofia, as pesquisas sobre a natureza, o despertar do sentido histórico, vai se tornar um obstáculo, se não à criação do mito, pelo menos à sua reprodução na ordem de uma tradição. Mas a escrita assume um papel ambivalente: onde quer que ela penetre, atrofia-se a criação mitopoética e apenas as terras longínquas, as zonas montanhosas, protegidas por seu isolamento, favorecem a sobrevivência de narrativas cujo confronto com outras versões logo revela seu arcaísmo. Ao mesmo tempo, a escrita petrifica a tradição que a encobre, inscrevendo assim as marcas do que vem apagar e oferecendo à leitura as balizas — nomes e traços geográficos —, cuja combinação paciente fornece ao arqueólogo viajante os dados de uma paisagem primária. Constitui-se uma hermenêutica que exige da onomástica que lhe diga a verdade do sentido encerrado em uma narrativa, não através da etimologia, mas retraçando a história, cujos eventos se engrenam num espaço orientado e balizado. E a busca termina quando aparece ao fim do périplo a terra natal de um mitologema, cuja virtude é enfim restabelecida em seus privilégios.

Paraíso perdido, o país dos mitos é um mundo esquecido cuja anamnese, mais do que a rememoração, se consuma pela contemplação de uma paisagem que vem autenticar a narrativa concebida nesse mesmo território. Às vezes, inclusive, acontece de um mitólogo, seguindo um atalho, desembocar num vilarejo isolado onde, nos passos de Pausânias, o Periegeta, descobre uma história 'mítica' ainda não contaminada nem pela escrita nem pela cultura. A partir das investidas solitárias de K. O. Müller, no início do século XIX, o itinerário nunca deixou de ser percorrido até nossos contemporâneos. Assim, numa pesquisa atenta sobre os Gigantes e sua guerra contra os deuses,[6] F. Vian propõe "libertar a fábula das concreções de todas as espécies que a tornaram irreconhecível com o passar do tempo",[7] a fim de extrair a narrativa mítica que irá formar um amplo discurso político-religioso sobre a vitória da ordem e do Olimpo.[8] Em uma segunda etapa, trata-se de redescobrir, para além da elaboração a que lhe submeteram aedos ou poetas, o mito autêntico cuja verdade é respaldada por sua forma oral: precisamente aquela que um outro viajante, no século II de nossa era, recolheu num recanto perdido dos confins da Arcádia, ou como, ao final de uma longa viagem, o etnólogo, recém-saído do curso de Marcel Mauss, registra a narrativa singular contada pelos indígenas, mais ou menos espontaneamente, acrescentando-lhe referências a uma paisagem cultural e a uma geografia sagrada.

Variados caminhos onde ninguém questiona o fato de que a verdadeira vida do mito tem sua fonte em uma palavra viva. Além disso, a primeira antropologia não descobre, ao tomar posse de seu império, que milhões de selvagens ou de bárbaros não cessam de produzir as representações míticas sobre a natureza como o

---

[6] F. Vian, *La guerre des Géants: le mythe avant l'époque hellénistique*, Paris, 1952.

[7] F. Vian, *Les origines de Thèbes: Cadmos et les Spartes*, Paris, 1963, p. 5.

[8] Ibid., pp. 6-7. Trata-se de corrigir o defeito maior de uma mitologia 'privada de seus liames cultuais' e que tende a se degradar numa compilaçãc de 'fábulas' abandonadas à imaginação do contador. "Mesmo se o autor excluir apenas uma criação nascida da livre fantasia" ela pode se desenvolver de acordo com os "esquemas preexistentes" (op. cit., 12).

fazia o homem primitivo?[9] Eis que temos as raças inferiores, os Primitivos, os Povos da Natureza que geram as palavras saídas da boca da humanidade presente no mundo; em vez do eco fugidio de uma voz no horizonte, a força selvagem de uma mitologia que recupera por inteiro uma linguagem primeira. Espalha-se a boa-nova de que a mitologia está viva e é vivida, e de que, na ancestralidade do *Homo sapiens*, a palavra reina sobre o corpo e o verbo sobre o espírito, que estamos livres do grande mito clássico e das antigas pompas do humanismo. Mas a divisão do trabalho impõe seus limites: os autóctones cantam, recitam, narram; e os etnógrafos, como seu nome prescreve, escrevem, anotam, registram, arquivam. Como dizia Lévy-Bruhl a seu auditório na Sorbonne: eles ouvem, já nós, lemos.[10] Aos indígenas, a escuta primitiva, as emoções intensas, a plenitude do conhecimento; para nós, restam os livros, a conceitualização do pré-lógico, a escrita sobre a mitologia selvagem. É necessário recomeçar o processo da escrita, denunciar a alienação trazida pelos sistemas gráficos. "A função primária da comunicação escrita é facilitar a sujeição," afirma Lévi-Strauss,[11] para grande satisfação de alguns puritanos marxistas. Mas, ao mesmo tempo, a análise estrutural, aplicada na combinatória das *Mythologiques*, postula a unanimidade dos leitores de todos os países para estabelecer a natureza do mito: "Um mito é percebido como mito por todo *leitor*, no mundo inteiro."[12] Os gregos, que inventam uma leitura estrutural de sua própria mitologia, transformam-se nos fiadores do enfoque erudito com que estudamos os mitos do

---

[9] Cf. *supra*, pp 33-5.

[10] *Les fonctions mentales dans les sociétés inférieures*, Paris, 1910, pp. 434-5.

[11] *Tristes trópicos*, São Paulo, Anhembi, 1957. O assunto volta em Luc de Heusch, *Pourquoi l'épouser?*, Paris, 1971, pp. 141-6; J. Derrida, *De la grammatologie*, Paris, 1967, pp. 145-202.

[12] *Antropologia estrutural*, 2ª ed., Rio de Janeiro, Tempo Brasileiro, 1985. O grifo na palavra 'leitor' é nosso.

pensamento selvagem; seu aval autoriza um bom uso dos signos escritos para com os povos chamados antigamente de 'não-civilizados' e que hoje são classificados como 'sem escrita'.[13] Surgem sociedades paradoxais onde os mitos se pensam e se discutem mas, de um livro etnográfico a outro, no silêncio de um gabinete onde nada deve perturbar o trabalho do antropólogo. Civilizações mais salvas da escrita do que privadas dela, pois a ausência de sinais escritos recebe aqui um valor positivo: ela exerce "uma espécie de influência reguladora" sobre sua tradição. Uma tradição que "deve permanecer oral", diz-se.[14] Mas de onde vem esta divisão que uma sociedade de leitores é convidada a sancionar senão do *a priori* de uma oralidade original? A coisa se processa como se existisse, no coração de certas civilizações — cuja história é arbitrária em si, estática e jamais cumulativa — um dever-ser da boca e do ouvido.

Postular uma tradição que "deve permanecer oral" equivale à mesma fantasia que leva a afirmar a existência de um pensamento mítico: assim como a razão dos filósofos, a escrita ocidental inventa para si uma imagem adversa tão obsessiva que acaba por mascarar o lugar fundamental onde, em relação a estas sociedades, se mede a eficácia da escrita: a atividade mnemônica, o trabalho da memória, sua virtude cognitiva. E não faz isso com o propósito de levantar uma outra oposição 'metafísica' entre memória com ou sem escrita, mas com o intuito de interrogar as modalidades do impacto exercido pelos diferentes sistemas de sinais sobre a atividade intelectual e, em particular, sobre a memória social, máquina mental de produzir a cultura, transformando continuamente o que ela pensa novamente dizer e repetir.

---

[13] *Antropologia estrutural II,* 3ª ed., Rio de Janeiro, Tempo Brasileiro, 1989. Claude Lévi-Strauss lembra que o título de sua cadeira na Escola Prática de Altos Estudos, criada em 1888 ('Religiões dos povos não-civilizados'), foi modificado, em 1954, a seu pedido, passando a se chamar 'Religiões comparadas dos povos não-civilizados'. Um nome de caráter privativo, mas menos chocante para os ouvintes do outro lado do Atlântico.

[14] Ibid.

Mas as variações, as metamorfoses sucessivas através das quais se engendram as histórias da tribo, permanecem invisíveis até que a escrita, e inicialmente a do etnógrafo, exerça seu papel inédito de reveladora, fotografando, em tempos e lugares diferentes, os vários estágios narrativos de uma história, aparentemente sempre a mesma.[15]

A voz fugidia e a palavra viva fazem parte das invenções da mitologia, de seus engodos, das miragens sempre renovadas que ela se compraz em suscitar, inventando-se ao longo de uma história cujo verdadeiro percurso era preciso reconhecer, ainda que de maneira provisória. Pois a mitologia, no sentido grego, ao mesmo tempo fundador e sempre assumido, se constrói através de práticas escriturais, no movimento imperioso da escrita. Uma história do interior, cravada na semântica de *mûthos*, opõe um desmentido formal à afirmação comum de que a mitologia não conhece nem lugar nem data de nascimento, que não tem inventor, bem como de que os mitos não conhecem autor. A investigação genealógica exibe seu estado civil: o 'mito' nasceu ilusão. Não uma dessas ficções produzidas inconscientemente pelos primeiros emissores, uma dessas sombras que a linguagem primordial lança sobre o pensamento, mas um fictício conscientemente delimitado, deliberadamente privativo. Uma lasca de ilusão, insignificante; um singular, fragmentado e vazio: simples narrativa incrível, pura sedução mentirosa, um rumor morto. O 'mito' se firma sobre a ilusão dos outros. É também um lugar muito apropriado às palavras subversivas, às histórias absurdas e recusadas. O ilusório abandonado, a ilusão prescrita, mas por decisão de saberes novos, filosofia e pensamento histórico, constituídos na escrita e que designam um não-saber do qual não há nada a dizer. E, no entanto, o princípio de escândalo, implicado na invenção da ilusão mítica, ameaça esse mutismo, importuna esse silêncio, convida a fazer falar de e sobre o excluído, não

---

[15] Como o faz, de maneira nova, Jack Goody, *Une récitation du Bagré*, Paris, 1980.

enquanto tal, mas em seu elo rompido com a tradição, com uma memória antiga e comum, cuja interpretação começa a discorrer, na distância e através do espaço aberto pela atividade dos que fabricam histórias, mas desta vez colocando-as por escrito. Quando a razão histórica de Tucídides, com que violência segregacionista, leva ao extremo uma política da exclusão, vê-se forçada a enclausurar, sob o signo do ilusório, maneiras de escrever narrativas de ontem ou de hoje, bem como idéias preconcebidas, histórias absurdas, e as relações de eventos escandalosamente incontroláveis. Dentro do que o saber histórico chama de 'mitoso', o ilusório se nutre da memória antiga, e o fictício se apropria das narrativas dos logógrafos, das investigações dos arqueólogos e das litanias dos genealogistas. Breve, pontual ou lentamente acumulada, a ilusão mítica parece não ter nenhum futuro, e o mito nesse estado permanece a sombra de uma ficção. Dele não se espera nenhuma verdade e nada lhe é entregue em confiança.

Até o momento em que esse lugar obscuro e confuso se enche de imagens estranhas, como se o ilusório dos outros que, com os modernos, se transforma no dos gregos envergonhados, liberasse, repentinamente, uma misteriosa capacidade de produzir efeitos de ilusão. O saber mitológico revela sua inventividade projetando suas figuras imaginárias sobre a superfície espelhada do mito-ficção que representa indiferentemente o discurso obsceno da demência, a ingenuidade fabuladora de uma humanidade na infância ou a profundeza de um pensamento primordial de onde emerge a ciência precedida da filosofia. Reflexos em imagens, longas travessias levam à busca de um império dos mitos do qual os gregos, segundo o rumor, teriam causado a ruína descobrindo-lhe a verdade lógica; e a Atlântida revisitada faz encalhar em nossas margens as riquezas fabulosas de uma racionalidade esquecida, mas igual à nossa, e a dos cientistas, desde esse continente fantasma. Em cada imagem que inventa, a mitologia se metamorfoseia e seu saber se desloca; ela toma a forma efêmera do espaço que habitou um dia. Ontem, as idéias carnais, a selvageria dos Povos da Natureza, a demência de uma humanidade antiga; amanhã, o canto da terra, a palavra original, uma sabedoria mais elevada que a metafísica. Mas, seja qual for a lenda, o território dominado pela mitologia é sempre um sítio provisório, um espaço aberto, um lugar nômade; como o avesso sem profundidade de uma linha fronteiriça a partir da qual o olhar domina um horizonte. Em si mesmos, nem o incrível nem o irracional constituem verdadeiros territórios; eles são a sombra inclinada de uma razão ou de uma religião de circunstância. E cada visão do mundo descobre uma mitologia nova, ajustada a seu saber, mas que parece reproduzir fielmente a anterior.

Insituável, pois é a forma movente de uma miragem sempre vivaz, a mitologia, contudo, parece guardar um território inalienável: o mito que é, ao mesmo tempo, o princípio unitário e a unidade elementar. Não existe presença mais familiar, mais obsessiva, a partir do momento em que a imagem do mito evoca uma história ou uma narrativa. Narrativa que fale a linguagem da integração ou do confronto, pouco importa. Quer seja normativa ou contestatória,[16] coerente ou não, o fato é que o mito conta uma história. E, segundo alguns, é na história contada que reside o essencial, que seria, portanto, perfeitamente dissociável de sua forma narrativa. De onde se acredita poder concluir que nenhuma narrativa se presta mais à tradução e que as histórias míticas, ou são da alçada de uma gramática, ou se concentram num conjunto de temas e se distinguem pelo tipo de problemas colocados.[17] Para outros, semióticos mais estritos, o mito é um tipo de relato.[18] Com suas marcas lingüísticas: o Ele, nunca o eu ou o tu; a terceira

---

[16] Edmund Leach, *Les systèmes politiques des hautes terres de Birmanie* (1964), tradução francesa, Paris, 1972, pp. 304-18.

[17] Propostas de Lévi-Strauss reunidas por P. Smith, 'La nature des mythes', em *Diogène*, 82, 1973, pp. 91-108; *Le récit populaire au Rwanda,* Paris, 1975, pp. 114-5.

[18] Hipótese também partilhada por R. Barthes, 'Introduction à l'analyse structurale des récits' (1966), repetida em R. Barthes, W. Kayser, W. C. Booth, P. Hamon, *Poétique du récit,* Paris, 1977, pp. 7-57; A. J. Greimas, *Du sens*, Paris, 1970, pp. 185-230; H. Weinrich, 'Structures narratives du mythe', em *Poétique*, 1, 1970, pp. 25-34.

pessoa perfazendo os momentos de um drama num relato diacrônico[19]; ou então, uma estrutura sintagmática regida por um antes e um depois, narrativa cujo desenrolar mantém, portanto, uma relação essencial com a temporalidade. Era nesses mesmos termos que Plotino interpretava os 'mitos' narrados por Platão: o *mûthos* é um instrumento de análise e de ensinamento que permite compreender decompondo mentalmente noções emaranhadas; ele separa no tempo as circunstâncias da narrativa; distingue uns dos outros seres que estão confundidos e que só se diferenciam pela categoria ou pelo poder. O tempo do mito, dizia Plotino é o imperfeito: o modo do universo sensível.[20] Leitura neoplatônica que Cassirer redescobre quando chama Platão de precursor de sua lucidez: o mito é a linguagem que permite exprimir o mundo do devir[21] e se encontra entre a especulação e a ação: a meia-verdade dos filósofos.[22] Contudo, outros, contemporâneos da semiologia, não vão fazer do mito o paradigma do intemporal ou desentocar a presença das origens no 'Era uma vez...', fórmula que traduz a forma simples do mitológico?

A ilusão mítica triunfa ao convencer os inventores modernos da mitologia de que nada é mais concreto, mais real e mais evidente que o mito. Na investigação sociológica levada ao país do *mûthos* por um sábio indígena, o mito, ao contrário, narra sua diversidade, tão completa que acaba lançando mão de todos os meios para tal. Não se encontra ele dispersado entre o nome próprio e a epopéia, o provérbio e a teogonia, a fábula e a genealogia? A mitologia, habitada pelo *mûthos*, é um território aberto, onde tudo o que se diz nos diferentes registros da palavra

---

[19] Por exemplo, J.-F. Lyotard, *Discours, figure,* Paris, 1971, pp.149-51.

[20] Plotino, *Enéades,* III, 5, 9; III, 7, 6, com as análises de J. Pépin, 'Espace et temps en Grèce', em *Revue de synthèse,* nºs 57-58, 1970, pp. 97-102.

[21] E. Cassirer, *La philosophie des formes symboliques* (vol. II, *La pensée mythique*), tradução francesa de J. Lacoste, Paris, 1972, p. 17.

[22] L. Bréhier, 'Philosophie et mythe', em *Revue de métaphysique et de morale,* 22, 1914, pp. 361-81.

se encontra à mercê da repetição que transmuta em memorável aquilo que selecionou. E o mito, longe de conferir à mitologia a identidade que parece lhe dever, revela, indo de um sentido a outro, que é um significante disponível, a ponto de ser escolhido por Aristóteles em meados do século IV a.C. para definir, na *Poética*, o que seria a alma da tragédia:[23] o enredo, "o agenciamento sistemático dos fatos como história".[24] Do ponto de vista da poética aristotélica, o mito não é a história contada, é o produto de uma construção organizada. Um mito se molda; os fatos devem ser paramentados,[25] as ações ordenadas segundo o verossímil ou o necessário,[26] a história deve ter uma extensão tal que possa ser facilmente memorizada.[27] O enredo deve ser composto de tal maneira que, independentemente do espetáculo, mesmo sem vê-los, "percebendo os fatos ocorridos, o espectador estremeça e se tome de piedade diante do que se passa".[28] O efeito trágico nasceu do mito-enredo. Se, ao ouvirmos a história de Édipo, sentimos medo e piedade, é porque o enredo é bom, bem urdido, e porque o autor da tragédia o tratou com habilidade, como bom artesão. O mito, então, é um objeto de invenção,[29] mas sobre um fundo de histórias fornecidas pela tradição das quais os poetas ou registram qualquer uma, ou selecionam as referentes a algumas famílias, como as dos Atridas e a dos Labdáci-

---

[23] Isso é mostrado na análise de J. Bompaire, 'Le mythe selon la *Poétique* d'Aristote', em *Fonction et survie des mythes*, Paris, 1977, pp. 31-6.

[24] R. Dupont-Roc e J. Lallot, *Aristote, la Poétique: texte, traduction, notes*, Paris, 1980, p. 149.

[25] *Sústasis*: Aristóteles, *Poética*, 1450 *a* 15; 32; *súnthesis:* 1452 *b* 31; 1459 *a* 22.

[26] Aristóteles, *Poética*, 1451 *a* 36-38.

[27] Aristóteles, *Poética*, 1451 *a* 1-2 *(eumnēmóneuton)*.

[28] Aristóteles, *Poética*, 1453 *b* 3-6. Visão 'intelectualizada', segundo observam R. Dupont-Roc e J. Lallot, op. cit., p. 13: "o poeta que compõe sua história (...) deve *ter as coisas sob seus olhos* (Aristóteles, *Poética*, 1455 *a* 23).

[29] A palavra de ordem é inventar (*heurískein*), Aristóteles, *Poética*, 1453 *b* 25.

das.[30] Histórias que só se tornam verdadeiros 'mitos', de acordo com a *Poética*,[31] depois de transformadas em tragédias.

O interesse dispensado ao enredo que Lévy-Bruhl atribui à mitologia dos gregos, tão eruditos que já se mostravam insensíveis aos perigos da experiência mística,[32] foi, na verdade, criado por Aristóteles como objeto teórico, refletindo a natureza da tragédia e não a essência de uma 'mitologia', inexistente a seus olhos. O 'mito' não é então o módulo completo de um sistema de pensamento autônomo, já que a mesma palavra designa simultaneamente a ilusão dos outros e o enredo de uma história. E a incerteza se prolonga até o século I antes de nossa era. Para um 'crítico' como o gramático e filólogo Asclepíades de Mirléia, os 'mitos' são os 'relatos falsos', histórias fictícias, mas que não concernem nem aos deuses nem aos heróis nem tampouco aos homens ilustres cujas histórias são todas classificadas entre os 'relatos verdadeiros'.[33] Complementando a idéia da mitologia divorciada de mitos, eis aqui 'mitos' sem deuses e sem heróis.

Apelar, hoje ou amanhã, para aquilo que todos são unânimes em chamar de mito é professar, com maior ou menor ingenuida-

---

[30] Aristóteles, *Poética,* 1453 *a* 17-22. Cf. R. Dupont-Roc e J. Lallot, op. cit., pp. 247-9.

[31] Pois existem outros significados para *mûthoi:* o incrível, o falso (*História dos animais,* VI, 30, 579 *b* 2-4; 35, 580 *a* 16-21; VIII, 12, 597 *a* 7); as histórias, as novidades contadas por aqueles que perdem o dia jogando conversa fora: o *philómuthos,* o conversador (*Ética a Nicômaco,* III, 13, 117 *b* 34); o 'mito' composto de narrativas maravilhosas, causador de assombro, virtude filosófica (*Metafísica,* I, 2, 982 *b* 15-20); enfim, a forma 'mítica' empregada para uma 'antiga tradição divina' (na qual os astros são os deuses), forma escolhida para persuadir a multidão, no cumprimento das leis e em prol dos interesses comuns (*Metafísica,* XI, 8, 1074 *a* 38-*b* 14). Cf. J. Bollack, 'Mythische Deutung und Deutung des Mythos', em *Poetik und Hermeneutik,* Munique, 1971, pp. 67-119 (em particular, pp. 76-8; 96-9).

[32] Cf. *supra,* pp. 198-200.

[33] Sextus Empiricus, *Adversus mathematicos,* I, pp. 252-3; 91-6, com as análises de B. Bravo, 'Remarques sur l'érudition dans l'Antiquité', em *Eirènè*, 1968, pp. 325-35.

de, uma fidelidade antiquada a um modelo cultural surgido no século XVIII, quando o conjunto das idéias recebidas sobre as divindades do paganismo, entre Ovídio e Apolodoro, constituem o domínio da *fábula*, cujo conhecimento erudito e elevado passa a se chamar *mitologia*.[34] Todavia, não existe nenhum episódio dessa longa história que nos autorize a reconhecer no mito um gênero literário ou um tipo específico de narrativa. Peixe disperso nas águas da mitologia, o mito é uma forma inacessível.[35] Parece, portanto, arriscado querer tomá-lo como objeto de um saber rigoroso e anunciar sua gramática a partir das Índias Ocidentais. O que significaria então uma mitologia sem mito? Como preservar a 'mitologia' do exame, uma vez desmascarado o jogo de espelhos, reflexos e ilusões onde o saber sobre os mitos é preso numa cilada armada por aquele que os antropólogos, depois dos Ideólogos, chamam de observador? Que objeto se lhe pode destinar? Um certo saber,[36] modos de pensar[37] ou um modo

---

[34] J. Starobinski, 'Le mythe au XVIIIe siècle', em *Critique*, 366, 1977, pp. 976-7.

[35] A partir de suas pesquisas em Ruanda (*Le récit populaire au Rwanda*, Paris, 1975, pp. 114-5), Pierre Smith concluiu que, ao menos em seu 'campo', os mitos não existem como forma de narrativa, definível por um certo tipo de interesse a transmitir ou de efeito a produzir. É verdade que existe aquilo que chamou de 'temas míticos', como, por exemplo, a origem da morte, a aparição da desigualdade, a origem da submissão feminina aos homens. Uma posição ambígua, explorada por Luc de Heusch ('Mythologie et littérature', em *L'Homme*, 17, 2-3, 1977, pp. 101-9) que se propõe a salvar o mito ruandês através da mitologia e do pensamento mítico (106), ou seja, "o conjunto de leis implícitas, mantenedoras da ordem real, divina e cosmogônica, que se expressam em diversos níveis da criação literária, popular ou erudita"(108).

[36] Saber sobre categorias ou saber sobre o mundo? P. Smith e D. Sperber se fazem esta pergunta em 'Mythologiques de Georges Dumézil', em *Annales E. S. C.,* 1971, pp. 583-5.

[37] Os mais 'gerais', sugere P. Smith, em *Le récit populaire au Rwanda*, Paris, 1975, p. 115. Mais recentemente, por ocasião de um projeto da nova revista *Les temps de la réflexion* (I, 1980, pp. 61-81) o mesmo autor, dedicado a uma leitura respeitosa e matizada das *Mythologiques,* lembra que, para a antropologia, "o mito é um conceito operatório de choque", não o mito-narrativa, mas o 'mito mental', objeto ou conceito que não parece suprimir a inquietação sobre a santidade do 'pensamento mítico'.

particular da atividade simbólica?[38] Evocar as 'histórias da tribo' parece uma maneira educada de eludir a questão.

> Ao pronunciar o nome de Édipo, já se conhece todo o resto; seu pai Laio, sua mãe Jocasta, quem eram seus filhos e filhas, o que vai lhe acontecer, o que ele fez. O mesmo para Alcméon: basta mencionar seu nome e até as crianças afirmam que ele, enlouquecido, matou a própria mãe.[39]

As histórias que todos já conhecem, e histórias fundamentais: em suma, a mitologia 'das famílias' que teria seu equivalente em determinada história da França ou da Inglaterra para os estudantes antigos.[40] Sem dúvida, o fato de serem fundamentais faz com que todos as conheçam com antecedência; mas, além deste critério ser impotente para recenseá-las, recorrer a ele levaria a reintroduzir a categoria do mito mal disfarçada em narrativa fundadora. Tanto isso é verdade que para nós uma mitologia sem histórias é impensável. E, no entanto, o homem que partiu sozinho, já há muito tempo, e descobriu a cidade invisível que batizou de 'mitologia', por não haver em sua língua palavra mais adequada, não retornou com grandes e maravilhosas narrativas. Para a cidade que aguardava sua volta, não contou nem a gesta dos deuses eternamente jovens, nem o nascimento do céu, da terra e do mar. Tampouco um conto de inverno ou um único 'mitologema'. Mas todos os velhos de mais de sessenta anos se puseram a mitologizar, e tão divinamente que as crianças, encantadas, fascinadas, ficavam a ouvi-los e, pouco a pouco, entravam

---

[38] Cf. D. Sperber, 'La pensée symbolique est-elle pré-rationelle?', em *La fonction symbolique: essais d'anthropologie,* Paris, M. Izard e P. Smith, 1979, pp. 17-42.

[39] Proposta de Antífanes, autor de comédias da primeira metade do século IV a.C. (citado por Ateneu, *Les Deipnosophistes*, VI, 222 *b* 1-7), para quem os poetas trágicos têm uma tarefa particularmente fácil.

[40] Cf. o exemplo proposto por Edmund Leach e glosado por D. Sperber em *Le symbolisme en général*, Paris, 1974, p. 91.

na velhice enquanto, insensivelmente, os velhos se tornavam semelhantes a crianças. A peste desertou a pólis, a cidade platônica foi salva de um mal desconhecido que alguns, a meia voz, diagnosticavam o que em outros tempos obscuros espíritos prudentes chamavam 'tradição rompida'.

Pode-se ser grego, logo, mestre enganador mas, circunstancialmente, descobrir uma idéia estimulante. Assim é esse modelo de três gerações onde se economiza o meio-termo, com um dispositivo de rumor encantatório cujo conteúdo e cujos modos narrativos desaparecem diante das máximas, dos princípios e dos pensamentos inesquecíveis que nutrem, em seu seio, em sua plenitude, uma cidade fiel ao Bem e ao Belo. Sonho de uma tradição que deve ser transmitida pela virtude das 'crianças idosas', através de uma única e mesma voz, dos antigos aos mais novos dos vivos. Isso também é a imagem de uma mitologia sem mitos, sustentada por uma duração ideal: o tempo homogêneo de três gerações. É verdade que, no modelo platônico, a temporalidade é abolida e a mitologia aí permanece imutável como seus próprios mitólogos. A palavra transmitida circularmente não deve modificar-se, e, aliás, nem poderia, visto que o sistema platônico pensa firmemente a memória em sua relação com o Ser e com o mundo das Idéias e faz disso uma atividade mental inacessível ao devir e à transformação. Ora, é precisamente o que falta no modelo de Platão que permitiria salvar uma mitologia exangue, esvaziada de seus mitos. No espaço de duas ou três gerações, nas sociedades cuja cultura não é confiada a um ou a outro sistema de notação escrita, tudo o que se diz e se conta é sujeito a inevitáveis e contínuas metamorfoses, sejam quais forem a autoridade e o número dos 'administradores da memória'. Palavras, histórias, narrativas, delas cada um retira um pequeno traço e acrescenta-lhes outro, às vezes até mais agradável, sugere Fontenelle, mas certamente não com a intenção de somar o 'falso maravilhoso' ao já falso. Aos ouvidos dos que o moldam inconscientemente, o memorável é necessariamente o mais verdadeiro. O inesquecível se produz de forma espontânea, isto é, através de um trabalho autônomo da memória de três gerações ou, até mais, confundidas nesse narrador de antemão anônimo que parece repetir a história ou dizer a fórmula onde cada um se reconhece imediatamente. "Histórias que não cessamos de repetir e que contam com a aquiescência de todos", nos sussurra ao ouvido, uma última vez, o mesmo grego. A 'mitologia' não seria um algo inesquecível, proveniente da memória alheia a processos de aprendizagem, onde a escrita inventa, com os objetos inéditos de pensamento,[41] a memorização mecânica; tão fiel em seu 'palavra por palavra' que o essencial, o que obtém unanimidade, deverá ser dito e produzido em outro lugar? Apenas a memória inventiva, irmã do esquecimento, poderia salvar, quem sabe, a 'mitologia' ou, ao menos, resgatá-la da errância a que nós, também gregos, a conduzimos por prazer, em tão longas leituras.

Uma última história, aguardando o teórico. Conta-se que, em Siracusa, nos arrabaldes de sua cidade, Híeron, I ou II, ninguém o sabia, tinha construído um jardim magnífico, suntuoso. Apreciava para lá se dirigir e tratar de seus negócios. O jardim de Híeron se chamava 'Mito'.[42] Ironia para com as audiências que o príncipe concedia a seus convidados ou, simplesmente, alusão ao fato de lá ser o seu parlatório, utilizado para conversar entre as águas-vivas, à sombra delicada da árvore de incenso, entre os odores misturados da inocência e da depravação? Só a miopia nos impede de ver que o 'paraíso' do rei de Siracusa fazia florescer, em todas as estações, a espécie, infelizmente inacessível agora, que graves Observadores do Homem, deploravelmente enganados pelos escritos de certos botânicos, insistem em confundir com alguma erva daninha.

---

[41] Listas, tabelas, fórmulas: J. Goody, *The domestication of the savage mind*, Cambridge, 1977; 'Mémoire et apprentissage dans les sociétés avec et dans écriture', em *L'Homme,* 1977, I, pp. 29-52.

[42] Sileno de Caleacte, em *FGrHist*, 175 F 4 Jacoby. Cf. M. P. Loicq-Berger, *Syracuse: histoire culturelle d'une cité grecque*, Bruxelas, 1967, 138, nº 5; C. Vatin, 'Jardins et vergers grecs', *Mélanges G. Daux*, Paris, 1974, p. 345.

ÍNDICE DE AUTORES CLÁSSICOS

ÍNDICE REMISSIVO

Este livro foi impresso nas oficinas da
EDITORA GRÁFICA SERRANA LTDA.
Rua General Rondon, 1.500 – Petrópolis, RJ
para a
LIVRARIA JOSÉ OLYMPIO EDITORA S.A.
em setembro de 1998

*

66º aniversário desta Casa de livros, fundada em 29.11.1931
